Emma Temple
Die Nebel von Connemara

PIPER

Zu diesem Buch

Clara steigt ins Auto und fährt einfach los, ohne ein bestimmtes Ziel vor Augen zu haben. Selbst als sie auf der Fähre nach Irland ist, weiß sie noch immer nicht, wohin die Reise sie führen wird. Da trifft es sich, dass sie auf der Überfahrt den sympathischen Iren Sean kennenlernt, der verspricht, ihr alles über seine Heimat zu verraten, wenn sie ihn in seinen Heimatort in Connemara begleitet. Clara willigt ein und erlebt auf der Fahrt quer durch ein magisches Irland wunderschöne Tage. Als die beiden schließlich in Carna ankommen, beschließt Clara, noch ein paar Tage in dem verschlafenen Nest zu bleiben. Doch als sie eines Abends ein blinkendes Licht auf der nicht weit entfernt liegenden Insel Feenish sieht, ahnt sie nicht, dass sich ihr Schicksal schon bald entscheidend wenden wird. Denn die Insel ist seit Jahrzehnten unbewohnt, die von Wind und Wetter zerstörten Häuser nur noch Ruinen – und das Licht dürfte dort nicht sein …

*Emma Temple* ist das Pseudonym der deutschen Autorin Katrin Tempel. Sie wurde 1967 in Düsseldorf geboren und wuchs in München auf. Während des Studiums der Geschichte und der Politik war sie in den Semesterferien immer in Irland, vor allem immer wieder an der irischen Westküste. Später arbeitete sie als Journalistin und veröffentlichte viele erfolgreiche Romane und Drehbücher. Sie lebt heute mit ihrer Familie an der Weinstraße.

Emma Temple

# Die Nebel von Connemara

Roman

Piper München Zürich

*Mehr über unsere Autoren und Bücher:*
*www.piper.de*

Von Emma Temple liegen bei Piper vor:
Im Land des Silberfarns
Der Gesang des Maori
Der Tanz des Maori
Die Nebel von Connemara

Von Katrin Tempel liegen bei Piper vor:
Holunderliebe
Stillen und Chillen
Stillst du noch oder lebst du schon?

MIX
Papier aus verantwortungsvollen Quellen
FSC® C083411
FSC
www.fsc.org

Originalausgabe
April 2014

Dieses Werk wurde vermittelt durch die Autoren- und
Projektagentur Gerd F. Rumler (München).
Umschlaggestaltung: Cornelia Niere, München
Umschlagabbildung: Richard Cummins/Getty Images (Landschaft),
Tanik (Symbol)
Karte: Cartomedia, Karlsruhe
Satz: Kösel, Krugzell
Gesetzt aus der Bembo
Papier: Munken Print von Arctic Paper Munkedals AB, Schweden
Druck und Bindung: CPI books GmbH, Leck
Printed in Germany ISBN 978-3-492-30361-3

*Für Sabine, die mir Carna und Feenish gezeigt hat:*
*»Everything in the world happens in Carna …«*
*Und für Georg und Emma.*

# New York, 1911

»Lassen Sie mich durch!« Der massige Mann schob das junge Paar, das vor ihm an der Reling stand, grob zur Seite. »Ich will das sehen!«

Den beiden in ihren dünnen Mänteln blieb nichts anderes übrig, als vor ihm auszuweichen, denn die Gesetze hier an Bord waren eindeutig und von niemandem zu ändern. Anders als sie, reiste dieser Passagier ganz sicher nicht in der dritten Klasse, das zeigten schon sein warmer Mantel mit dem dicken Pelzkragen und die Schuhe aus feinem Leder, die kaum Gebrauchsspuren zeigten. Sie mussten ihm ihren Platz an der Reling überlassen. Momentan konnte aber nicht einmal das ihr Glück trüben, denn sie hatten es geschafft. Jetzt würde ihr neues Leben beginnen.

Der Mann drängte sich schnaufend an ihnen vorbei und stellte sich breitbeinig vor sie, während er seinen Blick auf die langsam im grauen Morgennebel auftauchende Freiheitsstatue richtete.

»Wurde aber auch Zeit«, knurrte er vor sich hin. »Ich habe schon gedacht, dass wir niemals unser Ziel erreichen. Wer auch immer behauptet, diese Schiffe seien Meisterwerke der Konstruktionskunst, ist noch nie auf einem gereist.«

Das Pärchen sah sich überrascht an. »Entschuldigung, reden Sie mit uns?«, fragte der junge Mann vorsichtig nach und hustete kurz. Sein dünner Schnurrbart zitterte in der kalten Morgenluft. »Wir finden nämlich, dieses Schiff hat uns außerordentlich sicher über den Atlantik gebracht. Immerhin mussten wir nicht fürchten, dass uns ein Sturm auf den Grund des Meeres schickt ...«

»Das ist doch wohl das Mindeste, was man von so einem Schiff erwarten kann, oder etwa nicht?« Der reiche Passagier würdigte sie keines Blickes, während er weitersprach, ohne auf eine Antwort auf seine Frage zu warten. »Ich meine, dass es nicht untergeht, ist doch so eine Art Grundvoraussetzung. Wenn du deiner Arbeit nachgehst, dann freut sich dein Chef doch auch nicht, wenn du dabei nicht tot umfällst!« Der dicke Mann schnaubte verächtlich durch die Nase.

Dann warf er einen letzten Blick auf die näher kommende Statue, drehte sich um und überließ seinen Platz in der ersten Reihe wieder dem Pärchen. »Ich sehe lieber mal nach meinem Koffer.«

Er schob sich ungeduldig durch die Menge an Passagieren am Oberdeck, die allesamt den Hals reckten, um nach den vielen Tagen auf See endlich einen ersten Blick auf das verheißene Land zu erhaschen.

Wenig später machte das mächtige Dampfschiff am Pier von Ellis Island fest und die Reisenden aus der ersten und zweiten Klasse verließen das Schiff mit ihren feinen Koffern und Kisten, die nicht selten von Bediensteten getragen wurden. Auch der kräftige Mann war darunter, allerdings musste er seinen Koffer selbst tragen. Mühselig wuchtete er das große Gepäckstück eine steile Treppe nach oben, bis er vor einem mürrisch dreinblickenden Inspektor stehen blieb, um seinen Namen und vor allem die Geldsumme anzugeben, die er in seinem Gepäck mit sich führte.

»Eamon Devlin. 58 Dollar.«

Der uniformierte Mann an der Sperre für die Immigranten winkte ihn wortlos durch. Wer genug Geld bei sich hatte, um den Vereinigten Staaten von Amerika nicht zur Last zu fallen, der musste an dieser Stelle nicht mit Problemen rechnen.

Der dicke Mann mit seinem Fellkragen war schon längst weitergegangen und in der großen Halle verschwunden, als das junge Paar vor dem Inspektor auftauchte. Auf dem für die Jahreszeit viel zu dünnen Mantel des jungen Mannes prangte ein schnell mit Kreide hingeschmiertes Zeichen: ein »E«. Der junge Mann hatte wegen des Gedränges nicht einmal gemerkt, dass ihm da jemand etwas auf den Stoff geschrieben hatte. Jetzt sorgte dieser eine Buchstabe allerdings dafür, dass der Inspektor in Richtung der Quarantänestation deutete. »Hier müssen Sie sich von Ihrer Frau trennen, Mister. Wenn Sie wieder gesund sind, können Sie sich später an Festland treffen.«

»Aber ich kann meinen Mann doch nicht …«, fing die Frau an zu widersprechen, als die Menge sie auch schon weiterschob und ihr Mann sie überrascht ansah, während sich der Abstand zwischen ihnen mit jedem Atemzug vergrößerte. Schnell machte sie einen großen Schritt auf ihn zu, streckte die Hand nach ihm aus und berührte ihren Mann, der auch seine Hand nach ihr ausstreckte, noch einmal kurz an den Fingerspitzen. Dann wurde sie von den anderen Passagieren unsanft weitergeschoben und sah zu, wie ihr Mann in der Quarantänestation verschwand. Jetzt war sie allein mit ihrem schweren Seesack und dem Korb, den sie mit so viel Sorgfalt in Donegal gepackt hatte. Sie musste erst einmal ohne ihn zurechtkommen.

Die junge Frau wusste nicht, dass ihr Mann das Festland von Amerika niemals erreichen würde. Sie hatte keine Ahnung, dass dieser ihr letzter gemeinsamer Augenblick gewesen war.

Eamon Devlin war zu diesem Zeitpunkt schon fast auf der Fähre, die ihn endgültig nach Manhattan bringen würde. Zu seinem neuen Leben, einem Leben ohne die Erinnerungen an den kleinen Ort in Connemara, aus dem er stammte. Ein Leben ohne die beständige Angst, dass ihm sein Reichtum wegbrechen könnte. Ein Neuanfang. Er freute sich darauf. Sehr sogar. Endlich hatte er alles hinter sich gelassen, was ihn belastete. Er lächelte.

Als er wenig später über die Landungsbrücken schritt, wartete dort niemand auf ihn. Rings um ihn herum wurden die Menschen, mit denen er während der Überfahrt noch an einem Tisch gesessen hatte, zu Fremden, die von ihren Verwandten und Freunden überschwänglich begrüßt wurden. Tränen, Gelächter und überall die vertraute irische Sprache.

Keiner achtete auf ihn, als er sich konzentriert umsah. Er brauchte zunächst einmal eine Wohnung und natürlich eine einträgliche Arbeit. Hier an den Landungsbrücken trieben sich genügend Menschen herum, die den neuen Einwanderern ihre Hilfe anboten. Gegen Geld natürlich. Aber Eamon war entschlossen, seinen Weg zu machen. Dazu würde er allerdings zumindest in der Anfangszeit einen Helfer brauchen, am besten einen, der ihn nicht betrügen würde. Aber seine Menschenkenntnis würde ihn in der neuen Welt sicher nicht verlassen.

Als er seinen Blick auf der Suche nach einem vertrauenswürdigen Gesicht über die Menschenmenge schweifen ließ, meinte er für einen Augenblick, ein vertrautes Gesicht unter einer grauen Tweedkappe entdeckt zu haben – aber noch bevor er sich vergewissern konnte, dass er sich nicht getäuscht hatte, war der Mann auch schon verschwunden. Eamon schüttelte den Kopf. Das war unmöglich. Von allen Menschen aus Irland – dieser konnte nicht hier am Pier stehen. Da war er sich sicher. Unglaublich, welche Streiche einem die Phantasie doch manchmal spielte. Die Reise hatte ihm offenbar doch mehr zugesetzt als gedacht.

»Kann ich helfen, Sir? Suchen Sie eine Wohnung?« Ein junger Mann, fast noch ein Junge, stand neben ihm und sah ihn fragend an. Er hatte kaum Bartwuchs, nur ein leichter roter Flaum zierte seine Oberlippe. Dieser Knabe mit den kindlich blauen Augen und der pickligen Haut würde ihn kaum über das Ohr hauen.

»Ja. Kannst du mir zeigen, wo ich etwas finden kann? Für den Anfang kann es ruhig eine kleine Wohnung sein.« Eamon lächelte zufrieden.

»Sicher«, nickte der Junge, drehte sich um und pfiff gellend zwischen zwei Fingern. »Ich kümmere mich um einen Wagen, der uns hinbringen kann.«

Sein Pfiff sorgte dafür, dass eine der Kaleschen, die am Straßenrand standen, anfuhr und vor ihnen hielt. Der Junge half, den schweren Koffer auf dem Dach zu verstauen, und lächelte Eamon breit an. Eine Zahnlücke sorgte dafür, dass er wie einer der Lausbuben aussah, die in Eamons Laden in Irland regelmäßig nach Zuckerbrocken gefragt hatten.

Wenige Augenblicke später ruckelte der Wagen los. Zufrieden sah Eamon auf die anderen Immigranten zurück. Bis diese Würmer endlich in der Stadt waren, würde er schon seine erste Wohnung beziehen. Er hatte keine Zeit zu verlieren. Er wollte Amerikaner werden, an dem Reichtum dieser jungen Nation teilhaben, das alte Irland endgültig hinter sich lassen.

»Junge! Ich möchte nicht in dem Viertel der Iren wohnen«, erklärte er. »Ich möchte dort leben, wo die echten New Yorker wohnen. Kannst du mir da helfen?«

Ein überraschter Blick von der Seite war die Antwort. »Nicht bei den Iren?«, fragte der Junge nach. »Sicher?«

Ob er sicher war? Ja. Die eigene Sprache, die Lieder und die Erzählungen aus der alten Heimat würden ihm bestimmt nicht fehlen. Auch auf den angeblich so starken Zusammenhalt, den diese armen Leute einander gaben, konnte er getrost verzichten. Und die einzige katholische Kirche der Stadt konnte er sonntags trotzdem besuchen.

»Ich will keine Erinnerungen, ich will nach vorne sehen«, erklärte Eamon selbstbewusst. »Iren hatte ich in der ersten Hälfte meines Lebens ausreichend um mich herum. Jetzt wird es Zeit für die Amerikaner.«

»Wie Sie meinen, Sir.« Der Junge wandte sich an den Kutschfahrer. »Bringen Sie uns hinter den Central Park.« Er lächelte Eamon wieder an. »Da leben keine Iren. Aber es kann sein, dass Sie dort nicht sonderlich willkommen sind.«

Sie fuhren durch enge Straßen, die von sonderbaren Gebäuden flankiert wurden, die bis in den eisigen Winterhimmel zu ragen schienen. Aus Ziegel gebaut, Stockwerk um Stockwerk hoch. Die Straßen lagen im Schatten und auf den Bürgersteigen herrschte ein Gedränge, wie Eamon es in seinem Leben noch nie gesehen hatte. Jeder hatte es eilig, hatte ein Ziel und kannte kein Zögern. Pferdegespanne in allen Größen drängten sich auf der Straße. Manche mit schlanken, edlen Tieren, die im flotten Trab vorankamen, die meisten aber mit mageren Pferden, deren Glanz in den Augen schon vor langer Zeit erloschen war. Doch auch sie kannten kein Halten, keine Pause. Eamon kam es so vor, als würde er in einen Ameisenhaufen sehen, in den er kurz zuvor getreten war. Alles eilte, hastete und rannte – aber er konnte kein Ziel erkennen.

Die Droschke, in der er saß, wurde geschickt an allem vorbeigelenkt. Die Häuser wurden niedriger, die Hektik ließ nach, sie kamen sogar an einem weitläufigen Park vorbei, an dem hochherrschaftliche Häuser standen – und schließlich hielt die Kutsche vor einem drei- oder vierstöckigen Haus aus roten Backsteinen. Eamon lächelte zufrieden. Ja, so hatte er sich das vorgestellt.

»Hier könnten Sie ein Zimmer bekommen, Sir«, erklärte sein junger Führer und streckte seine Hand aus. »Ich bekomme einen Vierteldollar.«

»Was?« Eamon schüttelte den Kopf. »Für nicht einmal zwei Stunden Arbeit? Da musst du dir einen anderen suchen, mein Freundchen. Du kannst mich doch nicht ausnehmen, bloß weil ich gerade eben erst angekommen bin.«

Wieder das zahnlückige Lächeln. »Doch. Kann ich, Sir. Wenn Sie nicht einmal nach dem Preis für meine Dienste fragen, bevor Sie sie in Anspruch nehmen, kann ich Ihnen auch nicht helfen.«

»Von wegen.« Erzürnt erhob Eamon sich. »Gib mir meinen Koffer und dann werde ich dich angemessen entlohnen, mein Junge. Aber ich gestatte dir nicht, mich zu berauben.«

Ein einziger Blick zum Fahrer der Droschke genügte. Der schnalzte mit der Zunge und ließ die lange Peitsche über dem Rücken seines mageren Pferdchens knallen, das eilfertig lostrabte, während der Junge auf die anfahrende Kutsche sprang.

»Diebe! Haltet den Dieb!«, rief er aus voller Kehle, während er versuchte, die Kutsche mit ein paar schnellen Schritten wieder einzuholen. Aber sein Bauch und die mangelnde Bewegung der letzten Tage sorgten dafür, dass er schon nach wenigen Schritten dieses Unterfangen aufgab. Keuchend musste er einsehen, dass er ganz bestimmt kein trabendes Pferd einholen würde. Und ebenso klar wurde ihm, dass auch keiner der Menschen auf der Straße auf seinen lauten Ruf reagierte. Wen interessierte hier schon ein Mann, der mit heftigem irischen Akzent etwas von einem Dieb schrie? Er blickte der flüchtenden Droschke nach. Sein Koffer lag noch immer auf dem Dach, dann verschwand er schwankend im Gewühl der Menschen und Kutschen.

Eamon fasste suchend in seine Tasche. Wenigstens sein Geld war noch bei ihm, auch wenn ihm jetzt die Kleidung und seine Erinnerungen an Irland fehlten. Der Kerzenständer aus seinem Haus, das Bild von seiner geliebten Frau Fionnuala, die leider nicht mehr unter den Lebenden weilte. Die Vergangenheit war Vergangenheit. Er schüttelte den Kopf. Jetzt war nicht die Zeit, um sentimental an den Ramsch aus Connemara zu denken. Er musste sich nun allein auf sein Geld verlassen. Mit seinem Startkapital würde es ihm sicher gelingen, in New York Fuß zu fassen. Jetzt würde er seinen Neustart eben ganz ohne den Ballast der Vergangenheit bewältigen.

Entschlossen drehte er sich zu dem Haus um, auf das der Junge gedeutet hatte. Vielleicht würde er dort ja auch ohne die Hilfe dieses kleinen Diebs eine Unterkunft finden. Er klopfte entschlossen an die erste Tür und setzte sein freundlichstes Lächeln auf. Eine magere Frau mit strähnigen Haaren öffnete die Tür, sah ihn kurz misstrauisch an und knallte ihm dann, ohne ein einziges Wort zu sagen, die Tür vor der Nase zu. Und auch an den nächsten Dutzend Türen erging es Eamon nicht besser – bis er einsehen musste, dass ihn der Junge wahrscheinlich in eine Gegend gebracht hatte, in der er nicht mit einer Unterkunft rechnen konnte. Der verschmähte Neuankömmling spürte, wie der Ärger in ihm aufstieg. Wie sollte er jetzt in dieser fremden und feindlichen Umgebung einen Ort finden, an dem er sich ein wenig ausruhen konnte, bevor er sich ein neues Leben aufbauen konnte? Wo sollte er anfangen? Wo konnte er überhaupt anfangen? Blieben ihm wirklich nur die anderen irischen Immigranten? Doch so schnell gab er nicht auf. Eamon war fest davon überzeugt, dass dieser holprige Start nichts für seine goldene Zukunft zu bedeuten hatte. Er ging einfach immer weiter von Haustüre zu Haustüre und fragte nach einer Unterkunft.

Als er zum hundertsten Male hörte, dass man an einen Paddy ganz bestimmt kein Zimmer vermieten würde, änderte er seine Pläne. Für heute musste er sich wohl oder übel geschlagen geben. Während die Abenddämmerung über Manhattan heraufzog, kaufte er sich bei einem Erdnusshändler ein Tütchen der gerösteten Nüsse und machte sich auf den Weg zurück in den Süden. Dann würde er sich für heute eben irgendwo in der Nähe des Hafens ein Zimmer nehmen und sich morgen nach etwas Besserem umsehen.

Es war schon dunkel im südlichen Manhattan, als Eamon endlich an die Tür einer weiteren Wohnung klopfte. Ein verarmter Einwanderer aus Kerry hatte ihm in dem winzigen Pub um die Ecke erklärt, dass es hier meistens ein oder zwei freie Betten gab. Jeder, der es sich leisten konnte, verschwand allerdings schleunigst wieder und suchte sich eine bessere Bleibe. Und fast jede Bleibe war besser – das hatte sogar der Mann im Pub zugegeben.

Eine Frau mit streng zurückgekämmten Haaren und einer fleckigen Schürze öffnete Eamon und sah ihm misstrauisch entgegen.

»Was willst du?«, fragte sie in einem Tonfall, als hätte er gerade eine böse Beleidigung ausgestoßen. Oder ihr einen unsittlichen Antrag gemacht, was ihm bei dem intensiven Gestank nach Schweiß und fettigem Essen, den sie ausdünstete, sicher nicht in den Sinn gekommen wäre.

»Ich suche eine Bleibe«, erklärte Eamon lächelnd. »Ein Landsmann war so freundlich, mich auf Ihr Haus zu verweisen, da wollte ich nachfragen …«

»Komm mit!«, unterbrach sie ihn unwirsch, drehte sich um und verschwand ohne ein weiteres Wort in der engen dunklen Wohnung.

Eamon folgte ihr und nach wenigen Schritten stieß die Vermieterin die Tür zu einem kleinen, engen Zimmer auf, in dem er drei Betten auszumachen glaubte. Oder waren es vier? Eamon kniff die Augen zusammen und bemühte sich, etwas in dem dunklen Raum vor sich zu erkennen. Lagen in dem einem Bett wirklich zwei Menschen? Aber das schwache Licht, das auf dem Flur brannte, reichte nicht, um dieses Zimmer auch nur annähernd zu erhellen.

Die Frau deutete auf ein Bett direkt neben der Tür. »Halber Dollar die Woche, vorab zu bezahlen. Wenn du duschen willst, kostet das extra.«

»Ein halber Dollar?« Dafür hätte man in Galway in einem feinen Hotel absteigen können.

»Wenn es dir zu teuer ist, kannste gehen«, erklärte die Frau unbeeindruckt und schloss die Tür wieder.

»Nein, nein.« Eamon nestelte einen halben Dollar aus seiner Geldbörse und gab ihn ihr. »Ich nehme das Bett.«

»Gut. Ich wünsche nach Einbruch der Dunkelheit nicht mehr gestört zu werden.« Damit drehte sie sich um und verschwand in einem anderen Zimmer, das sie offensichtlich alleine bewohnte.

Eamon stand nun allein auf dem Flur. Kein Gepäck und nur 57 und einen halben Dollar in der Tasche. Und todmüde. Er schob die Tür zu dem Zimmer wieder auf und setzte sich auf das Bett, das die Vermieterin ihm zugewiesen hatte. Es roch nach Moder und verbrauchter, kalter Luft. Schnell hatten sich seine Augen an die Dunkelheit gewöhnt und er sah sich in seinem Quartier für die Nacht um. In dem Bett gegenüber lagen tatsächlich zwei Menschen aneinandergedrängt im Tiefschlaf. Eamon seufzte. Es war ja nur für eine Nacht. Und ein Anfang, immerhin. Und morgen früh würde die Welt sicherlich heller aussehen.

Als er in der Morgendämmerung die Augen aufschlug, musste er erkennen, dass dieses Zimmer noch schlimmer war, als er angenommen hatte. Die Wände waren so feucht, dass die Tapete an einigen Stellen in welligen Streifen herabhing. Der Gestank nach benutzten Nachttöpfen war übermächtig und die anderen Gestalten in dieser Unterkunft sahen erbärmlich aus. Zum Glück schliefen sie noch. Stöhnend setzte sich Eamon auf die Bettkante und rieb sich über das Gesicht. Für einen winzigen Augenblick sehnte er sich nach seinem Haus an der Küste des Atlantiks, in dem die Luft immer frisch war und nach Salzwasser schmeckte. Dann verbot er sich diese Gedanken.

»Neu angekommen?« Eine Stimme aus dem Bett neben ihm riss ihn aus seinen Gedanken »Willkommen. Ich bin Roddy.«

»Eamon«, antwortete er einsilbig. Er wollte keinen Mann kennenlernen, der in so einem Zimmer hauste.

Aber Roddy ließ sich so leicht nicht abschütteln. Er erhob sich und streckte Eamon seine nicht sehr saubere Hand hin. »Sei gegrüßt. Willst du mit mir kommen und nach einem Frühstück sehen?«

Erst jetzt bemerkte Eamon, dass ihm der Magen knurrte. Gestern hatte er den ganzen Tag nur dieses eine Tütchen Erdnüsse gegessen. Die Aufregung um seinen gestohlenen Koffer und die ernüchternde Suche nach einer Unterkunft hatten ihn ganz vergessen lassen, dass er auch ein ordentliches Essen brauchte.

Also nickte er nur und murmelte: »Essen klingt gut. Weißt du, wo es so etwas gibt?«

»Ein Deli, gleich um die Ecke«, erklärte Roddy eifrig. »Die besten Eier der Stadt, würde ich sagen.«

Die beiden Männer hielten sich nicht lange mit Wäsche oder Körperpflege auf. Sie erhoben sich aus ihren Betten, zogen die Jacken über die Hemden, in denen sie geschlafen hatten, und machten sich auf den Weg.

Das Deli entpuppte sich als kleiner Laden mit nur wenigen Tischen, in dem mehr Irisch als Englisch gesprochen wurde. Aber es roch verheißungsvoll nach gebratenen Eiern und Speck und Eamon ließ sich eine üppige Portion geben. Dazu dick geschnittenes Brot, das erst an diesem Morgen gebacken worden war. Er nahm einen großen Bissen und fühlte sich das erste Mal seit seiner Ankunft in New York wieder wie ein glücklicher Mann.

»Wo kommst du denn her?«, fragte er seinen Begleiter, der ebenfalls sein Frühstück in sich hineinschaufelte.

»Donegal«, erklärte Roddy mit vollem Mund. »Heimat der Steine und der leeren Teller. Ich dachte, hier wird es besser.« Er zuckte mit den Schultern. »Aber bis jetzt habe ich nur diese elenden Fabriken entdeckt, in denen man schuften muss wie ein Sklave. Da bleibe ich nicht für immer! Was machst du denn so?«

»In Connemara war ich Kaufmann auf einer kleinen Insel. Dann wurde der Verkehr auf dem Meer immer weniger und die Leute blieben aus. Daraufhin habe ich meinen Laden verkauft und bin hierhergekommen. Vielleicht mache ich hier auch einen Laden auf, wer weiß?« Sorgfältig wischte Eamon das Eigelb mit dem weichen Brot auf und trank einen weiteren Schluck von dem kochend heißen Tee.

»Wirklich?« Roddy sah ihn bewundernd an. »Hast du denn genug Geld für einen eigenen Laden?«

»Nein«, schüttelte Eamon den Kopf. »Als ich mein Geschäft verkauft habe, war es nicht mehr viel wert. Und mein Haus konnte ich auch nicht mehr verkaufen, weil es ebenfalls nichts mehr wert war. Es lag einfach zu …

abgelegen.« Er musste kurz auflachen. »Ein abgelegenes Häuschen auf einer einsamen Insel. Das gibt es wohl nur in Irland …«

Roddy konnte sich ein Grinsen ebenfalls nicht verkneifen, wurde dann aber schnell wieder ernst. »Wenn du nichts Eigenes aufmachen kannst, wird es schwierig. Die Leute mit den kleinen Stores beschäftigen meistens ihre komplette Familie. Der vertrauen sie. Was ganz schön dämlich ist. Gerade die Familie klaut ja oft genug schlimmer als die Raben.«

Eamon winkte ab. »Ich werde schon jemanden davon überzeugen, dass ich genau der Richtige für ihn bin. Ich habe schließlich Erfahrung. Das sollte doch so einiges zählen.«

»Aber keine Erfahrung in dieser Stadt. Ich fürchte, hier ist es ein bisschen anders, einen Laden zu führen: In einem Dorf kennst du jeden, der über die Schwelle tritt. Du wusstest früher sicher ganz genau, wem du einen Kredit geben konntest und wem nicht. Das ist jetzt nicht mehr so. Du kennst hier niemanden und in New York will dich jeder übers Ohr hauen. Wirklich jeder. Ist so, wirst du schon noch sehen.«

»Keine Sorge, ich finde mich zurecht. Was machst du für dein Geld?«

»Heute?« Roddy lächelte verlegen. »Ich gehe nachher noch zu einer der Fabriken, die Kleider herstellen. Die brauchen oft einen, der für einen Tag aushilft. Mal sehen.«

»Du hast nichts Festes?« Eamon war überrascht.

»Selten. Und wenn doch, dann immer nur für ein paar Tage oder auch mal eine Woche. Ist schwer, was zu kriegen, obwohl die Bezahlung nicht einmal gut genug ist, um aus dem Loch, in dem wir wohnen, herauszukommen.« Roddy griff nach seiner Kappe, die er neben sich auf den Stuhl gelegt hatte. »Ich mache mich jetzt besser auf den Weg, mal sehen, ob sich was ergibt. Willst du mitkommen?«

Eamon schüttelte den Kopf. »Nein. Ich will heute mit den Ladenbesitzern in der Gegend sprechen, ob sie eine Verwendung für meine Dienste habe. Schließlich habe ich wirklich eine Menge Erfahrung, das muss doch auch hier etwas wert sein…«

»Ich drücke dir die Daumen«, murmelte Roddy. »Aber ich habe meine Zweifel. Die irischen Familien halten zusammen wie Pech und Schwefel. Und die anderen wollen keine Iren. Halten uns Katholiken allesamt für papistische Monster. Oder so etwas Ähnliches.« Mit einem kurzen Kopfnicken verabschiedete sich Roddy und ging.

Kopfschüttelnd blickte Eamon seinem Zimmergenossen nach und machte sich kurz darauf selbst auf den Weg. Wer so wenig an seine Zukunft glaubte wie dieser Roddy, aus dem konnte einfach nichts werden. Da war er sich sicher. Er würde sicherlich nicht so enden.

Eamon verließ das Deli und öffnete mit freundlichem Gesicht die Tür zum ersten Laden, der an der Straße lag, … um sich nur drei Minuten später mitsamt seinem Lächeln wieder auf der Straße zu finden. Keine Stelle frei, nur die Familie, sowieso nicht genug Geld für alle da. Genau davor hatte ihn Roddy gewarnt, doch Eamon beschloss, dass er sich nicht von einer einzigen Absage unterkriegen lassen wollte, und ging direkt in das nächste Geschäft. Ohne Erfolg und mit den gleichen Antworten.

So erging es ihm an diesem Tag überall. Am nächsten ebenfalls. Am dritten Tag verließ Eamon das irische Viertel und musste die noch sehr viel härtere Wahrheit erkennen, dass wirklich niemand in New York auf einen Iren wie ihn gewartet hatte.

Es verging fast eine Woche, bis Eamon Devlin begriff, dass sein modriges Zimmer wohl erst einmal seine Heimat bleiben würde. Doch auch wenn sich seine Pläne etwas verzögerten, Eamon würde sie nicht verwerfen. Er hatte nicht vor, sein neues Leben so schnell aufzugeben, und so machte er sich jeden Tag erneut auf den Weg, um eine Anstellung als Kaufmann zu finden.

Bei einem seiner Streifzüge durch die Straßen entdeckte er Wanamakers, ein Geschäft, in dem es offenbar alles zu kaufen gab, was ein Mensch brauchte, und noch viele Dinge mehr, die er wahrscheinlich niemals benötigen würde. Das war kein kleiner Krämerladen, wie es sie zuhauf im irischen Viertel gab, das war ein wahrer Palast des Konsums. Das hier musste die Zukunft sein, seine Zukunft.

Eamon schlich durch die einzelnen Abteilungen und konnte sich an diesem Reichtum nicht sattsehen. Sein Entschluss stand schnell fest: Er wollte in einem dieser Department Stores arbeiten! Er wollte in einem feinen Anzug im Trockenen stehen, keinen Schweiß vergießen und freundlich den Menschen bei der Auswahl ihres neuen Kleides oder eines Regenschirms behilflich sein. Das – und nicht die knochenbrechende Arbeit in einer

Fabrik – musste sein Ziel sein. Immerhin konnte er rechnen, schreiben und er hatte Erfahrung im Verkauf. Außerdem: Mr Wanamaker hatte so viele Angestellte, dass er vielleicht sogar einen Paddy darunter duldete.

Neugierig schlich Eamon durch die Abteilungen, freute sich an dem hellen Licht, den lächelnden Verkäufern und den schönen Dingen. Sachte strich er mit seiner Hand über einen besonders schönen Wollstoff. Daraus ließe sich bestimmt ein wunderbarer Anzug nähen. Ein Anzug, in dem er bestimmt wie ein richtiger New Yorker wirken könnte und nicht wie einer dieser abgerissenen Gestalten, die die Straßen des irischen Viertels bevölkerten.

»Verzeihen Sie. Kann ich Ihnen helfen, Sir?« Eine blonde Frau sah ihn aufmerksam an. Blonde Löckchen hatten sich aus ihrer Frisur befreit und umspielten das runde Puppengesicht. Ein Grübchen zeigte, wie gerne sie lächelte.

Eamon folgte einer Eingebung und deutete auf den Stoff unter seiner Hand. »Von diesem hier hätte ich gerne ausreichend für einen Anzug. Können Sie mir denn auch einen Schneider empfehlen?«

Das Gesicht der jungen Frau wurde noch freundlicher. »Aber sicher. Wir haben einen Schneider im Haus. Allerdings hätten wir auch bereits fertig geschneiderte Anzüge, wenn Ihnen das Warten zu lange dauert.« Ihre Stimme wurde leiser und vertraulicher. »Das kommt auch etwas günstiger. Soll ich sie Ihnen zeigen?« Dabei musterte sie verstohlen sein Hemd und die schon leicht speckig glänzenden Hosen. Eamon seufzte. Er hatte sich noch keine neue Kleidung gekauft, die den Inhalt seines gestohlenen Koffers ersetzt hätte. Die viele Lauferei und der Dreck der Stadt hatten dafür gesorgt, dass sein Hemd die ursprünglich helle Farbe nur noch erahnen ließ. Wahrscheinlich roch er inzwischen auch nicht mehr wie ein Mensch, dem man in diesem Palast etwas abkaufen wollte. Wenn er also unbedingt hier arbeiten wollte, dann wurde es Zeit, dass er sein Aussehen auf einen Standard brachte, der hier angebracht war. Roddy und seine Freunde hatten begonnen, auf ihn abzufärben.

Eamon nickte dankbar. »Ja, könnten Sie mir da wohl helfen? Ich brauche auch ein neues Hemd. Leider wurde ich bei meiner Ankunft hier in der Stadt bestohlen, jetzt fehlt mir die Kleidung zum Wechseln.«

Sie nickte mit einem beflissenen Lächeln. »Das ist kein Problem, da kann ich Ihnen helfen. Hauptsache, Ihnen wurde das Geld nicht gestohlen ... Das ist das Einzige, worauf Herr Wanamaker Wert legt.« Erschrocken hielt sie ihre kleine Hand vor den Mund. »Das klingt aber böse. So meine ich das gar nicht. Aber wir haben den Grundsatz, dass jeder Mensch, der bei Wanamaker einkaufen möchte, wie ein König behandelt wird. Solange er seine Rechnung bezahlt.«

Lächelnd legte sie ihm einen braunen Anzug heraus. »Der müsste passen, und das ist die Farbe, die ich gerade am häufigsten verkaufe. Gefällt er Ihnen?«

Eamon nickte, wählte noch zwei Hemden, eine Krawatte und ein frisches Paar Socken dazu. In einer anderen Abteilung kaufte er noch ein Rasiermesser, Rasierwasser, Seife und vieles mehr. Am Ende gab er einen nicht unerheblichen Teil seiner Ersparnisse aus und trug seine neuen Erwerbungen in einer Papiertüte stolz zurück in das modrige Zimmer, in dem er wohnte. Noch wohnte. Dann suchte er zum ersten Mal seit seinem Einzug die Dusche dieser Wohnung auf, zahlte den Obolus für die Benutzung des Badezimmers und sorgte dafür, dass er wieder wie der ehrbare Kaufmann aussah, der er einst gewesen war.

Während das heiße Wasser den Dreck der vergangenen Tage aus seinen Haaren spülte, ärgerte er sich über seine eigene Dummheit. Er hatte sich zu sehr auf das Niveau von Roddy und den anderen begeben. Er hatte zu viel Zeit mit diesen Iren verbracht, die dazu verdammt waren, nur die harte Arbeit zu verrichten, ohne jemals zu Reichtum oder auch nur zu einer eigenen Wohnung oder gar zu einer Familie zu kommen. Und all das wollte Eamon erreichen.

Neu ausgestattet machte er sich am nächsten Tag wieder zu Wanamakers auf. Seine frisch rasierten Wangen brannten noch vom Rasierwasser und die Krawatte drückte ihm am Hals. Aber jetzt fing sein neues Leben an. Jetzt wollte er sich als Verkäufer bewerben und endlich seinem Leben in New York neuen Schwung verleihen. Diese Stadt strebte so sehr nach Größerem – es wurde Zeit, dass auch er endlich seinen Teil vom Kuchen abbekam.

Entschlossen drückte er die großen Flügeltüren auf und betrat das Kaufhaus. Er sah sich etwas um und freute sich, als er die hilfsbereite Verkäuferin mit dem Puppengesicht und den blonden Löckchen wiederentdeckte.

Er steuerte mit einem breiten Lächeln auf sie zu und freute sich noch mehr, als sie ihn nicht erkannte und mit einem geschäftigen »Kann ich Ihnen behilflich sein?« begrüßte.

»Ich wollte mich bei Ihnen für Ihre Hilfe gestern bedanken«, strahlte er sie an.

Sie musterte ihn noch einmal und dann erst erkannte sie ihn. »Na, wenn das nicht der Beweis dafür ist, dass Kleider Leute machen!«, rief sie aus. »Nie hätte ich Sie so auf der Straße erkannt. Was hat Sie denn heute zu Wanamakers geführt? Wollen Sie gleich noch einen Anzug kaufen?« Die Grübchen auf ihren Wangen vertieften sich bei diesen Worten.

»Nein.« Eamon beugte sich zu ihr, als würde er ihr ein Geheimnis verraten. »Heute wollte ich Sie einfach nur wiedersehen.«

Die Verkäuferin lachte auf, sah sich aber gleichzeitig ängstlich um. »Uns ist es nicht erlaubt, mit den Kunden eine private Unterhaltung zu führen. Bitte, gehen Sie weiter. Oder lassen Sie sich wenigstens zu etwas beraten, das Sie kaufen wollen.«

»Keine privaten Kundengespräche also? Na, dann verraten Sie mir doch, wo ich mich bewerben kann, wenn ich künftig hier arbeiten möchte!«, fragte Eamon charmant lächelnd. »Dann lasse ich Sie auch in Ruhe. Wenn auch ungern. Oder Sie zeigen mir noch einen dieser dunkelgrauen Anzüge hier. Oder ist der Stoff womöglich schwarz?«

Wieder das Grübchen. »Nein, Sie haben ein gutes Auge. Diese Anzüge sind in der Tat von einem sehr dunklen Grau. So muss niemand das Gefühl haben, er geht zu einer Beerdigung.« Ihre Stimme wurde etwas leiser. »Gehen Sie in das oberste Stockwerk und fragen Sie nach Mister Peabody. Er ist für die Angestellten verantwortlich.« Sie sah ihm in die Augen. »Ich drücke Ihnen die Daumen. Und wenn es klappt, können Sie mich jeden Tag wiedersehen.« Etwas lauter redete sie wieder weiter: »Ich kann Ihnen auch gerne noch die schwarzen Modelle zeigen!«

Als Eamon dankend ablehnte, lächelte sie ihn noch einmal an und wandte sich dann an eine andere Kundin, die bereits ungeduldig darauf wartete, dass sie endlich bedient werden würde.

Schnell bahnte Eamon sich den Weg zu dem modernen Aufzug, der die einzelnen Stockwerke von Wanamakers miteinander verband. Hier warteten viele Menschen darauf, von diesem technischen Wunderwerk befördert zu werden.

Als Eamon endlich an der Reihe war, drängten sich mit ihm viele andere Kunden in die Kabine und waren dabei so ungeduldig, dass ein dünner Mann mit einer grauen Tweedkappe sogar stolperte und gegen Eamon stürzte. Er richtete sich schnell auf und murmelte eine halbherzige Entschuldigung, während Eamon wie vom Donner gerührt dastand und ihm fassungslos hinterhersah. Er traute seinen Augen nicht. Das konnte nicht sein. Er kannte den Mann. Aber dieses schmale Gesicht mit dem ewigen Lächeln durfte einfach nicht hier sein. Es gehörte nach Irland, für immer. Eamon schloss die Augen und schüttelte kurz den Kopf, um diese Vision zu vertreiben. Und tatsächlich. Als er die Augen wieder öffnete, war der Mann verschwunden.

Im obersten Stockwerk des Einkaufspalastes musste Eamon nicht lange nach diesem Mister Peabody suchen.

Er zog seinen Hut vom Kopf und nickte Peabody zu. »Verzeihen Sie, mir ist Ihr Name genannt worden, wenn es um die Neuanstellung von Mitarbeitern geht. Ist das richtig?«

»Korrekt.« Peabody sah ihn von oben bis unten an. »Haben Sie denn irgendwelche Referenzen?«

»Ich hatte einen eigenen Laden«, erklärte Eamon eifrig. »In Connemara. Auf einer Insel. Ich habe mir gedacht, dass ich mit meiner Erfahrung ganz bestimmt nützlich sein könnte …« Seine Stimme wurde unter den strengen Blicken dieses Mister Peabody immer leiser und verlor sich schließlich ganz. Eamon ärgerte sich darüber. Wo war nur der selbstbewusste Kaufmann geblieben, der vor so vielen Wochen nach New York aufgebrochen war? Warum nur war er jetzt ein Bittsteller, der einen wichtig dreinblickenden Abteilungsleiter fast flehend ansehen musste?

»Was haben Sie denn da verkauft?«, wollte Peabody wissen. Sein Gesicht verriet nicht, was er dabei dachte.

»Brot, Eier, Stoffe, Seife … alles. Wer etwas benötigte, kam zu mir.« Eamon breitete seine Arme aus. »So ähnlich wie Wanamakers, nur sehr viel kleiner.«

Ein Stirnrunzeln ließ erkennen, dass Peabody diesen Vergleich wenig angemessen fand. »Wirklich? So ähnlich?«

Beschwichtigend hob Eamon seine Hände. »Wie gesagt: sehr viel kleiner. Aber auch bei mir gab es alles unter einem Dach.«

»Ich suche einen Mitarbeiter in der Herrenoberbekleidung.« Peabody stellte das mit so viel Nachdruck in der Stimme fest, als ob er den Tod eines Königs oder den Ausbruch eines Krieges verkünden würde. »Wenn Sie wollen, können Sie eine Woche zur Probe arbeiten. Dann entscheiden wir, ob wir Sie als Mitarbeiter in unserem Haus begrüßen können.«

Eamon griff nach beiden Händen von Peabody und schüttelte sie, so heftig er konnte. Welch ein Glück, er hatte es geschafft! »Sie werden es nicht bereuen. Ganz bestimmt nicht. Das verspreche ich!«

Peabody trat einen Schritt zurück. Offensichtlich waren ihm die Nähe und der Enthusiasmus des Iren zu viel. »Freuen Sie sich mal lieber nicht zu früh. Es steht noch nicht fest, ob wir Sie wirklich in unseren Reihen begrüßen wollen. Es ist nur ein Versuch.«

»Ich werde Sie nicht enttäuschen.« Eamon hätte am liebsten laut losgelacht. Jetzt würde New York seine Stadt werden. Endlich. Die ersten Tage hatten nichts zu bedeuten, das war nur seine Prüfung gewesen. Der Test, ob er dieser Stadt wirklich gewachsen war.

Peabody winkte nur ab. »Kommen Sie morgen um sieben Uhr früh und melden Sie sich bei mir. Ich werde Ihnen zeigen, wo Sie die nächste Woche arbeiten werden.«

»Ich bin pünktlich«, versprach Eamon und löste endlich seine Hände von Peabody.

Beglückt fuhr er mit dem Aufzug zurück ins Erdgeschoss und ging freudig lächelnd in Richtung des Ausgangs. Er stand schon fast auf der Straße, als ihm etwas einfiel. Schnell drehte er sich um und eilte in die Abteilung mit den Herrenanzügen. Er winkte der blonden Verkäuferin schon von fern zu – und dieses Mal störte es ihn auch nicht, dass sie noch in ein Gespräch mit einem Kunden vertieft war. Er drängte sich mit seinem neuen Selbstbewusstsein dazwischen und strahlte sie an.

»Ich fange morgen an! Danke für Ihre Hilfe!«

Mit einem ängstlichen Blick über die Schulter versicherte die Blonde sich, dass sie nicht beobachtet wurde. Dann lächelte sie ihn an. »Das freut mich wirklich außerordentlich … für Sie. Dann sind wir ja jetzt Kollegen.« Sie streckte ihm ihre Hand entgegen. »Mein Name ist Annabelle. Ich freue mich schon darauf, Sie morgen wiederzusehen!«

»Und ich erst«, strahlte Eamon. »Sie sind einfach mein Glücksengel. Das kann ich spüren!«

Der Kunde, den Annabelle gerade bedient hatte, blickte unbehaglich von einem zur anderen und räusperte sich schließlich verlegen. »Soll ich mir vielleicht eine andere Verkäuferin suchen?«

»Nein«, lächelte Annabelle. Sie strich über ihre Schürze, nickte Eamon zum Abschied noch einmal zu und wandte sich dann ihrem Kunden zu. »Es tut mir sehr leid. Bitte verzeihen Sie mir. Mein neuer Kollege muss wohl noch lernen, dass bei Wanamakers die Kunden die Könige sind.« Sie setzte ihr bestes Lächeln auf. »Wir haben gerade über die verschiedenen Qualitäten von Wollstoffen gesprochen, wenn ich Ihnen also vielleicht diesen Zwirn hier zeigen darf …«

Eamon zog sich vorsichtig zurück. Irgendwann würde das Lächeln von Annabelle ihm gelten. Da war er sich sicher. Sie würde dafür sorgen, dass er seine unglückliche Fionnuala endlich vergessen würde. Sein neues Leben lag direkt vor ihm.

Er trat auf die Straße hinaus und schloss für einen Moment die Augen, um den Moment zu genießen. Da legte sich ihm eine Hand auf die Schulter.

»Sir, würden Sie bitte für einen Augenblick mit mir kommen?«

Eamon machte die Augen wieder auf und schüttelte genervt die Hand von sich ab. »Was gibt es denn?«, wollte er ärgerlich wissen.

»Eine reine Routinekontrolle«, lächelte der Mann. Ein Lächeln, bei dem seine Augen kein Gefühl zeigten. »Wir beobachten unsere Kunden und manchmal sind wir uns nicht ganz sicher, ob da nicht etwas aus dem Eigentum des Mister Wanamaker in ihre Taschen gefallen ist. Das wollen wir natürlich verhindern, das verstehen Sie sicher. Wenn Sie mir also eben folgen würden …«

»Das muss ein Versehen sein«, erklärte Eamon und schüttelte den Kopf.

»Wenn es so ist, dann entschuldige ich mich jetzt schon«, nickte der Mann. »Aber Sie werden verstehen, dass wir bei einem Kaufhaus wie diesem jede nur erdenkliche Sicherheitsvorkehrung treffen müssen, damit wir nicht plötzlich beklaut werden. Und wir haben einen Hinweis von einem Kunden bekommen …«

»Was für ein Vorwurf!«, regte sich Eamon auf. Er spürte, wie sein Kopf puterrot wurde. »Das kann doch nicht sein, dass man als ehrbarer Bürger …«

»Wie gesagt: Es ist eine reine Vorsichtsmaßnahme. Bitte entschuldigen Sie das jetzt schon …«, beschwichtigte ihn der Detektiv, während sein Griff an Eamons Arm fester wurde.

»Ich fange morgen an, hier zu arbeiten!«, erklärte Eamon. »Ich werde doch meinen neuen Arbeitgeber nicht …« In dieser Sekunde wurde ihm klar, welches Spiel hier gespielt wurde und er entspannte sich. »Aha. Jetzt verstehe ich. Ich soll Wanamakers besser kennenlernen.« Er lachte auf. »Und fast wäre ich darauf hereingefallen. Natürlich komme ich mit Ihnen.«

»Gut«, erklärte der Detektiv, ohne eine weitere Regung in seinem Gesicht zu zeigen.

Er lockerte seinen Griff um Eamons Arm keine Sekunde, als er mit ihm zurück in das Kaufhaus ging. Hier öffnete er eine Tür, die geschickt in der Wandvertäfelung verborgen war, und schob Eamon unauffällig hindurch.

Sie betraten ein kleines Zimmer mit zwei Stühlen, die an einem einfachen Holztisch standen.

»Dürfte ich bitte Ihren Mantel für einen Moment haben?«, fragte der Detektiv.

Eamon lächelte, zog ihn bereitwillig aus und legte ihn auf den Tisch. Der Detektiv durchsuchte die Taschen und nickte nur kurz, als er plötzlich eine Bürste zutage förderte. Mit Schildpatt besetzt und aus feinstem Holz, sicher kein preiswertes Stück – und ganz bestimmt nicht für den Gebrauch durch einen Mann bestimmt.

»Tragen Sie die Bürste Ihrer Frau immer mit sich herum? Oder haben Sie dieses Geschenk gerade eben erstanden, aber leider ganz vergessen, es zu bezahlen?« Der Detektiv sah ihn drohend an. »Oder wie lautet die idiotische Ausrede eines dummen Iren dieses Mal?«

Eamon sah fassungslos die Bürste an. Er konnte sich nicht einmal im Entferntesten vorstellen, wie dieses Stück in seine Tasche gekommen war.

»Was soll ich damit?«, stammelte er verwirrt. »Ich habe keine Frau, ich bin Witwer. Was soll ich mit so einem Tand?«

»Was Sie damit anstellen, muss mich nicht interessieren«, erklärte der Detektiv mit eisiger Miene. »Aber dass es sich um das Eigentum von Wanamakers handelt – ist ein Skandal. Sie waren damit schon auf der Straße. Fast wären Sie mit Ihrem schändlichen Verhalten auch noch unbeschadet davongekommen. Aber jetzt werde ich Sie in den Gewahrsam der Polizei geben. Sie sind ein verbrecherisches Subjekt, Sie dürfen in dieser Stadt nicht frei herumlaufen.«

Damit ging er zur Tür und rief einige Befehle nach draußen. Unmissverständlich die Aufforderung, einen Polizisten zu holen.

»Aber ich habe nicht …«, versuchte Eamon sich zu verteidigen. »Ich habe noch nie in meinem Leben das Eigentum eines anderen Menschen an mich genommen. Ich war immer ein ehrbarer Mann. Ich bin … hereingelegt worden. Das ist es! Man hat versucht, mich übers Ohr zu hauen!« Er spürte, wie ihm der Schweiß den Rücken herunterlief. Er war sich so sicher gewesen, dass sich sein Glück und sein Schicksal am heutigen Tage endlich ändern würden. Und jetzt verdächtigte man ihn, ein einfacher Dieb zu sein? Er verlegte sich aufs Bitten »Bitte. Ich habe keine Ahnung, wie diese Bürste in meine Manteltasche gekommen ist. Ich schwöre es auf das Grab meiner toten Frau! Sie können mir doch nicht meine ganze Zukunft verbauen, bloß weil mir jemand so etwas in die Tasche gesteckt hat!«

Die Tür öffnete sich und ein Polizist in Uniform kam herein. Der Detektiv sah Eamon nicht einmal mehr an. Er deutete nur auf die Bürste. »Ich habe diesen Mann beim Verlassen unseres Hauses überprüft. In seiner Tasche fand sich diese Bürste aus dem Besitz des Herrn Wanamaker. Sie wurde nicht bezahlt. Es ist Diebesgut. Diesen Tatbestand möchte ich hiermit zur Anzeige bringen.«

Der Polizist deutete auf den Mantel. »Das können Sie alles gleich noch zu Protokoll geben. Bitte ziehen Sie sich jetzt erst einmal an und kommen Sie mit auf die Wache.« Dem Detektiv nickte er kurz zu und lächelte. »Gute Arbeit. Sie sorgen dafür, dass so manches kriminelle Subjekt in unserer Stadt hinter Gitter kommt. So wird die Stadt eine bessere.« Als Eamon sich nur zögerlich erhob, puffte der Polizist ihm zwischen die Rippen und griff zu seinen Handschellen.

Als sie erneut auf die Straße kamen, schloss Eamon noch einmal die Augen. Aber dieses Mal nicht, um den Augenblick des Hochgefühls zu genießen, sondern um die Tränen der Verzweiflung zu verdrängen. Ein Mann weinte nicht in der Öffentlichkeit. Auch dann nicht, wenn gerade all seine Träume von einem besseren Leben geplatzt waren.

Der Polizist zog ihn mit sich, und als Eamon die Augen wieder öffnete, musste er erst einmal blinzeln – denn er sah mit einem Mal wieder den Mann mit der grauen Tweedkappe. Dieses Gesicht, das er aus seiner Heimat kannte. Auch wenn es unmöglich war, dass dieser Mann in New York war. Ganz sicher unmöglich. Trotzdem lehnte er hier und jetzt entspannt an der Wand auf der gegenüberliegenden Straßenseite und sah ihn an. Es war der Mann, den er bei seiner Ankunft in New York gesehen hatte, der Mann, der ihn im Fahrstuhl angerempelt hatte, der Mann, der einen Grund zur Rache hatte, und mit einem Mal wurde Eamon klar, dass dieses Rempeln kein Zufall gewesen war.

Aufgeregt deutete Eamon in Richtung des Mannes. »Bitte, der Mann dort mit der grauen Tweedkappe – das ist der eigentliche Täter. Der Dieb! Er hat mir die Bürste in die Tasche gesteckt, um sich zu rächen. Bitte! Sie müssen ihn verhören. Das ist der eigentliche Dieb, nicht ich!«

Der Polizist sah zu der Wand und schüttelte nur kurz den Kopf. »Da steht niemand mit einer grauen Tweedkappe. Hören Sie auf, irgendwelche Menschen zu beschuldigen, die es nicht gibt. Machen Sie sich nicht lächerlich. Sie wurden auf frischer Tat ertappt. Dem ist nichts mehr hinzuzufügen. Der Richter wird Sie Ihrer gerechten Strafe zuführen.«

Entsetzt blickte Eamon wieder auf die andere Straßenseite. Er konnte den Mann mit der grauen Tweedkappe, der abgeschabten Jacke mit den Lederflicken an den Ellenbogen und den geflickten Hosen genau erkennen.

Liam aus Connemara.

# 1.

Die Fähre stampfte durch die Dunkelheit, hob und senkte sich im trägen Takt der Dünung des Atlantiks, der tief unter ihr lag, unsichtbar in der Finsternis der Nacht. Nur die Gischtkronen auf den Wellen schimmerten wie Girlanden, die im Nichts schwebten, bevor sie wieder mit dem schwarzen Meer verschmolzen.

Ein feiner Sprühregen lag über allem, sorgte dafür, dass kaum ein Mensch auf dem Oberdeck war. Sean hatte der Wunsch nach etwas frischer Luft hinaus in die kalte Aprilnacht getrieben, doch schon nach wenigen Minuten sehnte er sich wieder nach der Wärme im Inneren des großen Schiffs. Es würde noch Wochen dauern, bis die Überfahrten von Le Havre nach Rosslare ein wenig gemütlicher wurden. Dann würden Gruppen von Reisenden wieder hier draußen sitzen und die nächtliche Fahrt über das Meer genießen können, und mit ein bisschen Glück würden sie dann auch die Lichter vom fernen Ufer und die Sterne sehen, die jetzt hinter einer geschlossenen Wolkendecke verborgen waren. Zu dieser ungemütlichen Jahreszeit tummelten sich nur wenige Touristen auf der Fähre.

Mit einem Ruck flog die Türe zum Oberdeck auf und einige lachende, junge Männer kamen nach draußen. Alle mit Zigaretten in der Hand, die sie jetzt hektisch entzündeten.

»In einer Nacht wie dieser könnte man zum Nichtraucher werden!«, lachte einer. Was ihn aber nicht daran hinderte, mit seiner Hand die Zigarettenglut wie einen kostbaren Schatz vor dem eisigen Wind und dem Sprühregen zu schützen.

Sean beobachtete die fröhlichen Raucher, die immer wieder laut auflachten und wild durcheinanderredeten. Da fiel ihm plötzlich eine junge Frau auf, die etwas abseits und offenbar schon länger direkt neben der Türe an der weiß gestrichenen Bordwand lehnte. Reglos. Beide Hände tief in die Taschen ihrer dunklen Jacke vergraben, die Lippen fest aufeinandergepresst, als hätte sie Angst, dass ihr ein unbedachter Laut entfliehen könnte. Sie starrte in die Dunkelheit, als ob sie darin irgendetwas erkennen konnte, aus merkwürdig wasserhellen Augen, die in ihrem blassen Gesicht zu leuchten schienen. Sean wollte gerade ihrem Blick folgen, um zu sehen, was sie da so gebannt anstarrte, als sie sich plötzlich bewegte. Zögernd ging sie zum Heck der Fähre, blieb an der Reling stehen und blickte hinunter auf die Spur, die die großen Antriebsschrauben des Schiffs in das nachtschwarze Meer zogen. Ihre Jacke sah nicht besonders gut gefüttert aus – und die dünnen Turnschuhe hielten die Füße ganz bestimmt nicht warm. Störte es sie nicht, dass es eiskalt und die salzige Luft voller winziger Wassertröpfchen war? Nicht mehr lange, und sie würde bis auf die Knochen durchgefroren sein.

Sean atmete tief durch und schüttelte leicht den Kopf. Diese blasse Frau, deren lange schwarze Haare mit der Dunkelheit der Nacht verschmolzen, war nicht sein Problem. Außerdem war es höchste Zeit, dass er sich an der Bar unter die Reisenden mischte, um einen oder zwei Drinks zu sich zu nehmen.

Als die fröhlichen plaudernden Raucher ihre Kippen über die Reling in die Fluten schnippten und wieder in den Schutz der stählernen Wände der Fähre verschwanden, beschloss Sean, es ihnen gleichzutun, warf an der Tür aber noch einen letzten Blick zur Reling.

Ihm stockte der Atem.

Die Frau war verschwunden.

War sie jetzt etwa über die Reling gefallen? Oder hatte sie sich ins Meer gestürzt? Sie hatte so einsam gewirkt. So unglücklich. Sean wusste, dass Menschen auf dieser Fähre regelmäßig den Tod suchten – weil niemand es bemerkte. Aber er hatte es bemerkt, und er musste etwas unternehmen. Sofort. Er hastete die wenigen Schritte zur Reling und spähte panisch ins Dunkel. Doch er sah nur die tosende Gischt der Fahrrinne und die schwarzen Wogen des Atlantiks. Es war unmöglich. Ein Mensch würde sofort im Kielwasser einer so großen Fähre verschwinden. Er musste dem Bordpersonal Bescheid geben, dass jemand über Bord gegangen war, musste die Fähre anhalten, damit nach der Frau gesucht werden konnte, die in dem eisigen Wasser nicht lange überleben würde. Schnell drehte er sich um – und fand sich Auge in Auge mit der jungen Frau wieder.

»Was machen Sie da?« Sie sah ihn vorwurfsvoll an.

»Ich … wollte sehen, wo Sie sind. Sie standen eben noch da und dann …« Er brach mitten im Satz ab, als er sah, wie sich eine ihrer Augenbrauen hob. Aus der Nähe betrachtet wirkte sie gar nicht mehr so unglücklich, sondern vielmehr wütend.

»Sie haben mich beobachtet?« Sie machte einen kleinen Schritt von ihm weg.

»Ja. Nein! Ich habe nur gesehen, dass Sie zur Reling sind, und dann waren Sie plötzlich nicht mehr da. Da habe ich gedacht, dass Sie …« Er fuhr sich mit seiner breiten Hand nervös durch die braunen Locken, denn mit jedem seiner Worte hatten sich ihre Augenbrauen näher zusammengeschoben, bis eine kleine Falte dazwischen zum Vorschein getreten war. »Ich habe … mir einfach Sorgen gemacht.«

»Sorgen? Warum?« Offensichtlich erwartete sie eine Antwort.

»Sie sahen so traurig aus.«

»Ernsthaft?« Mit einem Mal machte sich ein beinahe spöttisches Grinsen in ihrem Gesicht breit. »Sie haben wirklich gedacht, dass ich mich ins Meer stürze?« Sie lachte kurz auf. »Keine Sorge, ich bin zwar hin und wieder merkwürdig – aber so merkwürdig ganz bestimmt nicht. Was soll ich denn in der eisigen Irischen See finden, was ich nicht auch so haben kann?«

Er hob abwehrend die Hände. »Entschuldigung, es war

nur so ein Gefühl. Ein Irrtum. Ich gehe jetzt in die Bar und lasse Sie in Ruhe, in Ordnung?« Er wandte sich zum Gehen und verfluchte sich innerlich, dass er diese undankbare und überhebliche Frau nicht von Anfang an einfach im Regen hatte stehen lassen. Warum nur sah er immer wieder ein Drama, wo eigentlich das ganz normale Leben stattfand?

Da spürte er ihre Hand an seinem Arm. »Nein, so meinte ich das nicht. Es tut mir leid. Das war sehr nett von Ihnen. Wirklich. Danke.« Ihre schwarzen Haare klebten strähnig an ihrem Kopf. Sie sah aus wie eine nasse Katze. Trotzdem lächelte sie ihn an und mit einem Mal wirkte der Gedanke an einen drohenden Selbstmord auch auf ihn lächerlich. »Ich lade Sie zu einem Drink ein. Leisten Sie mir Gesellschaft?«

Nur wenige Minuten später saßen sie nebeneinander in einer Ecke der engen Bar.

»Auf die Rettung, die nicht nötig war!«, hob er sein Glas. »Ich heiße übrigens Sean!«

»Clara«, prostete sie ihm zu und nahm einen großen Schluck.

»Wohin bist du unterwegs?«, wollte Sean wissen.

»Rosslare«, antwortete sie und grinste.

»Ha, sehr witzig. Wohin geht es, nachdem unsere Fähre in Rosslare angelegt hat?«

Sie zuckte mit den Schultern. »Woher willst du wissen, dass ich ein Ziel habe?«

»Das ist ganz einfach. Wenn ich deinen Akzent richtig deute, dann bist du aus Deutschland. Richtig?« Sie nickte nur. »Und die Deutschen, die nach Irland kommen, haben immer ein Ziel. Oder mehrere davon: Clonmacnoise, Ring of Kerry, Limerick, der Burren … das echte Irland, wie sie es aus der Werbung für echte irische Butter kennen.« Er konnte sich ein Grinsen nicht verkneifen. »Also: Wohin geht deine Fahrt? Und noch viel wichtiger: Warum bist du alleine unterwegs?«

»Erstens: Keine Ahnung, ich schaue keine Werbung. Zweitens: Geht dich nichts an.« Sie nippte wieder an ihrem Glas. »Das schmeckt lecker. Was ist das? Bier?«

»Smithwicks. Aber du lenkst ab: Was machst du auf dieser Fähre, wenn du nicht weißt, wo du hinwillst?«

»Da war ein Schild in Richtung Fähre und das europäische Festland war gerade zu Ende. Da erschien mir das wie eine gute Idee. Also bin ich hier. Allerdings weiß ich noch nicht, was ich machen werde, wenn Irland zu Ende ist.« Sie sah ihn forschend an. »Wohin geht denn deine Reise?«

»Nach Hause.« Er spürte, wie sich ein Lächeln auf seine Lippen stahl. »Ich werde morgen früh meinen Daumen in den Wind strecken und an die Westküste trampen. Nach Connemara, um genau zu sein. Da lebe ich, wenn ich nicht gerade auf einer Baustelle in Frankreich oder Deutschland meine Arbeitskraft verkaufe.«

»Auf einer Baustelle?« Sie runzelte die Stirn. »Was machst du da?«

»Ich bin Zimmermann, kümmere mich um alles, was mit Holz zu tun hat. Und der EU sei Dank: Ich kann überall arbeiten, wo ich gerade gebraucht werde.«

»Und jetzt?«

»Jetzt habe ich mir eine Pause verdient. Immer nur zu arbeiten macht doch auch keinen Spaß. In Deutschland sind die Menschen muffig, in Frankreich reden sie kein Englisch … Da will ich nicht ständig bleiben, sonst bekomme ich nur schlechte Laune.«

»Und was ist so viel besser an Connemara?« Sie sah ihn fragend an und strich sich eine beinahe schon wieder getrocknete Haarsträhne hinter das Ohr.

Sean nahm einen tiefen Schluck von seinem Bier. »Die Frage sollte eher sein: Was ist nicht besser in Connemara? Die Menschen sind freundlich, die Landschaft einmalig, die Luft ist klar und die Musik in den Pubs kommt aus dem Herzen, nicht aus dem Radio. Es ist die beste Gegend, um zu leben!«

»Es ist also das Paradies! Was treibt dich dann bloß in die Welt hinaus?« Sie lachte. »Wenn dein Connemara wirklich so wunderbar ist, dann solltest du es nicht verlassen!«

Sean verzog leicht den Mund. »Es mag der beste Ort der Welt sein, um zu leben. Aber ganz bestimmt nicht, um zu arbeiten. In Connemara konnte man noch nie etwas anderes tun, als Fisch zu fangen, Schafe zu scheren und Ponys zu züchten.« Er zuckte mit den Achseln. »Und das ist wahrscheinlich auch gut so. Dann bleibt unsere Luft wenigstens sauber und wir leben weiterhin im Paradies. Wenn da jemand eine Fabrik hinstellen würde, dann wäre dieser Fleck der Erde bald so hässlich wie die Gegenden, in denen ich arbeiten muss.«

»Du lebst also im Paradies und arbeitest in der Hölle? Wo warst du zuletzt? In Deutschland?« Sie lächelte und sah ihn gleichzeitig so aufmerksam an, als würde er ihr die Geheimnisse der Welt verraten. Dabei redete er doch nur über seine Arbeit.

»Nein. In der Nähe von Paris, in einem der Vororte. Ein Mann, der offensichtlich zu viel Geld hat, wollte in seinem neuen Haus viel Holz: großer Dachstuhl, Parkettböden, Wendeltreppe, begehbare Schränke … Alles, was edel und teuer ist. Und ich habe ihm alles eingebaut. Letztes Jahr im Sommer haben wir mit den Arbeiten am Haus angefangen, seit dem Jahreswechsel habe ich mich um den Innenausbau gekümmert …« Er brach mitten im Satz ab und seine Augen verengten sich zu Schlitzen, während er anfing, wissend zu lächeln. »Aber wir kommen vom eigentlichen Thema ab: Was hat dich auf diese Fähre verschlagen? Was machst du hier? Und erzähl mir nicht wieder das Märchen vom Schild zur Fähre.«

Sie nahm einen großen Schluck. »Ich habe mich nur ein wenig treiben lassen, um den Kopf freizubekommen. Da steckt nichts Aufregendes dahinter, wirklich nicht. Ich habe überraschend ein paar Wochen freibekommen, mich einfach ins Auto gesetzt und bin losgefahren. Ende der Geschichte.«

»Ganz alleine? Ist das nicht gefährlich?« Er sah sie überrascht an. »Und wie kommt man plötzlich zu ein paar freien Wochen? Und was kommt danach?«

Sie schüttelte leicht den Kopf und musste lächeln. »Bekomme ich für jede Antwort drei neue Fragen gestellt?« Er hob abwehrend die Hände. »Also gut. Alleine reisen und gefährlich? Wir sind im 21. Jahrhundert und in Europa, da sollte ich keine Probleme bekommen. Ich bin ja nicht auf der Fähre nach Tanger, wenn ich mich nicht täusche. Und die Freizeit … das hat sich eben so ergeben. Und was danach kommt, entscheide ich, wenn es soweit ist.«

»Und was machst du zu Hause?« Die Frau machte ihn überraschend neugierig. Vielleicht lag es daran, dass sie mit den Informationen über sich selbst so sparsam umging, vielleicht aber auch daran, dass sie lustig und schlagfertig und verdammt hübsch war. »Warten da ein Mann und drei Kinder auf dich oder sitzt du im Vorstand eines großen Unternehmens?«

Sie nestelte an ihrem Kettchen, das sie um ihren Hals trug. »Nein. Nichts Aufregendes. Ich studiere. Kunstgeschichte.« Zu seiner Überraschung machte sie die Frage nach ihrem Leben in Deutschland ernsthaft nervös. Sie trank einen Schluck und sah auf die Uhr. »Wow. Es ist ja schon richtig spät! Ich fürchte, ich muss in meine Koje.« Zu Seans Enttäuschung rutschte sie ein Stück von ihm weg und stand auf. »War schön mit dir und danke nochmals für die Rettung, auch wenn sie überflüssig war. Vielleicht sehen wir uns ja morgen.«

Dann verschwand sie mit einem letzten Winken aus der Bar, die sich ohnehin langsam leerte. Erst jetzt bemerkte er den deprimierenden Geruch nach verbrauchter Luft und Alkohol, den er plötzlich nicht mehr ertragen konnte.

Langsam schob Sean die Tür zum Außendeck auf, um ein wenig Luft zu schnappen und sich in einem überdachten und vom Wind geschützten Winkel eine Bank zum

Schlafen zu suchen. Für die Überfahrt mit der Fähre hatte er sich noch nie eine Kabine geleistet, das war ihm viel zu teuer. Außerdem konnte man die Fenster dort nicht öffnen – und ohne frische Luft hatte er nachts immer das Gefühl zu ersticken. Da wickelte er sich lieber in seine dicke Jacke über dem warmen Schafwollpullover und lauschte hier oben auf das monotone Stampfen der Maschinen und das Wasser, das weit unter ihm dahinrauschte. Während ihn der Schlaf übermannte, tauchte wieder das Bild von Clara an der Reling vor ihm auf. Warum nur hatte er immer noch das Gefühl, dass sie sich am liebsten in das kalte Meer gestürzt hätte? Später hatte sie doch ganz normal gewirkt und in der Bar war sie sogar die meiste Zeit recht fröhlich gewesen. Obwohl sie nichts von sich erzählt hatte und es sorgfältig vermieden hatte, auch nur ein bisschen mehr als ihren Namen preiszugeben. Mit diesem letzten Gedanken schlief er endgültig ein.

Das heisere Schreien der Möwen weckte ihn. Die Regenwolken, die bei der Abfahrt aus Frankreich und den größten Teil der Nacht den Himmel verdeckt hatten, waren allesamt weggeblasen. Leuchtend blau und mit schnell vorbeiziehenden Wolkenfetzen zeigte er sich jetzt so lebendig, wie er es nur in seiner Heimat sein konnte.

Sean setzte sich auf, streckte sich und rieb sich die Augen. Alles, was er sich jetzt wünschte, war eine große Tasse Tee. So schwarz, dass man den Grund der Tasse nicht sehen konnte. Dazu ein Schuss frischer Milch, und er würde sich wieder wie ein menschliches Wesen fühlen.

Ein verschlafener Blick über die Reling zeigte ihm aber, dass er sich seinen Herzenswunsch wohl erst auf dem Festland erfüllen konnte, denn Rosslare lag schon so nahe, dass man die einzelnen Häuser unterscheiden konnte. Nicht mehr lange, und die Fähre würde anlegen. Endlich wieder richtigen irischen Tee.

Mit einem Frösteln wickelte Sean sich fester in seine Jacke und atmete tief den Geruch seiner Heimat ein. Bildete er sich das nur ein oder war die Luft hier wirklich klarer? Er lächelte über seine eigene Sentimentalität. Ein paar Wochen in Frankreich und er wurde zum begeisterten Irlandfan. Nach einem Sommer auf der Insel verflog das allerdings meistens wieder. Dann störte ihn die Engstirnigkeit der meisten seiner Volksgenossen wieder. Oder auch der tief verwurzelte Glaube an die Regeln der Kirche, die dafür sorgte, dass bis zum heutigen Tage Scheidungen als Todsünde galten. Und das sollte dann ein modernes Land sein!

Mit einem tiefen Signalton aus dem Nebelhorn kündigte die Fähre ihre Ankunft in Rosslare an. Sean beobachtete, wie die Autofahrer alle ins Unterdeck verschwanden, um sich dort in Position für die Fahrt von der Fähre zu begeben. Jeder war froh, wenn diese Überfahrt zu Ende war. Die Kabinen waren zu eng und das Essen konnte nur mit viel gutem Willen als »durchschnittlich« bezeichnet werden. Eigentlich machte es nur satt, sonst nichts.

Sean sah dem vertrauten Treiben zu und hoffte, seine Bekanntschaft von gestern Abend irgendwo zu entdecken. Doch Clara war wie vom Erdboden verschluckt.

Schließlich begab er sich gerade rechtzeitig an die Gangway und verließ als einer der ersten Passagiere zu Fuß das Schiff. Routiniert lief er zu dem großen Tor, durch das die Autos das Gelände des Fährhafens verlassen mussten. Er baute sich an der ersten Parkbucht dahinter auf, holte aus seiner Tasche das Schild mit der Aufschrift »West« heraus und streckte seinen Daumen in den Wind.

Die ersten Autos rollten an ihm vorüber, ohne ihr Tempo auch nur im Geringsten zu verringern, auch bei den folgenden erging es ihm nicht besser. Als wäre das nicht genug, schob sich kurz darauf auch noch eine Wolke über den Himmel. Ein kräftiger Schauer begann und mit einem leisen Fluch stellte Sean seinen Kragen auf. Verließ ihn heute sein Glück?

In diesem Augenblick hielt ein froschgrüner kleiner Polo neben ihm. Das Fenster rollte herunter und seine Begleiterin der letzten Nacht lachte ihn an. »Willst du ein Stück mitfahren?«

»Mit einer Frau, die keine Ahnung hat, wo sie eigentlich hin will? Das ist mir zu gefährlich!« Er grinste sie an.

»Dann fahre ich dich nach Hause. Dein paradiesisches Connemara ist wahrscheinlich ein so gutes Ziel wie jedes andere auch. Komm, steig ein!«

Der Regen wurde in diesem Augenblick noch einmal stärker. Wenn Sean ein weiteres Argument benötigt hätte, um in das Auto zu steigen – dann hätte das gereicht.

Er öffnete die Autotür und setzt sich neben Clara. »Abgemacht. Du fährst mich nach Connemara und ich erzähle dir auf dem Weg alles, was du über Irland wissen musst.«

»In Ordnung«, nickte sie und fuhr los.

»Lektion Nummer eins: Ein irischer Morgen ist nichts wert ohne eine ordentliche Tasse Tee. Wir halten gleich im nächsten Ort und genehmigen uns erst einmal eine Tasse. Dann können wir den Rest des Tages angehen.«

Clara zog eine Augenbraue in die Höhe und sah ihn zweifelnd an. »Du bist der erste Tramper, den ich in meinem Leben mitnehme. Ist es normal, dass die Mitfahrer als Erstes eine Pause einlegen?«

»Nein. Aber so macht es mehr Spaß.« Er lehnte sich zufrieden zurück und sah aus dem Augenwinkel, dass Clara lächelte.

Minuten später legte er seine Hände um eine dampfende Tasse schwarzen Tee, der farblich an Kaffee erinnerte. Die Bedienung des kleinen Cafés stellte einen Haufen Rührei, gebratene Tomaten und Blutwurst auf einem riesigen Teller vor ihm hin. Clara sah ihm mit einer Mischung aus Faszination und Abscheu zu, während er sich sein Frühstück in den Mund schob und mit jedem Bissen mehr spürte, dass seine Lebensgeister zurückkehrten.

Sie sah ihn noch immer zweifelnd an. »Und das schmeckt?«

Sean häufte seine Gabel voller Ei, Tomate und Wurst und hielt ihr die Mischung hin. »Lektion Nummer zwei: Ohne ein irisches Frühstück ist alles nichts wert. Sonne, Liebe, Ruhm. Alles ist besser mit einem ordentlichen Frühstück im Magen. Probier mal!«

Sie lachte und wedelte abwehrend mit der Hand. »Nein, das ist wohl doch etwas zu viel Irland für den Einstieg. Aber lass dich von mir nicht bremsen.«

Eine Stunde später waren sie wirklich unterwegs. Mit konzentriertem Gesichtsausdruck lenkte Clara ihr Auto auf der linken Seite der Straße. »Wo geht es als Erstes hin?«

»Immer in den Westen«, erklärte Sean. »Da, wo das echte Irland beginnt.«

## 2.

Nach wenigen Kilometern setzte erneut starker Regen ein, der die Landschaft in ein undurchdringliches Grau hüllte. Der Sonnenschein des Morgens war schnell vergessen. Der Atlantik tauchte immer mal wieder zur Linken auf, während sie durch kleine und größere Städte in Richtung Westen fuhren. Auf Claras Stirn bildete sich immer mal wieder eine steile Falte, während sie versuchte, sich auf die Fahrt zu konzentrieren. Sean sah unterdessen zufrieden auf die Landschaft, ohne allzu viele Worte zu verlieren. Gut, das war untertrieben, wenn man es genau nahm, dann sagte er eigentlich gar nichts. Zwei Lektionen mussten also fürs Erste reichen. Clara spürte eine leichte Enttäuschung darüber, denn es hatte ihr gestern Abend Spaß gemacht, sich mit ihm zu unterhalten. Andererseits hatte sie, wenn sie ehrlich war, momentan genug damit zu tun, nicht auf die falsche Fahrbahn zu gelangen.

Nachdem sie Cork hinter sich gelassen hatten, führte

der Weg allmählich nach Nordwesten und Sean deutete auf ein Schild.

»Wenn du jetzt in Richtung Killarney fährst, dann ist das schon in Ordnung.« Er sprach also doch noch.

Clara nickte – und begann, sich langsam ernsthaft zu fragen, was denn das Außergewöhnliche an dieser Gegend sein sollte. Die Straße war gut ausgebaut, aber im Regen sahen die berühmten irischen Wiesen links und rechts der Straße nicht saftig grün, sondern matschig grau aus. Womöglich waren die Bilder aus der Butterreklame doch nur ein durchdachter Werbegag. Und ihr fröhlicher irischer Begleiter, von dem sie sich geistreiche Unterhaltungen während der Fahrt erhofft hatte, summte nur heiter ein Liedchen vor sich hin.

Als er davon endlich genug hatte, drehte er ihr Radio an, ohne auch nur einmal zu fragen, ob ihr das auch recht war, und suchte dann so lange nach einem Sender, bis sie endlich kein Wort mehr verstehen konnte. Sie war langsam aber sicher an einem Punkt angelangt, wo sie zu bereuen begann, ihn mitgenommen zu haben. Da halfen ihm nicht einmal mehr sein hübsches Gesicht und dieser jungenhafte Charme. Oder die Lachfältchen. Sie hätte es schon beim Frühstück ahnen müssen, dass das nicht gut gehen wird.

»Wir kommen in die Gaeltacht«, erklärte er plötzlich wie aus dem Nichts heraus. »Nur hier kann ich meine Muttersprache im Radio hören. Ich hoffe, es stört dich nicht.«

Clara atmete tief durch. »Radio in einer Sprache, die so klingt wie eine Kehlkopfkrankheit? Klar, das macht mich glücklich. Mach nur.« Sie warf ihm ein gequältes Grinsen zu.

»Beleidige nicht meine Muttersprache!«, rief Sean gespielt empört. »Wir sind das Volk der Dichter und Trinker und das hier ist die Sprache, mit der die meisten unserer großen Literaten aufgewachsen sind. Das hier ist Musik, das ist Kunst.«

Clara musste nun doch wieder etwas lächeln. »Wenn man es versteht, mag das so sein, wenn nicht, klingt es leider so, als würde es mit der Zeit wehtun, so zu sprechen. Und wenn ich ehrlich sein soll, dann hat deine berühmte Gaeltacht bis jetzt nicht allzu viel zu bieten.« Sie deutete auf die Landschaft vor der verregneten Windschutzscheibe. »Matschige Wiesen und graue Steinmauern. Das Paradies hatte ich mir etwas anders vorgestellt.« In dem Moment tauchte vor ihr eine Kreuzung auf. »Also, wo geht es weiter durch dein Land der Dichter und Trinker und der langweiligen Wiesen?«

»Hast du Zeit?« Als sie kurz zu ihm blickte, sah sie ein Funkeln in seinen braunen Augen. »Ich habe eine Idee. Aber wir sind dann auf keinen Fall heute in Connemara … Allerdings wirst du heute Abend garantiert begeistert von meinem Land sein. Ehrenwort!«

Jetzt war sie neugierig. Wie konnte er sich da nur so sicher sein? »Wie du weißt, habe ich keine Pläne. Ich schaue mir alles an, was du mir zeigst. Und wenn ich einen oder zwei Tage später an einen Ort komme, von dem ich vorher noch nie etwas gehört habe, dann soll mir das nur recht sein.«

»Dann biege nach links ab«, erklärte er. »Wir fahren

nach Dingle. Wird ja auch Zeit für ein Mittagessen, findest du nicht?«

Sie musste kurz an das Frühstück denken. »Ach, ich hätte es noch ein Weilchen ohne etwas zu essen ausgehalten«, erklärte Clara und sah aus dem Augenwinkel, wie Sean sich ihr zuwandte.

»Ja. Man sieht, dass Essen nicht zu deinen Hobbys zählt.«

»Noch eine Bemerkung über meine Figur und du kannst den Rest des Weges laufen.« Das war kein Scherz.

Sean verfiel wieder in sein Schweigen, bis die ersten Häuser vor ihnen auftauchten. Rosa, hellblau, dunkelblau, gelb – farbenfroh reihten sie sich aneinander. Pubs, ein paar Läden, Geschäfte mit Souvenirs.

»Willkommen in Dingle«, sagte Sean mit nicht wenig Stolz in der Stimme.

Neugierig sah Clara sich um. »Hübsch hier. Was willst du mir hier zeigen?«

Sean deutete auf einen Parkplatz. »Wir halten an und gehen ein Stück.«

»Wohin?«

»Das erfährst du dann, aber ich verspreche dir: Es wird dir gefallen!« Sie glaubte ihm.

Mit einem Schulterzucken befolgte Clara seine Anweisungen und nur wenige Augenblicke später waren sie auf einem Pfad unterwegs, der aus Dingle hinaus- und an Klippen entlang zu einem Leuchtturm führte. Schweigend gingen sie hintereinander her. Clara fing an, sich zu entspannen. Wenn man es genau betrachtete, war es schön, nichts sagen zu müssen. Stattdessen konnte sie die Landschaft und den sagenhaften Blick genießen. Immer wieder sah Sean dabei hinaus aufs Meer.

»Da ist er!«, rief er plötzlich.

»Was?« Clara zuckte kurz zusammen und versuchte zu erkennen, was er da auf dem Meer entdeckt hatte.

Er deutete auf eine Stelle in der Meerenge zwischen dem Leuchtturm und der Landzunge. »Da. Ein Delfin. Er ist immer hier.«

»Klar.« Sie runzelte ungläubig die Stirn. »Ein Delfin.« Sosehr sie sich auch bemühte – sie konnte nur Wellen, Regen und Wolken sehen. Und einen nassen Weg, der dafür gesorgt hatte, dass ihre Turnschuhe inzwischen völlig durchnässt waren. Sie fühlte auch, wie die Feuchtigkeit durch ihre Jacke allmählich bis auf ihre Schultern durchsickerte. Dieser Spaziergang war bis jetzt alles andere als eine brillante Idee gewesen. Und einen Delfin konnte sie wirklich nicht sehen.

»Ich gehe zu ihm.« Sean sah sie auffordernd an. »Kommst du mit?«

Sie sah wieder zu der Stelle im Wasser, auf die er gedeutet hatte. »Kannst du auf dem Wasser gehen? Jesus habe ich mir irgendwie immer anders vorgestellt.« Sie schüttelte leicht den Kopf und versuchte ein halbes Lächeln über ihren eigenen Scherz.

»Nein. Nicht gehen. Schwimmen!« Bei ihm klang es wie das Natürlichste der Welt.

Sie würde auf keinen Fall auch nur eine Zehenspitze in dieses Eiswasser tauchen. »Ich habe nichts anzuziehen. Ich meine: keinen Badeanzug. Außerdem ist das Wasser viel zu kalt. Es ist April! Und ich bin jetzt schon völlig durchnässt, dafür brauche ich keinen Atlantik.«

»Komm schon. Wir haben den Golfstrom und die Erderwärmung. Das Meer hat hier sicher seine 15 Grad. Das geht schon!« Er hielt kurz inne und begann zu grinsen. »Und keine Sorge: Ich schaue natürlich weg!«

Clara schüttelte den Kopf. »Nie im Leben! Du bist wahnsinnig. Und einen Delfin kann ich auch nicht sehen!«

Als hätte das Tier ihre Worte gehört, sprang es ohne Vorwarnung aus den Wellen, keine 50 Meter vom Ufer entfernt. In einem eleganten Bogen flog es durch die Luft und verschwand wieder.

»Er wartet schon auf uns! Komm jetzt!«, erklärte Sean und kletterte ohne ein weiteres Wort die Klippen nach unten. Er begann damit, seine Jacke auszuziehen, und verschwand hinter einem großen Felsen.

Clara sah ihm fassungslos hinterher. Erst redete dieser Typ kaum mit ihr, dann wollte er ihr die Gegend zeigen – und jetzt zog er sich aus, um mit einem wilden Delfin zu schwimmen. Sie war also doch an einen Wahnsinnigen geraten. Der leider ziemlich gut aussah, wie sie sich selber mit einem leichten Schulterzucken eingestand.

In diesem Augenblick tauchte er wieder auf, allerdings schon im Wasser. Sie sah seine braunen Locken und seine überraschend muskulösen Arme, während er durch das Wasser zu dem Ort kraulte, an dem noch vor wenigen Augenblicken der Delfin aufgetaucht war. Und da tauchte auch schon die Flosse des Delfins plötzlich neben ihm auf. Sean drehte sich auf den Rücken und sah dem großen Tier zu, das jetzt Kreise um ihn zog und ihm immer wieder über den Kopf sprang. Unwillkürlich machte sich ein Lächeln auf Claras Lippen breit. Der Delfin spielte wirklich mit Sean.

Suchend sah sie sich um. Mit einem Mal wollte sie auch ins Wasser. Sie kletterte die Klippen hinab und suchte sich am Fuß einen Stein, schlüpfte aus ihren Kleidern und stand einen winzigen Moment fröstelnd im Wind, bevor sie in das beißend kalte Wasser ging. Einen Augenblick lang raubte es ihr fast den Atem, so kalt war es – aber schon Augenblicke später sah sie einen hellen Schatten im Wasser auf sich zukommen. Einen unheimlich großen Schatten, der sich so schnell bewegte, dass sie ihn immer wieder aus den Augen verlor. Noch bevor sie einen klaren Gedanken fassen konnte, war der Delfin wieder weg.

Hektisch sah Clara sich um. Er war weder hinter noch vor ihr. Er war einfach weg.

»Unter dir!«, rief Sean, der inzwischen nur noch wenige Meter von ihr entfernt schwamm, ihr über das Rauschen der Wellen hinweg zu.

Noch bevor sie nach unten sehen konnte, spürte sie ihn. Den Delfin. An ihren Beinen! Es wirkte fast so, als ob er versuchte, sie ein Stück zu tragen. Aber sie bekam keine Panik, sondern hatte vielmehr mit einem Mal das Gefühl von Frieden und Freundlichkeit, das von diesem Tier ausging. Er tauchte auf und sah sie mit einem ewigen Lächeln aus seinen merkwürdig menschlichen Augen prüfend an. Was auch immer er in ihr sah – er schien der

Meinung zu sein, dass sie ein wenig Aufmunterung benötige, denn er puffte sie mit seiner festen Schnauze an und schob sie ein wenig in Richtung des offenen Meeres. Erst langsam, dann schneller. Obwohl sie dem großen Tier völlig ausgeliefert war, hatte sie keine Angst. Clara überließ sich seinem Spiel – und tatsächlich wurde er nach etwa 100 Metern wieder langsamer. Legte sich an ihre Seite, rollte sich auf den Rücken, beäugte sie – um dann mit einem einzigen schnellen Schlag seiner Fluke in den Weiten des Meeres zu verschwinden.

Von einem Augenblick auf den anderen war sie wieder allein. Zurück blieb ein Gefühl von Glück und Hoffnung, die der Delfin in ihr entzündet hatte. Aber mit einem Mal sah sie auch wieder die kalten grauen Wellen und die Brecher an den Klippen. Sie sah das Meer als das, was es war: kein Spaßbad in einem Freizeitpark, sondern eine gewaltige, unfreundliche Umgebung. Vor allem war es aber eines: kalt. Erst jetzt spürte sie, dass ihre Finger fast taub waren und die Kälte sich in allen Zellen ihres Körpers festsetzte. Dagegen konnte kein Glück der Welt an.

»Sean?«, rief sie gegen den Lärm der Brandung an, bekam aber keine Antwort. Sie blickte suchend um sich und entdeckte ihren irischer Begleiter am Ufer, wie er gerade dabei war, sich anzuziehen. Aus dieser Entfernung konnte sie zwar nicht allzu viel sehen, das, was sie sah, gefiel ihr aber. Sehr. Als Sean sich plötzlich zu ihr umdrehte, konzentrierte sie sich trotzdem lieber wieder schnell auf das Meerwasser vor sich, konnte sich ein Grinsen aber nicht verkneifen.

Mit ein paar kräftigen Schwimmzügen machte sie sich wieder in Richtung Ufer auf. Immer mal wieder warf sie einen suchenden Blick zurück über die Schulter und hoffte, dass der Delfin doch noch wieder auftauchen würde, aber das Meer neben und unter ihr blieb leer – nur die noch ganz frische Erinnerung über sein freundliches Wesen und sein ewiges Lächeln blieb zurück und glühte in ihr weiter wie eine kleine wärmende Flamme.

Als sie endlich völlig erschöpft das Ufer erreichte, kletterte sie schnell über glitschige, nasse Steine aus dem Wasser, rannte zu dem kleinen Haufen ihrer feuchten Kleider hin, rubbelte sich mit ihrem Unterhemd trocken und zog den Rest der Kleidung rasch wieder an. Daran, dass sie erbärmlich fror, änderte das allerdings leider auch nichts.

Erst als sie die Schnürsenkel ihrer Turnschuhe mit klammen Fingern verknotet hatte, sah sie sich nach Sean um. Der war inzwischen vollständig bekleidet wieder oben auf der Klippe und blickte demonstrativ über das Meer – so als wollte er damit zeigen, dass er keine Sekunde daran interessiert gewesen war, sie nackt zu sehen.

Bevor Clara zu ihm nach oben kam, drehte sie sich noch einmal zum Meer um. Sie fror und zitterte, aber gleichzeitig hatte der Delfin dafür gesorgt, dass mit einem Mal wieder Glücksgefühle durch ihre Adern flossen. Natürlich, sie fror und war erschöpft, aber zum ersten Mal seit drei – nein, inzwischen vier – Tagen fühlte sie sich wieder lebendig und voller Kraft. Es war fast so, als hätte der Delfin den Schalter für gute Laune in ihr umgelegt. Das Glück angeknipst.

Sie wollte noch einen letzten Blick auf ihn werfen, doch er war nirgends zu sehen. Das Meer lag grau und wild vor ihr. Das Einzige, was hier lebendig aussah, waren die kreischenden Möwen und ein Fischerboot, das in einiger Entfernung gegen die Wellen ankämpfte. Clara konnte erkennen, dass die Männer an Bord dickes Ölzeug trugen. Nur sie war so blöd, hier in einer viel zu dünnen Jacke vor sich hinzufrieren.

Gerade als sie sich endgültig abwenden wollte, um endlich wieder ins Warme zu kommen, tauchte der Delfin plötzlich wieder auf. Ganz nah – und mit einem Fisch im Maul, den er mit einem gewaltigen Schwung in die Luft warf. Um ihn dann mit einer einzigen Bewegung wieder zu fangen. Damit tauchte er ab und verschwand endgültig.

Zufrieden lächelnd kletterte Clara jetzt die Felsen nach oben. Sean sah sie erwartungsvoll an. Seine Haare waren noch etwas nass und seine braunen Augen leuchteten.

»Also? Immer noch das langweiligste Land der Welt? Hat das Meer an Irlands Küsten wirklich nichts zu bieten?«

Lachend schüttelte Clara den Kopf. »Ich nehme alles zurück. Ich dachte immer, Schwimmen mit Delfinen sei eine Sache für Touristen in Florida oder im Roten Meer oder in der Karibik – von einem irischen Delfin habe ich wirklich noch nie gehört. Er ist … unglaublich! Woher wusstest du, dass er hier ist? Und seit wann ist er hier?«

»Fungi ist wirklich kein Geheimtipp. Du findest in Dingle sogar eine Statue von ihm.«

»Fungi? Klingt nicht besonders irisch.«

»Ich weiß.« Sean lachte kurz. »Lektion Nummer drei: In Irland gibt es Delfine, also mindestens einen: Fungi. Und ich kannte ihn schon, bevor er berühmt war und eine eigene Statue hatte.«

»Wirklich?« Clara sah ihn mit gespielter Bewunderung an.

»Ja. Vor zehn Jahren, da habe ich hier mit einem Freund gezeltet – wir haben Musik gemacht und solche Sachen. Tagsüber sind wir hier in der Gegend herumgelaufen und da haben wir ihn entdeckt. Sind zu ihm ins Wasser und er hat mit uns gespielt. Damals wussten die Fischer von Dingle noch nicht, dass sich eine wahre Goldgrube in Sachen ›Dolphin Tours‹ vor ihnen aufgetan hatte. Im Gegenteil: Sie haben in einem fort über den armen Fungi geschimpft, der ihnen den Fang wegfrisst.« Er lächelte Clara an. »Heute leben sie von ihren Touren mit garantierter Delfinsichtung. In ein paar Wochen ist die Touristensaison wieder in vollem Schwung, dann nimmt Fungi sich nicht mehr so viel Zeit für zwei unbedeutende Besucher in seinen hochehrwürdigen Gewässern …«

»Was war das denn mit dem Fisch am Schluss?« Clara war immer noch fassungslos über das, was sie gerade eben erst erlebt hatte.

»Fungi findet wohl, dass du zu dünn bist und dass du dringend etwas essen solltest«, erklärte Sean trocken. »Leider war Pizza in seiner Küche gerade aus, deswegen hat er dir seinen besten Fisch gebracht.«

Sie knuffte ihn und lachte nur. »Er hat recht. Ich muss

dringend etwas essen. Was kriegt man in einem Ort wie Dingle?«

»Alles, was das Herz begehrt. Ich empfehle Fish und Chips und ich weiß auch, wo man hier die besten bekommt, ganz frisch und knusprig. Als Nachtisch einen Whiskey, dann wird dir wieder warm. Komm!«

Dieses Mal folgte sie ihm leichtfüßig den schmalen Pfad an den Klippen entlang zurück in den Ort, wo sie keine halbe Stunde später die versprochenen herrlich knusprigen Fischstücke verspeisten. Über die Pommes hatte Sean großzügig Essig gesprenkelt – und zu Claras Überraschung schmeckte diese für sie neuartige Mischung tatsächlich lecker.

»Okay, du hast mich überzeugt: Zumindest in eurem Meer steckt mehr, als man auf den ersten Blick annehmen möchte. Ob ich mich allerdings deshalb gleich von eurem ganzen Land überzeugen lasse – das warte ich mal noch ab.« Sie lachte ihn an. »Wir müssen ja noch eine ganze Strecke fahren, oder?«

»Ja. Ich denke, heute fahren wir einfach einmal um die Halbinsel herum und übernachten hier in einem Bed & Breakfast.« Er sah sie für einen Augenblick unsicher an. »Wenn das für dich in Ordnung ist. Also … in getrennten Zimmern … natürlich.« Er schüttelte kurz den Kopf. »Wir könnten aber auch sofort weiter in Richtung Connemara fahren, wenn du willst. Wir würden dann irgendwann in der Nacht ankommen, kein Problem.«

Sie hob die Hände. »Nein, nein. Ich vertraue dir. Dieser erste Eindruck war so …« Sie suchte nach einem Wort und zögerte, bevor sie weitersprach. »… so wunderbar, dass ich es kaum erwarten kann, noch mehr zu sehen. Obwohl ich mir nicht vorstellen kann, dass es noch besser wird.«

»Pah! Täusch dich da mal nicht«, erklärte Sean grinsend, während er ungeniert das letzte Stückchen Fisch in den Mund steckte.

# 3.

Der nächste Stopp, den Sean vorschlug, war bei den »Bienenkörben«, nicht weit von Dingle entfernt. Es handelte sich dabei nicht, wie Clara zunächst angenommen hatte, um Behausungen für Honigbienen, sondern um kleine runde Hütten aus gekonnt übereinandergeschichteten Steinen. Mit großen Augen durchstreifte Clara diese zum Teil noch aus der Eisenzeit stammenden Gemäuer und sah sich in den winzigen Räumen um. Sie verlor sich im Anblick der kunstvoll ineinander verzahnten Steinplatten, sie spürte die Jahrhunderte, nein Jahrtausende, die dieses alte Gebäude gesehen hatte, und auf einmal konnte sie das Scharren von Füßen auf dem Kiesboden hören, sie roch das Feuerholz und meinte sogar, Kinderlachen zu hören. Sie sah sich um, doch sie war allein. Da wurde ihr plötzlich eiskalt und durch die Eingangstür hindurch sah sie, wie sich eine dicke Schneeschicht über die eben noch saftig grünen Wiesen legte. Hinter sich hörte sie jetzt ein Baby schreien, und als sie sich umdrehte, sah sie einige in alten Pelzfetzen gekleidete Menschen, die zusammengekauert um ein Feuer herum saßen, einige Kinder weinten und zwischen ihnen liefen Hühner herum. Es war kalt und eng und …

»Clara?« Sean stand vor ihr und sah sie besorgt an. »Alles in Ordnung? Du siehst blass aus.«

»Ja. Alles in Ordnung. Ich habe …« Mit einem Mal stand sie wieder in dem alten, unbewohnten Gemäuer. Sie wusste nicht, was hier gerade geschehen war. Es kam zwar immer mal wieder vor, dass ihre Phantasie mit ihr durchging und sie im Augenwinkel Dinge zu sehen glaubte, die eine Sekunde später nicht mehr da waren, aber das eben war eine ausgewachsene Halluzination gewesen. Oder?

»Du hast?« Sean sah sie noch immer beunruhigt an.

»Ich … hoffe, sie hatten hier mehr als nur ein Haus pro Familie«, flüsterte sie. »Stell dir mal vor, hier würde eine Familie mit mehreren Kindern leben. Im Winter ist man dann mehrere Tage zusammengesperrt, während draußen die Winterstürme toben. Das Grauen.«

»Du hast zu viel Phantasie«, erklärte Sean. »Wahrscheinlich haben die sich gemütlich ums Feuer geschart und gesungen. Iren tun das, wenn ihnen langweilig ist oder wenn sie sonst nichts zu tun haben. Also nehme ich mal an, dass die irischen Eisenzeitler das auch getan haben.«

Mit gerunzelter Stirn sah Clara sich noch einmal um. Es war alles so gut erhalten und sauber, dass man sich die Jahrtausende, die seit der Errichtung vergangen waren, nur sehr schwer vorstellen konnte. Den Gedanken daran, was sie eben hier gesehen hatte, verdrängte sie tief in ihrem Inneren.

»Wer hat sich all die Jahre darum gekümmert?«, wollte sie wissen.

»Die Bauern«, erklärte Sean. »Aber nicht etwa, weil sie an dem großen Erbe des irischen Volkes interessiert sind oder waren. Diese Bienenkörbe waren schlicht und ergreifend die besten Ställe und Lagerplätze für Futter und Stroh in der Gegend. Also hat man sich darum gekümmert, dass sie nicht zusammenbrechen.«

»Praktisches Volk, deine Landsmänner«, stellte Clara fest, während sie mit noch etwas weichen Knien wieder ins Auto kletterte. »Was kommt als Nächstes?«

»Schöne Klippen, ein atemberaubender Blick auf Skellig Michael, wenn die Wettergötter uns gnädig sind. Und zum Abschluss ein feines Bier im Pub. Guter Plan?«

»Klingt phantastisch«, nickte Clara.

Sie fuhren weiter die Küstenstraße entlang und starrten wenig später an einem Aussichtspunkt lange gemeinsam in den Nebel, bis sie aufgaben und die kleine Insel Skellig Michael doch lieber in einem Postkartenstand an der Hauptstraße von Dingle bewunderten. Dann genossen sie jeder ein frisch gezapftes Smithwicks in einer Kneipe, bis ein alter Mann seine große silberne Flöte zückte und eine wehmütige Melodie spielte.

Ein paar Ältere an den schweren Holztischen und auf den Bänken zuckten zusammen.

»Die Touristen sind noch nicht da, Geoff!«, rief einer. »Spar dir deine Mühe mit der traurigen Geschichte vom einsamen Delfin.«

Aber der alte Mann mit der Flöte blies unbeirrt in sein Instrument, entlockte ihm eine wehmütige Melodie, bis er endlich den Schlusston erreicht hatte.

»Das war mein Lied«, sagte er schließlich und starrte traurig vor sich hin. »Mein Lied für den einsamen Delfin, der da draußen Tag um Tag kreist und auf seine Partnerin wartet, die er verloren hat, als …«

»Man kann es ihr nicht verdenken«, übertönten die anderen den Monolog des Alten und lachten. »Die ist nur auf und davon, weil sie dich zu oft hat spielen hören.«

Irgendjemand bestellte ein Bier für Geoff und er hörte erst in dem Augenblick auf zu reden, in dem das Glas vor ihm auf dem Tisch stand.

»So schlimm war sein Lied doch gar nicht«, flüsterte Clara in Seans Ohr.

»Stimmt, aber er spielt es seit dem Sommer, in dem der Delfin aufgetaucht ist. Außerdem hat er es nicht selber geschrieben. Das Lied heißt ›Lonesome Boatman‹ und es ist uralt. Nur er behauptet, dass dieses Stück sein ureigenstes ist und dass es ›Lonesome Dolphin‹ heißt. Geoff ist ein bisschen … eigentümlich und ich fürchte, das ist noch das Netteste, was man über ihn sagen kann.«

Clara sah den Mann an. Seine Flöte lag verstummt neben ihm auf dem Tisch zwischen den Pfützen aus schalem Bier, die sich im Laufe des Abends dort angesammelt hatten. Er hielt sein Glas mit beiden Händen umfasst und starrte in sein Bier, ohne auch nur mit einem Menschen zu reden. Clara wusste nicht, ob es am schummrigen Licht des Pubs lag, aber plötzlich meinte sie zu erkennen, dass der Mann von einer Dunkelheit umgeben war. Es schien fast so, als sitze er hier, umgeben von all den fröhlichen Menschen, allein im Schatten – in einem dunklen … Blau. Es verbarg sich mehr hinter seinem Schweigen, als für das bloße Auge sichtbar war, etwas, das Clara erkennen ließ, dass das Lied für diesen einsamen alten Mann mehr bedeutete, als seine Zuhörer ihm zugestehen wollten. Plötzlich meinte sie, neben dem Mann eine junge Frau im blauen Schatten sitzen zu sehen, die sich zärtlich an ihn lehnte, nur um sich dann im nächsten Augenblick in Luft aufzulösen.

»Er trauert nicht um die Partnerin des Delfins«, murmelte Clara, ohne den Blick von dem alten Mann abzuwenden. »Es ist seine eigene Frau, die in dem Jahr, in dem der Delfin auftauchte, verschwunden ist.«

Sean runzelte seine Stirn. »Wie kommst du darauf?«

»Das … sieht man«, flüsterte Clara und schloss die Augen. »Ich meine, das sehe ich. Die Traurigkeit liegt über ihm wie eine düstere Wolke, wie ein Schatten, der auf seinem Leben liegt. Sie ist … dunkelblau.«

Sean saß eine Weile schweigend da, bevor er etwas sagte. »Du bist eine wunderliche Frau. Seine Trauer hat also sogar eine Farbe?«

»Ja. Dunkelblau.« Clara riss erschrocken die Augen auf. Hatte sie das alles eben laut gesagt? Erst jetzt erwachte Clara wieder aus ihrer Trance. Es war also schon wieder geschehen. Und schon wieder war es mehr als nur ein Flackern im Augenwinkel gewesen. Sie wusste nicht, warum, aber sie sah Dinge, die nicht da waren – oder zumindest für niemanden anderen sichtbar. Erst die Familie im Bienenkorb, jetzt die Frau des Sängers. Sie warf dem alten Mann einen kurzen Blick zu, aber der Schatten war verschwunden.

»Und du siehst sie?« Sean sah sie skeptisch lächelnd an.

»Was?« Clara blinzelte ein paarmal.

»Die Farbe. Also blau ist der alte Trinker sicherlich, aber sonst … Hast du das öfter, dass du Farben siehst?«

»Ähm. Farben?« Dass sie manchmal mehr als nur Farben sah, verschwieg sie ihm lieber. Stattdessen lächelte sie ihn an. Vielleicht konnte sie das Ganze noch als Scherz abtun. Sean sollte nicht denken, sie sei verrückt. »Nein, keine echten Farben. Ich meine, das ist doch offensichtlich. Der Mann ist mehr als blau, dunkelblau. Der kippt gleich vom Hocker.«

»Das meine ich nicht. Du hast etwas von einer düsteren Wolke und von dunkelblauen Schatten gesagt. Siehst du so etwas öfter?« Er hatte ihr Ablenkungsmanöver durchschaut.

Clara atmete tief durch. »Ja.« Das mit den Halluzinationen würde sie ihm aber nicht sagen.

»Und welche Farbe habe ich?«, fragte Sean überraschend ernst und nahm einen Schluck.

»Du? Hm. Lass mal sehen.« Sie sah konzentriert in seine warmen braunen Augen und plötzlich war es, als sähe sie ihn zum ersten Mal. Erst jetzt sah sie ein warmes Leuchten, das ihn umgab – wie bei einem Sonnenaufgang. »Orange. Oder rot. Du bist warm und voller Optimismus.«

»Also kein düsterer Schatten, der auf meinem tragischen Leben liegt?«, fragte er grinsend.

»Nein. Kein düsterer Schatten.« Sie musste kurz auflachen. »Und jetzt genug. Nachher werde ich hier noch als

Hexe verbrannt. Lass uns die Betten in diesem Bed&Breakfast testen.«

»Was?« Seans Augen weiteten sich deutlich.

Clara spürte, wie ihre Wangen heiß wurden. »Die getrennten Betten! Lass uns die getrennten Betten testen.«

Kurz darauf gingen sie schweigend nebeneinander durch die dunklen Straßen von Dingle zu dem kleinen Häuschen ein wenig außerhalb, in dem sie eine Unterkunft für die Nacht gefunden hatten.

Als sie sich verabschiedeten, griff Clara nach Seans Hand. »Danke für diesen Tag«, sagte sie verlegen. »Das mit dem Delfin war wirklich einmalig, das werde ich für immer in meinem Herzen tragen.«

»Kein Ursache«, lächelte Sean. »Ich wollte nur dafür sorgen, dass bei dir auch ein bisschen Orange ins Leben kommt.«

Am nächsten Morgen fuhren sie weiter. Sie kamen durch Limerick, das alles andere als lustig aussah, sondern im Dauerregen nur eine weitere graue Stadt war. Dann setzten sie über den Shannon und fuhren weiter in den Norden. Sean spielte mit dem Radio, auf der Suche nach dem richtigen Sender für seine gälischen Nachrichten. Immerhin störte Clara das Schweigen zwischen ihnen nicht mehr. Heute war es eher vertraut als peinlich und jedes Mal, wenn sie kurz zu ihm hinübersah, meinte sie für einen Moment, dass sich die Sonne doch noch durch die grauen Wolken gekämpft hatte. Der warme Schein, der ihn umgab, stellte sich nach einem kurzen Blick durch die Seitenscheibe aber jedes Mal wieder als das Produkt ihrer Phantasie heraus, die hier im verregneten Irland offenbar zu Höchstleistungen auflief. Zu Hause passierte es ihr nur hin und wieder, dass sie etwas zu sehen meinte, was kurz darauf nicht mehr da war. Hier schien es so, als würde sie ständig von Visionen heimgesucht. Ob es an dem Land mit seinen nebelgrünen Wiesen und alten Geschichten lag?

»Lektion Nummer vier«, murmelte Sean neben ihr im Halbschlaf und riss sie damit aus ihren Gedanken. »Irland ist so wunderschön grün, weil es so viel regnet.«

»Das«, sagte Clara lächelnd, »hatte ich mir fast schon gedacht.«

Es war schon früher Nachmittag, als Sean an einer der vielen Straßenkreuzungen plötzlich wach wurde.

»Komm! Wir machen einen Abstecher zu den berühmten Cliffs of Moher. Es kann nicht sein, dass du heute nichts außer diesem gewaltigen Regen siehst.« Er richtete sich in seinem Sitz auf. »Ich zeige dir jetzt mal ein bisschen mehr von meinem Land. Da, wo es wirklich schön ist. Hast du schon mal Steilklippen gesehen?«

»Nein.« Bisher hatte sie ihre Urlaube eher am Sandstrand verbracht. In der Sonne.

»Dann wird sich das jetzt ändern.« Sie konnte die Vorfreude in Seans Stimme hören. »Hier links.«

Gehorsam bog Clara ab. Es war ihr eigentlich egal, wo sie dem Regen beim Fallen zusah – und vielleicht waren diese Klippen ja eine ähnliche Überraschung wie gestern der Ausflug nach Dingle. Mit ein bisschen Glück gab es bei diesen Klippen außerdem einen Kiosk, in dem sie einen Schokoriegel kaufen konnte.

Eine Zeit lang fuhren sie weiter durch grüne Wiesen und der Regen ließ etwas nach. Die von kleinen Mauern gesäumten Straßen wurden enger und schließlich tauchte ein Wegweiser für einen Parkplatz auf, der wenig vielversprechend aussah. Ein Pavillon der Touristeninformation.

Sean griff nach seiner Jacke und stieg hinaus in den Nieselregen. »Komm, vielleicht haben wir ja Glück und das Wetter klart noch weiter auf!«

»Das tut es immer nur für wenige Minuten, seit wir von der Fähre weg sind«, flüsterte Clara vor sich hin. »Ich muss mir wirklich bald einen Regenschirm besorgen.«

»Los, zieh deine Jacke an und komm einfach mit.« Sean sah sie aufmunternd an.

Widerstrebend öffnete Clara die Autotür und folgte ihrem Begleiter den kurzen Pfad in Richtung der Klippen – um Augenblicke später mit offenem Mund hinunter auf das Meer zu starren. Sie hatte mit vielem gerechnet, aber nicht mit diesem Anblick. Die felsigen Steilklippen fielen hier mindestens hundert Meter senkrecht ins Meer ab und bildeten ein gewaltiges Bollwerk gegen die wütende Brandung unter ihnen. Und als ob Irland sich plötzlich doch noch bemühte, wenigstens für einen kurzen Moment seine wahre Schönheit zu zeigen, setzte der Regen wirklich aus und ein paar Sonnenstrahlen tauchten die Küstenlandschaft in goldenes Licht. Es war atemberaubend und Claras Laune hob sich augenblicklich.

»Hier entlang.« Sean lächelte sie an und zeigte auf einen kleinen Matschweg, der sich vor ihnen auftat. »Ladies first.«

Der Pfad führte eng am Abgrund entlang. Clara drehte sich nicht mehr zu ihrem Begleiter um, während sie begeistert weiterlief. Wen interessierte bei diesem Ausblick schon der matschige Boden, der ihre Schuhe innerhalb von wenigen Schritten völlig verdreckte?

Erst nach einigen Hundert Metern drehte sie sich mit leuchtenden Augen zu Sean um. »Das ist traumhaft schön! Sind wir die ganze Zeit an so etwas einfach vorbeigefahren?«

Er schüttelte den Kopf. »Nein. Das hier sind die schönsten Klippen des Landes. So tief kannst du sonst nirgends hinunterblicken. Na ja, Slieve League ist tiefer, aber das habe ich noch nie ohne Nebel gesehen. Liegt außerdem nicht auf unserer Strecke.«

»Es ist … unglaublich.« Sie sah nach unten in die tosenden Wellen. Moment. War da nicht ein kleines Boot, das gegen die Wellen kämpfte? In dem sich ein halbes Dutzend Männer in die Riemen legten, damit sie nicht in der stürmischen See an den schroffen Klippen zerschellten? Sie blinzelte, um das Drama besser erkennen zu können. Doch jetzt konnte sie das Boot nicht mehr sehen. Sie schüttelte den Kopf und starrte wieder in die Wellen.

»Clara? Was ist?« Sean sah sie mit einem Mal besorgt an. »Du siehst aus, als hättest du ein Gespenst gesehen?«

»Ich habe …«, begann sie hilflos, um dann aber doch nur mit den Schultern zu zucken. So schnell konnte so ein Boot doch nicht untergehen, oder? War ihre Phantasie etwa schon wieder mit ihr durchgegangen? »Ich dachte, da unten sei ein Boot. Habe ich mir aber wohl nur eingebildet.«

»Ganz bestimmt. Da unten wagt sich kaum einer hin.« Sean richtete seinen Blick auf die Stelle, an der sie eben noch das Boot gesehen hatte. »Obwohl hier früher bestimmt genug Fischer ums Leben gekommen sind. Wenn man einmal in die Strömung hin zu den Felsen gerät, dann helfen wohl nur noch Gebete.« Sean sah sie neugierig an. »Und das hast du gesehen?«

»Nein, nein«, wehrte Clara ab. »Der Dauerregen beflügelt nur offenbar meine Phantasie.«

»Na ja, hier kann man schon mal andere Dinge sehen«, lachte Sean. »Das ist Irland. Land der Legenden und Mythen. Es regnet, die Schafe stinken – da kann es hilfreich sein, wenn man mal nicht in der Wirklichkeit gefangen ist. Und wenn du bei Menschen schon die Farbe der Seele sehen kannst, dann weiß der Himmel, was du sonst noch alles erkennen kannst.«

»Aha.« Clara sah ihn skeptisch an. Er hielt sie also nicht für verrückt?

»Lektion Nummer fünf: Die irische Seele sieht mehr, als auf den ersten Blick da zu sein scheint.« Er lächelte sie an und schon wieder umgab ihn dieser warme, leuchtende Schein. »Sollen wir allmählich zurückgehen?«

Nur widerwillig riss Clara sich los – auch von dem Anblick der Brandung und der Klippen. »Nur wenn du mir noch so eine Überraschung versprichst!«

»Ha!«, lachte Sean auf. »Wir fahren durch den Burren. Du wirst dich noch wundern.«

Nach diesem Zwischenstopp war nicht nur das Wetter, sondern auch Claras Begleiter wie ausgewechselt. Nach seinem stundenlangen Schweigen des Vormittags deutete er jetzt begeistert auf Kirchen und Orte, an denen sie vorbeifuhren.

»Das hier ist der echte Westen, diese Gegend gehört zur Gaeltacht. Das heißt, hier ist der Wohlstand niemals angekommen, selbst in den goldenen Zeiten des Celtic Tiger war es hier immer nur wichtig, dass die Schafe gesund sind und die Fische in die Netze schwimmen. Oder dass die Touristen kommen.«

»Ach ja?«, fragte Clara belustig. »Und was hat der irische Westen für uns Touristen zu bieten?«

»Hier, liebe Clara«, flüsterte Sean plötzlich geheimnisvoll, »sind die alten Geschichten der Little People und der Hochkönige noch lebendig.«

Clara warf ihm einen Blick von der Seite zu. »Kleine Menschen? Hochkönige? Ich habe keine Ahnung, wovon du da redest.«

»Du hast nicht einmal einen kleinen billigen Reiseführer gekauft?«, sagte Sean gespielt enttäuscht. »Lektion Nummer fünf …«

»Sechs«, unterbrach Clara ihn grinsend.

»Richtig. Lektion Nummer sechs: In Irland hat der Glaube an Wechselbälger, Zwerge und Trolle bis heute unverbrüchlich Bestand. Und ganz nebenbei sind wir stolz auf unsere ruhmreiche Vergangenheit, die vier Königreiche und unsere großen Helden.« Er zuckte mit den Schultern. »Wenn die Gegenwart nicht so spannend ist, dann ist es wohl nur verständlich, wenn man sich in eine andere, bessere Welt hineinträumt. Und die Iren sind phantasiebegabte Geschichtenerzähler, das kannst du mir glauben.«

»Und was sind jetzt diese kleinen Menschen?« Sie warf ihm einen neugierigen Blick zu.

»Die Little People? Sie klauen Dinge, die du wahrscheinlich nur verlegt hast, und wenn dein Kind missraten ist, dann hast du immer noch die Ausrede, dass es als Baby von den Little People ausgetauscht worden ist und dass du seither einen Wechselbalg erziehen musst.« Sean lachte kurz auf. »In der Pubertät würde sich wohl die Hälfte aller Eltern weltweit am liebsten darauf berufen, dass sie ihr wahres Kind an eine böse Macht verloren haben. Auch wenn die böse Macht nur die Hormone sind. Wir Iren tun es einfach.« Wieder musste er lachen, während er gleichzeitig auf eine kleine Straßenkreuzung zeigte. »Hier musst du abbiegen. Jetzt geht es auf unsere Mondlandschaft …«

Clara wollte gerade fragen, was er mit »Mondlandschaft« meinte, als sich ihre Frage nach der nächsten Abbiegung von selbst beantwortete. Die grünen Wiesen rings um sie herum verschwanden, stattdessen tauchte der kahle, weiße Kalkstein auf, der sich schrundig und zerrissen zeigte. Mitten in dieser kargen, unwirtlichen Landschaft lag ein Ort, offensichtlich schon vor Jahrhunderten verlassen.

Clara schüttelte überrascht den Kopf. »Wer hat denn hier gelebt? Wer kam auf die Idee, ausgerechnet hier sein Glück zu versuchen?«

Sean sah plötzlich nachdenklich durch das Fenster.

»Sie sind hier geboren, weil ihre Vorväter schon hier lebten. Wer verlässt schon gerne seine Heimat? Die Iren haben das in ihrer Geschichte erst dann getan, wenn sie keine andere Wahl mehr hatten. Und der Burren war immer auch das Rückzugsgebiet der Rebellen. Wer sich hier nicht auskannte, hatte schon immer verloren … Aber lass dich nicht täuschen: Ausgerechnet hier findet man mehr Relikte aus der ruhmreichen Vergangenheit meiner Heimat als irgendwo sonst. Forts, Kirchen, Burgen, Gräber – egal, was du suchst, hier wirst du fündig. Die Iren mögen diese wackligen Steine.« Sean atmete tief durch. »Anders als der dumme Cromwell. Der konnte dem Burren nichts abgewinnen. ›Kein Baum, an dem man einen Mann aufhängen kann, kein Tümpel, in dem man ihn ersäufen kann – und keine Erde, um ihn zu begraben‹, soll er damals über unsere schönen Steine gesagt haben. Was für ein Idiot.«

Sie fuhren eine Zeit lang schweigend durch diese unwirkliche Landschaft, die in das Licht der Spätnachmittagssonne getaucht wurde.

Schließlich deutete Sean auf einen Parkplatz. »Halte hier an. Wenigstens eines der irischen Highlights solltest du noch sehen!«

Dieses Mal gingen sie nur wenige Schritte, bevor sie vor einer Art riesigem Tisch aus Steinen standen. Die hellen Tragesteine waren fast zwei Meter hoch und auf ihnen lag ein gewaltiger Deckstein.

»Der Dolmen von Poulnabrone«, erklärte Sean stolz. »Ein wirklich altes Relikt aus den Zeiten der Kelten.«

Fasziniert sah Clara die merkwürdigen Formen an. Für

einen Atemzug lang hatte sie das Gefühl, sie höre irgendwelche fremdartigen Gesänge. Eine Prozession näherte sich, angeführt von einem Mann mit einem kleinen Bündel in der Hand, eine schluchzende Frau folgte ihm. Clara sah das Bündel genauer an und spürte, wie eine kalte Hand nach ihrem Herzen griff. Der Leichnam eines Babys, das hier wohl beerdigt werden sollte. Der Gesang wurde lauter und die Traurigkeit der Menschen fast greifbar – aber dann merkte Clara, dass die Gesänge doch nur der Wind war, der über die einsame Hochebene pfiff.

Da erst bemerkte sie, dass Sean neben ihr stand.

»Wozu ist so ein Dolmen gut gewesen?«, wollte sie wissen. »War es ein Grab?«

»So ganz genau weiß man das heute nicht mehr«, erklärte Sean. »Aber die Wissenschaftler glauben, dass es sich um eine Art Altar handelt. Oder ein Grab. Hier haben die alten Iren wohl ihren Göttern gehuldigt. Die etwas ... spirituell angehauchten Menschen, die hier regelmäßig zur Sonnenwende auftauchen, sind sich sicher, dass es sich um einen der Kraftorte handelt.«

»Was soll denn ein Kraftort sein?«, wollte Clara belustigt wissen.

»Keine Ahnung. Manche glauben, dass unsere Vorfahren ein Gespür für besondere Orte hatten. Und in Irland gibt es offenbar jede Menge dieser Orte, die besonders stark auf die menschliche Seele wirken oder so.« Er sah auf seine Uhr und verzog leicht das Gesicht. »Wir sollten uns allmählich auf den Weg machen. Caitlin mag es nicht, wenn ich zu spät komme. Und wir sind schon einen kompletten Tag später als geplant.«

»Wer ist Caitlin?«, fragte Clara neugierig, während sie Sean auf dem steinigen Weg zurück zu ihrem Auto folgte.

»Die schönste Frau von Carna«, erklärte er mit einem feinen Lächeln. »Sie hat herrlich rote Haare, Augen voller Liebe und ein Lachen, dem kein Mensch widerstehen kann.«

Claras Herzschlag beschleunigte sich zu ihrer eigenen Überraschung. »Deine Freundin?«

»Meine Mutter. Wenn ich ehrlich bin, dann sind die Haare heute auch nicht mehr rot, sondern eher grau.« Er lachte, als er ihr überraschtes Gesicht sah. »Wenn ich sage, dass ich nach Hause fahre, dann meine ich natürlich, dass ich zu meiner Mutter gehe. Du wirst sie kennenlernen. Sie ist die Chefin des Hotels in Carna. Ein alter Schuppen, den nur noch die Wehklagen der Abreisenden und die Liebe der Gäste am Leben halten. Und meine Mutter natürlich. Wenn du willst, kannst du heute Nacht sicher bei uns übernachten.«

»Ach, ich komme schon zurecht«, wehrte Clara ab. »Ich möchte dir nicht zur Last fallen.«

Aber Sean ließ ihre halbherzige Ablehnung nicht gelten. »Du fällst niemandem zur Last. Es ist ein Hotel und ich lade dich gerne für eine Nacht ein – immerhin fährst du mich bis nach Hause. Aber ich muss dich jetzt schon warnen: Wenn du dem Zauber von Carna verfällst und den Rest dieses Frühlings bei uns verbringst, dann wirst du leider etwas zahlen müssen.« Sein Lachen schien einfach nicht zu erlahmen. Clara fragte sich insgeheim, ob dieser Mann überhaupt auch einmal ernst sein konnte.

»Der Zauber von Carna?«, fragte sie stattdessen. »Was soll das denn sein?«

»Nun, du wärst nicht der erste Mensch, der bei uns eigentlich nur eine Nacht bleiben wollte und dann den Weg nach Hause nicht mehr gefunden hat. Das ist der Zauber von Carna. Du wirst schon sehen. Aber jetzt sollten wir wirklich los.«

Als sie die Mondlandschaft des Burren verlassen hatten, war es nicht mehr weit bis Galway. Einige Schilder am Straßenrand priesen den Genuss von Austern mit einem Guinness an. Eine Kombination, die Clara sich nur ungern vorstellte. Dickes schwarzes Bier und dazu der feine Geschmack von Austern? Sie wollte Sean gerade fragen, wie das denn zusammenpasste, als die Erinnerung an sein Frühstück sie davon abhielt. Wenn ein Mann morgens fettige Blutwurst und gegrillte Tomaten verschlang, dann mochte er womöglich abends auch glibbrige Muscheln und starkes Bier. Sie wollte ihn dazu lieber nicht herausfordern.

Sean wies ihr den Weg Richtung Nordwesten. Sie verließen die kleine Stadt am Meer schnell wieder und folgten dann einer Straße, die durch grasige Hügel führte und von Steinmauern und gelb blühendem Ginster gesäumt war, zwischen denen immer öfter große und kleine blau glitzernde Seen zu sehen waren. Zu ihrer Rechten konnte man anfangs noch höhere Berge erkennen, später führte die Straße durch ein schier endloses sonnenbeschienenes Moor.

Sean fing an leise vor sich hinzusummen – und Clara war sich nicht sicher, ob er sich dessen bewusst war. Sie wusste nur, dass sie die Melodie mochte und dass dieses Summen sie beruhigte. Es fühlte sich an wie nach Hause zu kommen.

An einer Kreuzung deutete er auf das Straßenschild. »Jetzt links und dann einfach nur der Straße folgen, bis wir in Carna sind. Ab jetzt gibt es keine Abzweigung mehr.«

Gehorsam bog Clara ab. Die Straße wurde enger und ganz allmählich kamen die Strahlen der Sonne fast waagrecht, so tief stand sie bereits über dem Horizont. Sie tauchte das ganze Land in ein goldenes Licht, in dem jeder einzelne Grashalm zu leuchten schien. Selbst die Steinmauern sahen so aus, als seien sie aus einem wertvollen Material.

»Das ist wunderschön«, flüsterte Clara leise.

»Das ist das Licht meiner Heimat«, erklärte Sean. Zum ersten Mal an diesem Tag war er wirklich ernst.

Sie legten die letzten Kilometer schweigend zurück, während sich das goldene Licht ganz allmählich in eine wunderschöne Abenddämmerung verwandelte und der erste Abendstern am dunkler werdenden Himmel auftauchte.

## 4.

Es war dunkel, als sie in Carna ankamen. Schon an der ersten Kreuzung stand ein großer weißer Kasten mit zwei Stockwerken, der alle anderen Häuser des Ortes überragte. Auf dem Parkplatz davor waren bestimmt ein Dutzend Autos zu sehen, eines älter als das andere, dazwischen sogar ein rostig blauer Traktor.

»Oh, der alte Padraigh ist da«, bemerkte Sean leichthin, während Clara ihren Wagen neben die anderen stellte und ein Gähnen unterdrückte. »Komm, ich muss dich unbedingt meiner Mutter vorstellen. Dein Gepäck können wir später holen.«

Damit griff er nach seiner Reisetasche, sprang aus dem Auto und ging mit großen Schritten auf den Pub im Erdgeschoss des weißen Klotzes zu, dessen dunkle Tür einladend offen stand und in dem er verschwand, ohne sich noch einmal nach Clara umzusehen. Zögernd folgte sie ihm, streckte sich ausgiebig und sah sich neugierig um. In den oberen Stockwerken reihte sich ein hohes

Fenster an das nächste. Alle waren verschlossen, bis auf eines, aus dem ein Vorhang aus schwerem Samt wehte. Das Haus hatte ganz sicher schon bessere Zeiten gesehen und brauchte dringend einen neuen Anstrich. Bezaubernd sahen hingegen die feinen schmiedeeisernen Gitter vor den hohen Fenstern aus. Ihre zarte Ornamentik stand in einem gewissen Gegensatz zu dem ansonsten recht klobig wirkenden Bau. Clara wollte sich eigentlich weiter umsehen, aber sie merkte plötzlich, wie müde sie war – außerdem tauchte in diesem Moment Seans Kopf wieder in der Türe auf.

»Wo bleibst du denn? Hier drin will mir keiner glauben, dass mich eine wunderschöne Deutsche den ganzen Weg von Rosslare bis hierher gefahren hat und als einziges Dankeschön ein Smithwicks haben möchte! Komm schon!« Er winkte ihr zu, um seine Worte noch zu unterstreichen.

Also setzte sie sich in Bewegung. Erst jetzt fiel ihr der Schriftzug »Grand Hotel Carna« über der Tür zum Pub auf. Clara war sich nicht sicher, ob dieser Name nicht dem schlechten Humor eines Malermeisters entsprungen war oder ob man das Innere des Hotels – wenn es denn tatsächlich ein Hotel war – nur durch den Pub erreichen konnte. Sie folgte also Seans Ruf und betrat eine Kneipe, die ordentlich gefüllt war und in der sie fast alle Gäste neugierig ansahen. Da kam auch schon Sean auf sie zu und drückte ihr ein Glas mit bernsteinfarbener Flüssigkeit in die Hand.

»Willkommen in Carna!«, strahlte er und deutete auf die Frau hinter der Theke. »Und das ist Caitlin O'Connor!«

Eine Frau mit langen, welligen grauen Haaren sah sie aus dunklen Augen neugierig an. Ihr Gesicht war jünger, als die Farbe des Haares es vermuten ließ, und die Fältchen um ihre Augen verrieten, dass sie mindestens so oft lachte wie ihr Sohn.

Sie nickte Clara zu. »Vielen Dank, dass Sie meinen Sean nach Hause gebracht haben. Seien Sie für heute Abend mein Gast!«

Clara fühlte sich unter dem prüfenden Blick der älteren Frau wie unter einem Brennglas und lächelte unbehaglich. »Danke, aber das ist doch selbstverständlich. Es hat ja schließlich schrecklich geregnet, als ich ihn aufgesammelt habe und … außerdem wollte er mir auf der Fähre das Leben retten. Da musste ich mich doch revanchieren.«

»Ihr Leben retten? Musste das denn gerettet werden?« Eine Augenbraue der Hotelbesitzerin wanderte nach oben. »Das klingt nach einer Geschichte, die ich unbedingt hören will. Aber jetzt trinken Sie erst einmal einen Schluck und erholen sich von dem langen Weg.«

Clara nahm einen tiefen Schluck aus dem Glas. Ein herbes Bier, an das man sich wirklich gewöhnen könnte. Die Wirtin nickte ihr und Sean noch einmal freundlich zu, bevor sie sich wieder ihren noch zu trocknenden Gläsern widmete.

Sean führte sie zu einer kleinen Sitzecke am Rand der Kneipe, in die Clara sich dankbar fallen ließ. Erst jetzt bemerkte sie, wie erschöpft sie war. In dem Moment griff in einer Ecke der Kneipe ein Mann zu einer Trommel, auf der er mit einem Klöppel einen schnellen Rhythmus anstimmte. Ein anderer setzte eine kleine blecherne Flöte an seine Lippen und fing an, eine schnelle kleine Melodie zu spielen.

»Ihr habt hier heute ein Konzert?«, fragte Clara und sah Sean neugierig an.

»Ach wo.« Sein Blick wanderte zu den Musizierenden und er machte eine abwinkende Handbewegung. »Das sind nur ein paar Jungs aus dem Ort, die ein bisschen Musik machen. Pass nur auf, später kommen sicher noch mehr dazu. Und glaub mir, die spielen nicht so trauriges Zeug wie der alte Geoff.«

»Bezahlt ihr die?« Sie sah neugierig in die Ecke. Das schnelle Stück war zu Ende und der Mann mit der Flöte griff jetzt nach einer Gitarre und fing mit kräftiger Stimme an zu singen. Wenn sie es richtig verstand, dann ging es um ein Mädchen, das Muscheln verkaufte.

»Bezahlen?« Er sah sie überrascht an. »Nein, wieso? Wenn ihr Gesang etwas taugt, dann kann es sein, dass meine Mutter eine Runde für die Musiker schmeißt. Oder einer der Gäste. Aber ansonsten sollen sie dankbar sein, dass wir ihnen ein Dach über dem Kopf geben.« Fast so, als wolle er seine groben Worte abmildern, wurde seine Stimme wieder weicher, als er weiterredete. »Sie sind allerdings echt nette Kerle. Und gut für die Touristen ist das auch. Die freuen sich immer, wenn sie einen Pub entdecken, in dem noch wirklich gesungen wird. Dann haben sie das echte Irland entdeckt. Das glauben sie zumindest.«

»Und – ist es das? Das echte Irland, meine ich?«

Er sah sie einen Augenblick lang ernst an, bevor er antwortete. »Das echte Irland liegt etwas verborgener und ist sehr viel weniger leicht zu finden, das kannst du mir glauben.«

Sie saßen eine ganze Weile schweigend nebeneinander und lauschten der Musik. Balladen von verlorenen Kriegen – wenn man den Liedern glauben konnte, dann hatten die Iren eigentlich nie gewonnen. Und von tragisch verlaufenden Liebesgeschichten. Glücklich war dieses Volk wohl auch eher selten. Und dann noch ein paar schnellere Lieder, die die Vorzüge von Whiskey und Bier priesen. Also ein ständig besoffenes und dauerhaft unglückliches Land.

Am liebsten hätte Clara ihren Kopf an Seans Schulter gelegt und wäre genau hier und in diesem Moment eingeschlafen. Sie hatte sich schon lange nicht mehr so geborgen und wohlgefühlt. Wann war sie das letzte Mal so entspannt gewesen? Sie hatte das Gefühl, endlich zur Ruhe zu kommen. Nach allem, was …

»Na, wie sieht es aus?«, unterbrach Sean sie in ihren immer düsterer werdenden Gedanken und deutete auf ihr Glas, das schon leer war. »Noch ein Bier?«

»Nein, bloß nicht.« Abwehrend hob Clara eine Hand. »Danke, aber ich kann den Alkohol jetzt schon spüren. Außerdem bin ich todmüde. Die letzten Tage waren doch ziemlich anstrengend und dann die ganze Fahrerei auf der falschen Straßenseite …«

»Kein Problem, ich zeige dir dein Zimmer!« Er stellte sein Glas auf den Tresen. »Wir holen nur noch schnell dein Gepäck aus dem Auto.«

Clara zögerte einen Moment. »Das ist nicht nötig.

Ich … habe kein Gepäck.« In einer verlegenen Geste hob sie die Hände. »Ist dir das gestern nicht aufgefallen?«

»Nein … Du hast nichts dabei?« Sean sah sie völlig verblüfft an. »Du setzt dich also in dein Auto auf eine Reise nach nirgendwo und nimmst nichts mit? Was hast du dir denn dabei gedacht?«

»Nichts.« Sie versuchte ein Schulterzucken. »Ich habe keinen großen Plan gehabt. Da ich am Anfang noch nicht wusste, ob ich nach Norden oder Süden losfahre, habe ich mir einfach gedacht, dass ich dann an meinem Urlaubsort ein paar passende Sachen zum Anziehen einkaufe. Du weißt doch: Alles, was man braucht, ist eine Zahnbürste und eine Kreditkarte.«

»Ich mag meine eigenen Sachen«, erklärte Sean, während er sich einen Schlüssel von dem Regal an der Rezeption schnappte und vor ihr her die Treppen bis in den zweiten Stock hochlief.

Clara hatte kaum Zeit, sich richtig umzusehen, aber während sie über das abgetretene, alte Parkett lief, bemerkte sie viele Fotografien vom Meer an den Wänden. In Schwarz-Weiß. Bilder von Wellen, Sand, Segelschiffen, Klippen und Algen.

Sean schob den Schlüssel in das Schloss, das den Zugang zum Zimmer 27 versperrte, öffnete die Türe und machte das Licht an.

»Wir sollten dringend mal wieder renovieren, aber das hier ist unser bestes Zimmer. Das verspreche ich dir.« Energisch ging er zu dem offen stehenden Fenster, das bis zum Boden reichte, schloss es und schob den schweren

Samtvorhang davor. »Wer das wohl wieder hat offen stehen lassen? Unmöglich, bei einem Regenguss wären die ganzen Vorhänge ruiniert!«

»Es stand schon offen, als wir gekommen sind«, bemerkte Clara. »Zumindest glaube ich das, vielleicht war es auch ein anderes. Ist ja auch egal. Aber …« Sie sah ihn neugierig an. »Habt ihr keine Gäste? Ich meine, wenn du mir euer bestes Zimmer gibst.«

»Doch, aber nur ein älteres Ehepaar aus Holland. Sie waren unten im Pub. Die nehmen seit Jahren immer dasselbe Zimmer im ersten Stock. Du weißt doch: ältere Herrschaften und kein Aufzug – wenn die Knochen wehtun, dann kann der schönste Ausblick nicht mehr locken. Und deswegen darfst du ihn morgen früh genießen.« Er sah sich fragend um. »Brauchst du sonst noch irgendetwas? Kann ich dir mit etwas helfen, wenn du schon kein Gepäck dabeihast?«

»Nein, alles ist in Ordnung«, versicherte Clara und bemühte sich um ein überzeugendes Lächeln. »Wir sehen uns morgen beim Frühstück, in Ordnung?«

»Sicher. Schlaf gut!« Er winkte ihr zum Abschied zu und zog die Tür hinter sich ins Schloss.

Clara setzte sich aufs Bett und ließ sich erschöpft nach hinten fallen. Einen Augenblick lang schloss sie die Augen und atmete tief durch. Wieder allein. Nach der schrecklichen Überfahrt auf der Fähre, bei der sie die halbe Nacht stumm ins Wasser gestarrt hatte und trotzdem zu keinem einzigen klaren Gedanken fähig gewesen war, und nach zwei Tagen im Auto war sie jetzt also im äußersten Westen Europas angekommen. Danach kam der

Atlantik. Sie konnte nicht mehr weiter rennen. Zeit, sich hinzusetzen und Luft zu holen.

Ein leiser Glockenton ihres Handys verkündete, dass sie eine Nachricht erhalten hatte. Nicht die erste an diesem Tag. Und dem Tag davor. Bis zu diesem Augenblick hatte sie das geflissentlich ignoriert. Sie ahnte, wer da versuchte, sie zu erreichen – und dafür musste sie nicht einmal sonderlich hellsichtig sein. Jetzt griff sie in ihre Handtasche und sah zum ersten Mal auf das Display. Sieben ungelesene Nachrichten. Sie konnte sich den Inhalt jeder einzelnen denken und schob das Handy zurück in ihre Jackentasche, ohne auch nur eine einzige zu lesen.

Clara löschte das Licht in ihrem Zimmer und ging an das hohe Fenster, das Sean eben erst geschlossen hatte, und schob den schweren Samtvorhang etwas zur Seite. Das Glas stammte aus einer anderen Zeit. Es war nicht ganz gleichmäßig, wurde an einigen Stellen von kleinen Einschlüssen und Schlieren durchbrochen. Sie öffnete es und kühle Nachtluft drang in ihr Zimmer. Sie legte eine Hand auf die Brüstung des kunstvoll geschmiedeten Gitters, das ihr bis zur Hüfte reichte. Aus dem Pub unter ihr hörte sie leise die fröhliche Musik.

Der Mond war fast voll und vor Clara tat sich eine wunderschöne nächtliche Landschaft auf, in der leuchtende Seen und moorige Hügel so ineinander verschmolzen, dass man kaum ausmachen konnte, wo in der Ferne das Land aufhörte und das Meer begann. Irgendwo in der Ferne blinkte ein Licht. Sie konnte nicht sagen, ob es aus dem Moor oder vom Meer kam. Vielleicht von den Häusern, die direkt an die Küstenlinie gebaut waren?

Da verschwand es auch schon wieder und Clara war sich mit einem Mal nicht mehr sicher, ob es überhaupt dagewesen war.

Mit einem leisen Kopfschütteln ging Clara zurück zum Bett und rollte sich darauf zusammen. Sie brachte es nicht über das Herz, das Fenster wieder zu schließen – viel zu schön waren der Geruch des Meeres und die entfernte Musik aus dem Pub. Und noch bevor sie einen weiteren Gedanken fassen konnte, wurde Clara vom Schlaf übermannt.

# 5.

Ein Traktor auf der Straße. Stimmen in einer fremden Sprache, die sich etwas zuriefen. Der Gesang eines Vogels. Das Geschrei einer Möwe. Fremdartiger Geruch nach einem offenen Feuer.

Nur mühselig fand Clara aus dem Reich der Träume zurück. Sie benötigte mehr als nur einen Atemzug, um sich daran zu erinnern, dass sie in einem alten Hotel irgendwo an der Westküste Irlands gestrandet war. Und voll bekleidet auf der Decke eines breiten Betts mit schön geschnitzten Holzpfosten lag, wie sie feststellte, als sie ihre Augen öffnete.

Langsam erhob sie sich und setzte sich auf die Bettkante. Das Fenster stand noch so weit offen, wie sie es letzte Nacht hinterlassen hatte. Erst jetzt, im Tageslicht, konnte Clara sehen, dass die schweren Samtvorhänge von einem verblassten Rot waren, das von besseren Zeiten erzählte. Ebenso wie dieses Bett mit seinen Schnitzereien, in denen sich komplizierte Linien und Spiralen kreuzten.

Da erreichte endlich der Duft nach frisch gebackenen Brötchen, gebratenem Speck und Tee ihre Nase und sie bemerkte mit einem Mal, wie unglaublich hungrig sie war. Gestern hatte sie den ganzen Tag über kaum etwas gegessen, während Sean sich bei jedem Stopp irgendetwas gekauft hatte und jedes Mal gegessen hatte, als sei er dem Hungertod nahe. Ein Gefühl, das den Iren von ihrer nur selten rosigen Vergangenheit vielleicht irgendwie in die Gene gelegt worden war.

Die Armaturen im Badezimmer waren altmodisch, aber das Wasser heiß und die Handtücher weich und dick. Nach der Dusche fuhr Clara sich mit gespreizten Fingern durch die nassen Haare und setzte in Gedanken eine Bürste auf ihre Einkaufsliste. Nach zwei Tagen in derselben Kleidung war es wirklich höchste Zeit für eine kleine Shoppingtour in die nächstgelegene Stadt. Wahrscheinlich Galway. Denn wenn sie dieses Carna richtig einschätzte, gab es hier höchstens einen kleinen Laden mit Milch und Mehl. Jeans, einen Pullover und Unterwäsche musste sie woanders suchen. Vorher musste sie aber zum dritten Mal in dieselbe Kleidung schlüpfen – und etwas essen.

Im Frühstücksraum begrüßte Caitlin sie mit einem breiten Lächeln. »Na, endlich ausgeschlafen? Ich habe schon befürchtet, dass du überhaupt nicht mehr auftauchst!«

»Die Fahrt hierher war doch anstrengender, als ich dachte«, gab Clara zu. »Und dann die Luft und die Ruhe hier – da kann man doch nur lange schlafen!«

»Ja, das höre ich oft von unseren Gästen«, erklärte

Caitlin und stellte einen großen Teller mit Spiegelei, Würstchen und gegrillten Tomaten vor Clara ab. Abwehrend wedelte Clara mit der Hand. »Oh, ich habe doch gar kein großes Frühstück bestellt …«

»Das ist bei uns in der Übernachtung inklusive. Guten Appetit!« Damit verschwand sie in der Küche.

Seufzend griff Clara nach Messer und Gabel. Um dieses irische Frühstück kam man irgendwie nicht herum. Außerdem knurrte ihr Magen. Gestern im Bed & Breakfast von Dingle hatte sie sich noch mit einem Stück Toast beholfen, aber jetzt wollte sie es probieren. Es roch viel zu verführerisch. Vorsichtig schnitt sie ein Stück von der Wurst ab. Irgendwie fettig, aber nicht schlecht. Dann ein Stück von der Tomate. Nicht schlecht. Dann das Spiegelei. Lecker, die Eier waren offensichtlich richtig frisch. Der Speck war knusprig und ein wahres Gedicht. Mit zunehmendem Appetit aß sie weiter, bis der Teller leer und auch das Brot fast komplett verschwunden war. Caitlin kam nur hin und wieder vorbei und schenkte Tee nach.

Endlich legte Clara das Besteck zur Seite und strahlte die Hotelbesitzerin an. »Das war köstlich! Ich hätte nie gedacht, dass ich zum Frühstück so etwas herunterbringe!«

»Das geht den meisten Leuten vom Kontinent so. Unsere Luft macht hungrig, nehme ich an. Was hast du heute vor? Bleibst du bei uns?«

»Ich denke schon. Aber als Erstes muss ich mir Kleidung kaufen. Ich habe nichts zum Anziehen.« Sie lächelte verlegen. »Und im Gegensatz zu den meisten Frauen meine ich diesen Satz tatsächlich wörtlich.«

Caitlin musterte sie mit einem Ausdruck im Gesicht, den Clara nicht deuten konnte. Dann nickte sie nur. »Dafür fährst du am besten zurück nach Galway, da wirst du die größte Auswahl finden. Wenn du noch ein kleines Stück weiter nach Westen fahren möchtest und dabei auch noch mehr von Connemara sehen willst, dann kannst du auch nach Clifden fahren. Ein paar Hosen, einen Sweater und Ähnliches wirst du auch dort finden. Große modische Entdeckungen würde ich da allerdings nicht erwarten.«

»Clifden klingt gut, dann fahre ich da hin«, lächelte Clara. »Bis später!« Sie sah sich suchend um. »Ach, wo steckt eigentlich Sean?«

Caitlin lachte. »Der ist im Morgengrauen aufgestanden, hat die Schäden am Hotel begutachtet, die der Winter angerichtet hat, und ist dann nach Galway, um alles zu besorgen, was er benötigt, um dafür zu sorgen, dass die Hütte ein weiteres Jahr nicht über meinem Kopf zusammenbricht.« Sie wurde ernst. »Ein guter Junge, ich weiß nicht, was ich ohne ihn tun würde.«

»Das glaube ich Ihnen«, versicherte Clara ihr, winkte zum Abschied noch einmal und machte sich auf den Weg.

Wenig später saß sie in ihrem Auto und steuerte noch weiter in Richtung Westen. Die Landschaft blieb unverändert eindrucksvoll und das irische Wetter zeigte sich von seiner besten Seite. Der Himmel war blau mit nur wenigen einzelnen Wolkenfetzen, die eilig dahinsegelten. Clara schaltete das Radio an und summte leise vor sich hin, bis sie das kleine Städtchen Clifden erreichte.

Dort entdeckte sie gleich an der Hauptstraße einen Laden, der Unterwäsche anbot, und ein anderer verkaufte Jeans und wieder ein anderer hatte einige Pullover und eine dicke, wetterfeste Jacke im Angebot. Nachdem Clara ihre anfänglichen Hemmungen in Sachen Großeinkauf abgelegt hatte, fing sie ernsthaft an, Spaß an diesem Einkaufstrip zu bekommen. Ihre Kreditkarte glühte und sie unterhielt sich nett mit den freundlichen Verkäuferinnen über Clifden und Carna und darüber, wie viel schöner es hier war als in Deutschland. Zuletzt ging sie sogar noch in ein Schuhgeschäft und kaufte sich leichte Wanderstiefel und leuchtend blaue Turnschuhe. Wer konnte schon ahnen, wohin ihr Weg sie noch führen würde. Nachdem sie den Einkauf noch in einer Drogerie und in einem kleinen Schreibwarenladen vervollständigt hatte, setzte sie sich in ein kleines Café und genoss einen herrlich starken Tee mit viel Milch und noch mehr braunem Zucker. Sie fühlte, wie sich zum ersten Mal seit ihrer Abreise so etwas wie Frieden in ihr breitmachte. Jetzt wollte sie erst einmal tief durchatmen und nachdenken. Glücklich lächelte Clara vor sich hin. Das war ein guter Plan.

Aus einer der Einkaufstaschen zog sie einen Skizzenblock und einen weichen Bleistift, den sie sich spontan gekauft hatte, denn am besten konnte sie mit einem Stift in der Hand nachdenken. Zeichnend konnte sie die Welt erfassen, ihr Leben begreifen und in Bilder verwandeln. Das war schon immer so gewesen. Zwar reichte ihr Talent nicht aus, um an einer Kunstakademie zu studieren, aber das Zeichnen war ihr schon seit ihrer Kindheit die liebste Beschäftigung gewesen. Da, wo andere ein Foto machten, skizzierte sie am liebsten mit ihrem Bleistift die Szenen, die sie im Laufe des Tages bewegt hatten. Da wo andere ihre Gedanken in Tagebüchern sortierten, brachte sie ihre Gefühle in Schattierungen und Formen auf Papier. Leider hatte sie bei ihrem überstürzten Aufbruch aus Deutschland vergessen, den Block und ihre Stifte einzustecken. Aber jetzt konnte sie endlich wieder zeichnen. Mit Feuereifer arbeitete sie an einem schnellen Porträt – von Sean. Sie fertigte zunächst eine grobe Skizze von seiner Kopfform an und begann dann schnell, seine Augenpartie auszuarbeiten. Zum Glück hatte sie sich auch einen Radiergummi gekauft, denn irgendwie wollte ihr dieser besondere Ausdruck in seinen Augen nicht gelingen. Dieser Glanz, diese Wärme. Er hatte ihr sein Irland gezeigt und es war wunderschön, trotz des Dauerregens. Sie musste daran denken, wie seine Augen jedes Mal zu leuchten begannen, wenn ihm ein neuer Ort einfiel, den er ihr zeigen konnte – und das Strahlen, wenn sie einwilligte. Plötzlich hielt sie inne. Da war es, das Leuchten. Sie hatte es geschafft. Sie hatte seinen Blick eingefangen. Hier auf Papier. Sie spürte, wie sich ein Lächeln auf ihre Lippen legte.

In diesen Augenblick des Friedens hinein verkündete ihr Handy mit einem leichten Glockenschlag die Ankunft einer weiteren Textnachricht. Mit einem Seufzen zog sie das Gerät aus ihrer Jackentasche und sah drauf. Drei weitere neue Nachrichten. Immer vom gleichen Absender. Was dachte der sich eigentlich? Dass sie jede zehnte Nachricht beantwortete und man deswegen nur häufig genug schreiben musste, um eine Antwort zu erhalten?

Sie schaltete das Handy aus.

Eigentlich wollte sie sich danach auf den Weg zurück in das alte Hotel von Carna machen, aber ein Schild, das eine »Sky Road« versprach, weckte dann doch ihre Neugier. Eine Straße in den Himmel? Sie folgte der Beschilderung und wurde nicht enttäuscht. Die schmale, gewundene Teerstraße führte auf eine Erhebung, von der man einen atemberaubenden Blick auf diese wunderschöne Landschaft voller Moor, Felsen, Ginster und wilder Küste hatte. Und über einem nichts als blauer Himmel. Hier wirkten in der Tat alle ihre Sorgen und Befürchtungen nebensächlich. Sie kletterte an dem ausgeschriebenen Aussichtspunkt aus ihrem Auto und sah sich so lange dieses traumhafte Stückchen Erde an, bis sich der blaue Himmel wieder einmal grau einfärbte und ein heftiger Regenguss sie zurück in das trockene Wageninnere trieb. Fast widerstrebend trat sie dann doch den Weg zurück nach Carna an. Doch selbst im Regen verlor dieses Connemara nichts von seiner Schönheit. Clara nahm den Fuß vom Gas und genoss die Landschaft um sie herum beinahe im Schritttempo. An den Felsen, die am frühen Vormittag noch im Sonnenlicht geleuchtet hatten, liefen jetzt kleine Wasserfälle herab. Die Wiesen und Moore waren von einem geheimnisvollen Nebel bedeckt und nach einer steilen Kurve stand hinter einer kleinen Mauer ein Mann in einer dicken Tweedjacke und sah seiner Schafherde so gemütlich zu, als gäbe es keinen Regen und keine Kälte. Clara fuhr langsam an ihm vorbei. Dieser Mann kannte wohl keine Sorgen, außer der um seine Schafe. Hier war das Leben noch einfach und klar.

Es war schon später Nachmittag, als sie wieder in das Hotel kam. An der Rezeption war niemand zu sehen, und als sich selbst nach mehrmaligem vorsichtigen Rufen niemand zeigte, fischte Clara sich den Schlüssel hinter der Rezeption einfach vom Haken und brachte ihre vielen Einkaufstüten in ihr Zimmer. Höchste Zeit, sich endlich zu duschen und in eine der vielen Neuanschaffungen zu hüllen.

Clara fühlte sich wie neugeboren, als sie frisch geduscht und in neuen Kleidern aus dem Bad kam. Zufrieden rubbelte sie ihre Haare trocken, fuhr ein paarmal mit der Bürste hindurch und flocht sie zu einem Zopf. Sie konnte sich zwar nicht erinnern, das Fenster geöffnet zu haben, aber es stand wieder sperrangelweit offen und gewährte ihr einen wahrhaft einmaligen Ausblick, den sie seit gestern Nacht zwar erahnt hatte, der ihr in der Früh aber gar nicht aufgefallen war. Das Hotel war das höchste Gebäude von Carna und von hier aus sah man über eine strahlend grüne Seenlandschaft und tief ins Land reichende Meeresarme bis hin zum Meer. Die kleinen vorgelagerten Inseln machten es auch bei Tageslicht schwer, den Übergang vom Festland zum Atlantik auszumachen. Es sah sehr viel mehr so aus, als ob das Land und das Meer hier einfach eine unzerbrechliche Ehe eingegangen wären. Auf einer der Inseln machte Clara einzelne Häuser aus. Wenn sie sich richtig erinnerte, war es gut möglich, dass dort die Quelle des Lichts gewesen war, das sie letzte Nacht gesehen hatte. Das Licht, das immer wieder kurz an und dann gleich wieder ausgegangen war. Ob das etwas zu bedeuten hatte? Sie beschloss, vor der Dunkelheit noch einen kleinen Spaziergang zu machen und der schmalen Straße bis hin zum Meer zu folgen. Sie zog ihre neuen Wanderschuhe an und schnappte sich ihre ebenso neue dicke, wetterfeste Jacke.

Wieder war kein Mensch im Hotel zu sehen, dem sie von ihren Plänen erzählen konnte, als sie sich wenig später auf den Weg machte.

Die alte Teerstraße zum Meer führte aus Carna hinaus und an weißen Cottages mit Strohdächern vorbei, die in Claras Augen so aussahen, als seien sie von den Designern der Butterreklame in diese Landschaft gesetzt und danach nicht mehr abgeholt worden. Ob wirklich noch jemand in ihnen lebte? Der Himmel war noch immer grau, aber wenigstens regnete es nicht. Abgeschabte Ruderboote mit leuchtend blauem Rand lagen in einigen der Wasserarme fest vertäut an einer Boje.

Als sich die Straße an einem Kreuz verzweigte, folgte Clara dem schmaleren, geschotterten Weg, der zwischen zwei hohen Mauern direkt zum Meer führte. Zu einem wunderschönen weißen Sandstrand, um genau zu sein. Zu Claras Überraschung sah der von großen Steinen durchzogene flache Strand aus wie der wahr gewordene Urlaubstraum. Zu allem Überfluss standen auch noch drei Ponys dösend am hellblauen Wasserrand. Sie hatte wohl das Paradies gefunden. Noch dazu eins, das sie allein für sich in Anspruch nehmen konnte. Niemand war hier, sie war die Einzige, die sich an diesem Abend über die Schönheit dieses Ortes freuen konnte.

Lächelnd machte Clara einen Bogen um die drei Ponys und lief am Wasser entlang weiter. Zwischen den Steinen rannten Krebse davon, und sogar die Sonne kämpfte sich wieder etwas hervor, auch wenn es nicht mehr lange dauern würde, bis sie für heute ganz untergehen würde. Clara zog ihre neuen Schuhe und sogar die Strümpfe aus und streckte ihre Zehen ins Wasser. Eiskalt. Es war schließlich erst Anfang April, da konnte man noch nicht auf sommerliche Temperaturen hoffen – und der Golfstrom, der in Dingle für halbwegs erträgliche Temperaturen gesorgt hatte, schwächelte hier schon erheblich mehr. Ob im Sommer mehr an diesen Stränden los war?

Es dauerte nicht lange und die Insel mit den Häusern lag zum Greifen nah, über das Wasser hinweg waren es höchstens noch 150 Meter. Clara überlegte kurz, ob sie hinüberschwimmen sollte, erinnerte sich dann aber an das eisige Wasser und verwarf den Plan schnell wieder. Sie musste sich vorerst aufs Anschauen beschränken.

Im Gegenlicht der immer tiefer stehenden Sonne waren die Häuser deutlich zu erkennen.

Clara legte die Hand über ihre Augen, um klarer sehen zu können. Moment. Täuschte sie sich oder waren auf den Häuser keine Dächer mehr? Sie wirkten verfallen. War die Insel gar nicht mehr bewohnt? Aber hier hatte sie doch in der Nacht Lichter gesehen, oder? Vielleicht hatte sie sich auch geirrt.

Da bemerkte sie aus dem Augenwinkel eine Bewegung. Schnell schoss ihr Blick zu einem der heruntergekommenen Häuser. Da. Schon wieder. Ein Hund und dort drüben ein Kind, das zwischen den Häusern herumrannte. Lebte dort etwa doch noch jemand? Je länger sie über das Wasser blickte, desto sicherer war sie, dass sie dort drüben Menschen sah. Einer winkte ihr sogar zu. Sie winkte unsicher zurück.

Mit einem Mal spürte sie, wie Hunger und Müdigkeit sich meldeten. Außerdem wurde ihr langsam aber sicher doch kalt. Trotz der dicken Jacke. Wenn sie hier noch länger barfuß im Sand herumstand, würde sie sich noch eine Erkältung holen. Entschlossen zog sie Schuhe und Strümpfe wieder an, drehte sich um und fand ohne Probleme den geschotterten Pfad zwischen den Mauern, der zurück auf die Straße führte. Morgen war auch noch ein Tag.

Auf dem schmalen Weg kam ihr ein junger Mann entgegen, der seine graue Tweedkappe tief in die Stirn gezogen hatte und seine Hände in den Jackentaschen verborgen hielt. Er war offenbar in Gedanken versunken, denn als Clara ihn freundlich grüßte, schien es so, als ob er sie nicht einmal hörte. Mit seinen braunen Locken und von der Statur her hätte es fast ein Bruder von Sean sein können. Vielleicht war er mit ihm verwandt. Überrascht blieb Clara stehen und sah ihm hinterher. Das hier war der erste Mensch, der sie nicht mit einer überwältigenden Freundlichkeit gegrüßt hatte. Sie schüttelte den Kopf über ihre Gedanken. Warum sollte es in Irland nicht Menschen geben, die auch einmal schlechte Laune hatten und das vor der Menschheit nicht geheim hielten?

Überhaupt: Sean. Seine beständig gute Laune waren genau das, was sie heute Abend gerne um sich haben würde. Sie nahm sich vor, auf jeden Fall Caitlin noch einmal nach ihrem Sohn zu fragen.

# 6.

Hungrig und müde, wie sie war, kam ihr der Weg zurück ins Hotel endlos weit vor – obwohl es in Wirklichkeit wahrscheinlich nur zwei oder drei Kilometer waren. Außerdem versank die Sonne schnell hinter einer aufziehenden dicken Wolkenbank. Sie war glücklich, als sie endlich das Hotel erkennen konnte und wenig später den Pub betrat, in dem Caitlin hinter dem Tresen stand und sich schon die ersten Gäste eingefunden hatten. Ein älteres Ehepaar – wahrscheinlich das holländische – saß in einer Ecke und zwei leere Teller standen vor ihnen.

»Kann ich das auch haben?« Clara deutete auf die Teller und wandte sich an Caitlin, die sie aufmerksam beobachtete.

»Sicher. Ich habe heute einen Eintopf mit Kartoffeln, Speck und Kohl. Nur ein bisschen ›Pub Grub‹. Wenn dir das reicht …«

»Das ist wunderbar!« In diesem Augenblick klang einfach alles verlockend, was auch nur irgendwie essbar war.

»Na dann.« Caitlin füllte einen tiefen Teller mit dem dampfenden Eintopf und legte ein dunkles Stück Brot daneben. »Guten Appetit.«

Clara fing gierig an zu essen. »Danke, das ist meine Rettung. Ich habe mich verschätzt, wie lange ich da draußen herumgewandert bin. Und seit dem Frühstück habe ich nichts gegessen …«

»Und bei dir dauert es nicht lange, bis du dann vom Hocker fällst, nehme ich an?« Caitlin sah einen Moment lang Claras zierliche Gestalt an und lächelte. »Wo bist du heute denn gewesen? Galway oder Clifden?«

»Clifden. Ich habe alles gefunden, was ich brauche. Vielen Dank für den Tipp. Dann habe ich mir die Sky Road angesehen – und heute Nachmittag war ich vorne am Meer. Bei dieser Insel gleich unten am Strand …«

»Auf der keiner mehr lebt«, vollendete Seans Stimme den Satz. Er ließ sich neben Clara auf einen Barhocker fallen. »Du hast also Feenish entdeckt!«

»Feenish?« Clara sah ihn fragend an.

»Ja. Die verlassene Insel.« Sean deutete auf den Teller, aus dem Clara in diesem Augenblick den letzten Rest des Eintopfs kratzte. »Und so was hätte ich auch gerne, dann wäre das mit der Bezahlung für den heutigen Tag voll harter Arbeit erledigt!«

»Du machst das alles, weil du mich liebst.« Caitlin stellte einen Teller vor ihm ab und strahlte ihn an. Erst jetzt sah Clara die unglaubliche Ähnlichkeit zwischen Mutter und Sohn. »Und wage nicht zu widersprechen, sonst gibt es nur Brot.«

Sean fiel mit einem unglaublichen Appetit über den

Eintopf her und Clara sah amüsiert, dass Caitlin bei ihrem Sohn vier Brotscheiben statt der einen an den Tellerrand gelegt hatte. Sie schien zu wissen, welche Unmengen er verschlingen konnte.

»Und warum lebt niemand mehr auf der Insel? Wie heißt sie? Feenish?«

Sean winkte seiner Mutter zu. »Das wird eine längere Geschichte. Bringst du uns zwei Smithwicks?«

Sie nickte nur und stellte kurz darauf zwei Gläser mit dem bernsteinfarbenen Bier vor ihnen ab.

Nach einem langen Schluck fing Sean an zu erzählen. »Viele der Einwohner von Carna stammen aus Familien, die ihren Ursprung auf Feenish haben. Die Insel lag jahrhundertelang mitten in einer wichtigen Wasserstraße entlang der Küste, auf der die meisten Waren transportiert wurden: der Seeroute. Feenish war also nicht etwa ein Ort für Eigenbrötler, die die Einsamkeit suchten. Im Gegenteil: Die Insel war ein florierender Fischerhafen und ein Ort, an dem die Hooker Schutz vor dem Sturm suchten.«

»Hooker?« Clara runzelte die Stirn. »Aber sind das nicht …«

»Nein, nein, keine Huren.« Sean lachte kurz auf und Clara merkte, dass sie seine fröhliche Art vermisst hatte. »So werden hier in der Galway Bay die Schiffe genannt, auf denen man Frachtraum mieten kann. Du wirst bestimmt noch einen sehen. Die Hooker waren die Lastesel der Galway Bay.« Er schob sich einen Löffel Eintopf in den Mund und biss von seinem Brot ab, bevor er mit vollem Mund weitersprach. »Zurück zu Feenish. Den Einwohnern ging es gut, sie hatten ihren Spaß und ihren Pub – bis die Laster und die Straßen kamen. Als die Hauptstraße von Clifden nach Galway fertig geteert war, fing man an, die Waren lieber per Landweg zu verschicken. Die Gefahr, dass sie untergehen oder nass werden, war auf der Straße einfach erheblich geringer.« Sean zwinkerte ihr zu und sie konnte ein Lächeln nicht unterdrücken. »Jedenfalls geriet Feenish mit der Zeit immer weiter ins Abseits. Die Einwohner schimpften anfangs noch und hielten mit ihren irischen Sturköpfen eine ganze Zeit lang durch, aber irgendwann in den 50er-Jahren war auch den Letzten unter ihnen – und es waren nicht mehr viele – klar: Sie mussten weg. Also haben sie ihre Sachen gepackt, haben ihre Häuser hinter sich verschlossen und sind aufs Festland gezogen, nach Carna. Oder wenn man eher der abenteuerlustige Typ war, dann suchte man sein Glück gleich in Amerika. Ein oder zwei Familien hielten noch ein bisschen länger durch, aber ihre Kinder hatten keine Lust mehr auf Atlantikstürme und Armut. Seit den 60er-Jahren lebt da drüben niemand mehr. Außer Hasen vielleicht. Und eine Wanderdüne sorgt dafür, dass die Häuser von Feenish ganz langsam im Sand verschwinden.«

»Und da drüben lebt wirklich keiner mehr?« Sie sah ihn ungläubig an.

»Nein«, sagte Sean knapp und schob sich ein weiteres Stück Brot in den Mund.

»Weil ... Ich habe vorhin jemandem auf der Insel zugewunken und ich glaube, dass ich dort gestern Nacht von meinem Zimmer aus ein blinkendes Licht gesehen habe.«

Sean wechselte einen schnellen Blick mit seiner Mutter, bevor er antwortete. »Das kann eigentlich nicht sein. So früh im Jahr übernachtet da noch kein Tourist. Im Sommer will der eine oder andere in den alten Mauern schlafen, bis er feststellt, dass die Häuser keine Dächer mehr haben. Es regnet einfach zu oft bei uns …« Er lächelte sie an. »Und ein Licht? Da musst du dich getäuscht haben. Ich glaube nicht, dass dort Stromleitungen hinführen. Oder waren es Lagerfeuer?«

»Nein. Eher nicht. Das Licht hat geblinkt. Es war eher wie ein Signal. Es kann aber auch vom Meer gekommen sein. Ein Schiff oder so.« Clara runzelte die Stirn. »Aber ich habe dort heute Abend ganz sicher Leute gesehen.«

Sean lehnte sich ein wenig vor und sprach leiser. »Und es war ganz sicher nicht wieder deine überbordende Phantasie? Hatten die Menschen Farben?«

»Nein!«, stieß Clara gereizt hervor. »Hatten sie nicht.« Oder hatte sie sich das alles nur eingebildet? So wie die Familie im Bienenkorb? Die Beerdigung beim Dolmen mit den keltischen Gesängen?

»Okay.« Sean hob beschwichtigend die Hände. »Ist ja gut. Du hast also einem Feenisher gewunken.«

Clara konnte sehen, dass er ihr nicht glaubte, aber sie konnte es ihm nicht einmal verübeln. Sie wusste ja plötzlich selbst nicht mehr, ob sie sich glaubte. Aber sie würde schon noch herausbekommen, ob jemand auf Feenish war. Morgen.

»Wie kommt man denn da rüber?«, wollte sie wissen. »Geht da eine Fähre oder kann man sich ein Ruderboot mieten?«

»Ist beides nicht nötig.« Sean wischte mit seinem Stück Brot sorgfältig den leeren Teller aus. »Wenn Ebbe ist, kann man durch das Wasser rübergehen. Es ist zwar etwas kalt, aber gerade mal kniehoch. Du musst einfach die Stelle am Strand finden, die der Insel am nächsten ist. Das ist genau da, wo der kleine Schotterweg endet. Den haben die Einwohner von Feenish schon früh gebaut und am Schluss sind sie bei Ebbe sogar mit ihren Traktoren rüber aufs Festland gefahren. Schön blöd, weil die Dinger im Salzwasser viel zu schnell rosten.« Er zuckte mit den Achseln und schob sich das letzte Stückchen Brot in den Mund. »Aber ich glaube ohnehin, dass auf dieser Insel ein ganz eigener Schlag an Menschen gelebt hat. Schau dir nur mal den alten Padraigh da drüben in der Ecke an. Der ist als junger Mann aufs Festland gekommen und ist bis heute todtraurig, dass er nicht mehr auf seiner kleinen Insel leben darf.« Sean schob seinen leeren Teller zufrieden lächelnd von sich weg. »Ich glaube, der findet sogar Carna noch zu lebhaft, und wenn er einmal im Jahr nach Galway fährt, dann ist er immer mindestens eine Woche lang völlig mit den Nerven am Ende.«

Clara sah sich den alten Mann an, der in der Ecke vor einem Guinness saß und mit traurigem Blick ins Leere starrte. Seine braune Tweedjacke war abgewetzt, die Tweedkappe lag neben ihm auf der Bank. Er sah aus wie ein Mann, der aus einem der großen irischen Dramen entsprungen war.

»Aber jetzt zu etwas Erfreulicherem.« Sean strahlte sie an und Clara musste unwillkürlich lächeln. »Meine Mutter hat mir erzählt, dass du dir heute neue Kleidung besorgt hast!« Seinem warmen, neugierigen Blick konnte sie nicht ausweichen. »Was hast du hier noch vor? Wie lange willst du noch bei uns bleiben?«

»Ein paar Tage bleibe ich sicher noch hier.« Sie meinte, Erleichterung in seinen Augen lesen zu können. »Vielleicht schaue ich mir ein wenig die Gegend an. Immerhin hat mir jemand auf der Fähre erzählt, Connemara sei das Paradies.«

»Ja. Wer immer dir das erzählt hat, wusste, wovon er sprach.« Sean lächelte sie an. »Wäre ich ein Reiseführer, würde ich empfehlen, sich die Cong Abbey anzusehen und die in Kylemore. Solche Sachen. Alles, was Touristen in Connemara eben so machen.«

»Ja. Das klingt interessant.« Sie lächelte zurück. »Kennst du denn einen Reiseführer, der mir solche Dinge empfehlen kann? Und mich vielleicht auch dorthin begleitet?«

»Vielleicht.« Fragend sah er sie an. »Es kommt darauf an, wie lange du vorhast zu bleiben. Vermisst dich keiner zu Hause?«

Clara verschluckte sich fast an dem Schluck Bier, den sie gerade genommen hatte. »Nein. Nicht, dass ich wüsste.«

»Es gibt niemanden, der sich Sorgen macht, wenn du so ganz allein unterwegs bist?«

»Nein.« Sie spürte, wie ihr Herzschlag sich beschleunigte. »Ich bin völlig ungebunden und ich kann jederzeit reisen, wohin auch immer ich will.« Sie hatte den letzten Satz fast ein wenig trotzig hervorgebracht.

Einen Moment lang sah sie ihm trotzig in die Augen, aber gerade als es anfing, ungemütlich zu werden, ertönte aus der Nische gegenüber des Tresen wieder die Handtrommel.

»Sag mir einfach, wenn du soweit bist.« Sean sprang auf und griff nach einer Gitarre, die über dem Tresen hing. Zu dem Rhythmus der Trommel schlug er eine Melodie an und begann zu singen. Seine Stimme war tief und rau. Es war schön, ihm zuzuhören, auch wenn Clara kein Wort verstand – das Lied war in Gälisch. Sie beobachtete, wie er mit seinen Fingern gekonnt über die Gitarrensaiten huschte, und musste jedes Mal lächeln, wenn er ihr zuzwinkerte.

Als das erste Lied zu Ende war, begann er gleich ein neues. Und danach ein weiteres. Offenbar hatte er nicht vor, sich so schnell wieder zu Clara zu setzen. Und sie war noch nicht soweit, ihm zu erzählen, warum sie so überstürzt aus Deutschland aufgebrochen war.

Eine Weile lang lauschte sie der Musik, die trotz ihrer oftmals fröhlichen Melodie irgendwie traurig klang.

Schließlich leerte sie den letzten Schluck Bier aus ihrem Glas, das mit einem Schlag schal und bitter schmeckte. Eine bleierne Müdigkeit machte sich in ihr breit und sie verschwand unauffällig in ihr Zimmer. Die Musik und Seans Stimme verfolgten sie noch bis zur Türe ihres Zimmers.

Die Einkaufstüten lagen immer noch auf dem Sofa, das mit dem gleichen verschossenen Samt bezogen war wie die Vorhänge, die sich auch heute Abend wieder leicht im Wind bewegten. Das Fenster brauchte einen ordentlichen Schreiner oder Schlosser oder sonstigen Handwerker, der dafür sorgte, dass es nicht immer aufging. Oder war das Zimmermädchen von Caitlin einfach ein militanter Freund der frischen Luft? Mit einem Kopfschütteln schloss Clara die großen Fensterflügel. Offenbar hatte es heute Abend irgendwann doch noch mal geregnet. Zumindest fand Clara eine feuchte Stelle auf dem Boden beim Fenster, die sie sich anders nicht erklären konnte. Der Vorhang war eigenartigerweise trocken geblieben. Während sie ihn langsam zuzog, warf sie einen letzten Blick in die Richtung, in der sie Feenish vermutete. Aber an diesem Abend schien kein Licht herüber. Sean hatte wohl recht gehabt.

Bevor sie ins Bett ging, griff sie noch einmal nach ihrem Skizzenblock. Lange Zeit starrte sie die Zeichnung von Sean an, bevor sie den Bleistift aufs Papier setzte und anfing, das zu zeichnen, was ihr durch den Kopf ging: die Silhouette von Feenish, der Mann, der ihr zugewunken hatte, die Männer im Pub, der einsame alte Mann, der nur noch in sein Bier starrte. Und Sean, wie er sang. Sie versuchte auch, den jungen Mann zu zeichnen, der ihr heute auf dem Heimweg entgegengekommen war und sie so finster angesehen hatte. Doch irgendwie wollte es ihr nicht gelingen, seinen Blick richtig aufs Papier zu bannen. Schließlich gab sie auf und skizzierte andere Eindrücke. Es gab so viele Bilder in ihrem Kopf, die dringend auf das Papier wollten. Nur eines ließ sie nicht zu, obwohl es sich immer wieder aufdrängte. Ein massiger Mann mit kurzen Haaren und wenig Freundlichkeit im Blick. Die Erinnerung an ihn wollte sie nicht auf das Papier bannen. Auch nicht das Kleid mit den vielen Spitzen, das an einem Bügel in einem Schrank hing.

Es war spät, als sie endlich das Licht löschte.

# 7.

Am nächsten Morgen war Sean wieder wie vom Erdboden verschluckt und so machte Clara sich direkt nach dem Frühstück allein mit ihren neuen Wanderstiefeln und der warmen Jacke auf in Richtung des Meeres. Dieses Mal hatte sie sich allerdings in dem kleinen Krämerladen in Carna, der von Souvenirs für Touristen bis hin zu Brot, Butter und Milch wirklich alles führte, ordentlich eingedeckt: Eine Packung Kekse, eine Flasche Mineralwasser, ein Schokoriegel und ein Apfel lagen ordentlich verstaut in ihrem ebenfalls neu erworbenen kleinen »I love Connemara«-Rucksack. Damit sollte sie über den Tag kommen.

Die kleine Insel Feenish hatte ihre Neugier geweckt – und die Lokalzeitung hatte ihr verraten, dass um 11:14 Uhr der niedrigste Stand der Ebbe erreicht sein würde. Sie machte sich also auf den direkten Weg hin zu dem Strand, von dem aus sie gestern die verlassene Insel entdeckt hatte. Zufrieden sah sie auf ihre Armbanduhr, als sie dort ankam: Es war halb zehn. Sie hatte also ausreichend Zeit. Sie zog ihre Schuhe und Socken aus, rollte ihre Jeans weit über ihre Knie nach oben und machte sich auf den Weg. Beim ersten Wasserkontakt blieb sie einen Moment lang wie angewurzelt stehen. Es war kalt, sogar eiskalt, sicher – aber sie musste jetzt einfach die Zähne zusammenbeißen.

Dann lief sie los – nur um nach wenigen Schritten zu bemerken, dass das »kniehohe« Wasser, von dem Sean gesprochen hatte, ihr wahrscheinlich bald bis zu den Oberschenkeln reichen würde. Der Wasserstand hatte seinen Tiefpunkt aber auch noch nicht erreicht. Entschlossen drehte sie sich um, zog am Strand ihre Jeans aus, stopfte sie in ihren kleinen Rucksack und machte sich erneut auf den Weg. Dieses Mal gab es keine Probleme: Die kurze Strecke war schnell bewältigt, der Meeresgrund unter ihren Füßen einfach nur weich und sandig. Nur die Strömung erwies sich als tückisch, mehr als einmal verlor sie fast den Halt unter den Füßen. Sie konnte die alten Häuser vor sich auf der Insel erkennen, halb vom Sand verweht und ohne Dächer. Sie wirkten wie einsame Denkmäler einer anderen Zeit.

Mit einiger Anstrengung erreichte sie die Insel und ließ sich erst einmal auf den Strand fallen. Vom Strand aus hatte sie die Entfernung und die Strömung unterschätzt, gestand sie sich selber ein. Jetzt sollten die Sonne und der Wind ihr die Beine trocknen, bevor sie wieder ihre Jeans und die Schuhe anzog. Nach dem eiskalten Wasser kam ihr die Luft plötzlich beinahe warm vor. Außerdem war die Sonne inzwischen herausgekommen und schien auf ihre Beine. Genüsslich blinzelte sie über das glitzernde Wasser und plötzlich fühlte sie einen tiefen Frieden in sich aufsteigen. Hier gab es nichts und niemanden, der etwas von ihr forderte. Oder Dinge von ihr wissen wollte, über die sie noch nicht sprechen konnte. Oder sie beschimpfte, weil sie wieder einmal nicht konzentriert genug bei der Sache war … Das leise Schlagen der Wellen am Strand und der entfernte Ruf der Möwen schläferten Clara so sehr ein, dass sie kurz einnickte.

Sie wusste nicht, was sie geweckt hatte – aber mit einem Schlag war sie wieder hellwach. Ein Blick auf die Uhr verriet ihr, dass nur zwanzig Minuten vergangen waren, aber trotzdem: Eigentlich war ein kleines Nickerchen nicht in ihrem Zeitplan vorgesehen. Schnell schlüpfte sie in ihre Jeans, zog ihre Schuhe an und machte sich auf den Weg, um die kleine verlassene Insel zu erkunden.

Ein Kaninchen hoppelte auf einem sandigen Weg ein Weilchen neben Clara her, ohne dass es sich dabei um Eile bemühte. Es war sich offenbar sicher, dass ihm hier nichts passieren konnte. In einiger Entfernung konnte sie ein zweites ausmachen und ein drittes. Wahrscheinlich hatten sie hier auf der Insel nicht viele natürliche Feinde und konnten sich ungestört vermehren.

Nach wenigen Minuten erreichte sie die alten, von Wind und Wetter gezeichneten leer stehenden Gemäuer. Zum Teil ließen nur noch die von Moosen überwucherten Reste der Grundmauern erahnen, dass hier einmal ein Haus gestanden hatte. Neugierig trat sie in die offene Tür eines der noch besser erhaltenen Gebäude. Der Innenraum war karg. Kein Möbel, keine Reste von irgendeinem Leben. Nur kahle Steine. Mit ein wenig Phantasie konnte man noch die Feuerstelle am halb eingefallenen Kamin erkennen. Hier hatte früher wohl die ganze Familie abends zusammengesessen und sich Geschichten erzählt. Wie viele Menschen wohl in diesem kleinen, ebenerdigen Häuschen gewohnt hatten?

»Hier lebten die Connellys«, tönte eine dunkle Stimme hinter ihr.

Mit einem Ruck fuhr Clara herum. Aus dem Nichts war hinter ihr ein Mann aufgetaucht, der sie amüsiert betrachtete. Er musste so Mitte zwanzig sein – und da erkannte Clara ihn wieder. Es war der Mann, der ihr gestern Abend auf dem Heimweg entgegengekommen war und sie nicht einmal gegrüßt hatte. Offenbar zog es ihn öfter auf diese verlassene Insel.

»Kein Grund zu erschrecken. Sie sahen nur so neugierig aus, dass ich dachte, Sie wollten vielleicht erfahren, wer hier gelebt hat.«

»Das stimmt.« Clara sah ihn überrascht an. »Ich habe mich gerade gefragt, wie viele Menschen hier wohl lebten. Es sieht so klein aus. Aber sagen Sie, sind Sie gestern …«

»Hier in diesem Haus waren es fünf Kinder«, unterbrach der Fremde sie und sah sich in dem kleinen Raum um. »Zwei Jungs und drei Mädchen. Lassen sie mich nachdenken … Die Mädchen hießen Siobhan, Roisin und die kleine Fiona. Die Jungs Kieran und Liam. Alles lebhafte Kinder.« Er lächelte und wirkte so, als ob er die fünf persönlich gekannt hätte. »Der alte Connelly war ein Fischer, wie so viele hier. Leider fehlte ihm immer das letzte Glück bei seinen Fischzügen. Er hat nie einen richtig guten Fang gemacht, soweit ich weiß. Als es aufs Festland ging, wurde er Lastwagenfahrer. Keine schlechte Wahl. Trotzdem sind seine Kinder allesamt nicht in Irland geblieben. London, Seattle, Portland ... Die sind nie mehr wieder hier auf die Insel gekommen. Ich wette, Connellys Kindeskinder wissen nicht einmal, dass hier auf Feenish ihre wahren Wurzeln liegen.« Ohne seinen Redefluss zu unterbrechen, ging er durch die Tür hinaus, ohne sich darum zu kümmern, ob Clara ihn begleitete oder nicht. Klammheimlich betrachtete Clara ihn, als sie ihm folgte. Er trug eine Knickerbockerhose aus feinem braunen Tweed, eine dicke Jacke aus einem lodenartigen Stoff mit Lederflicken an den Ellenbogen und auf seinem Kopf eine graue Tweedkappe, die er tief in die Stirn geschoben hatte. Er war gut gekleidet, klassisch, sicher – aber sie fand ihn zur gleichen Zeit reichlich altmodisch. Auch seine Sprache klang irgendwie angestrengt.

»Hier war die schöne Deirdre daheim.« Er blieb vor dem Nachbarhaus stehen. »Es gab keinen Mann auf Feenish, der nicht heimlich von ihr geträumt hat. Wenn sie über die Straße lief, dann haben sich alle Köpfe nach ihr umgedreht. Haare schwarz wie die Nacht, eine Haut wie Milch und Lippen so rot ...« Seine Stimme hatte plötzlich etwas Schwärmerisches, beinahe Wehmütiges. »Sie war die schönste Frau, die ich je gesehen habe. Sie ...«

»Verzeihen Sie – wo haben Sie diese Deirdre denn gesehen?« Clara unterbrach ihn einfach, sie war viel zu neugierig. »Gibt es irgendwo noch Fotos von den Einheimischen?«

Er sah sie plötzlich so überrascht an, als hätte er ihre Gegenwart für einen Moment vollständig vergessen. Dann schüttelte er nur kurz den Kopf. »Nein, und sie ist schon lange tot.«

Der Mann wandte sich ihr jetzt ganz zu und sah sie so durchdringend an, dass Clara sich mit einem Mal etwas unwohl fühlte. Immerhin war sie auf dieser Insel völlig allein, niemand wusste, wo sie steckte. Wer konnte schon ahnen, was diesem merkwürdigen Typen als Nächstes einfiel?

»Sie sehen ihr ähnlich«, erklärte der Fremde schließlich trocken, um dann ohne eine weitere Erklärung auf das nächste Haus zu deuten. »Hier lebte der blöde Onur mit seiner Mutter. Hat nichts begriffen, war zu nichts nütze und war ihr immer eine Last. Sie hat versucht, sich mit Stricken und Spinnen über Wasser zu halten, aber das hat nie gereicht. Die anderen Bewohner von Feenish haben ihr immer wieder ein paar Kartoffeln oder einen kleinen Hafersack vor die Tür gestellt, wenn sie allzu hungrig dreinblickte. Und Onur wurde von allen angestellt, wenn es darum ging, auf das Vieh aufzupassen. Oder ein Loch zu graben. Aber er konnte nicht auf sich aufpassen, dafür fehlte ihm einfach etwas in seinem Kopf. Da war irgendwas nicht richtig. Und das wurde ihm zum Verhängnis. Irgendwann wollte er trotz einsetzender Flut zurück vom Festland nach Feenish. Ist ersoffen. Sie haben ihn Tage später am Strand gefunden. Für seine Mutter war es eine Befreiung, da war ich mir sicher.«

Das nächste Haus in der Reihe stand etwas zurückgesetzt und war auch ein wenig größer. Der Mann warf nur einen Blick darauf und ging schnell weiter, ohne ein Wort zu sagen. Mit einigen Metern Abstand folgte Clara ihm.

Jetzt wo er nicht redete, hörte man plötzlich, wie der Wind leise in den verlassenen Gemäuern sang. Der weiche Sand begrub ganz allmählich die Mauern unter sich – bei einigen Häusern lag er schon fast bis an den First. Das Dünengras wuchs an manchen Stellen in dicken Büscheln und an die Steinmauern drängten sich dürre Disteln. Ob hier früher auch grüne Wiesen waren? Hatte Sean nicht auch etwas von Kühen und Schafen erzählt oder hatte sie sich das nur eingebildet?

Ihr neuer Reiseführer hatte nach wenigen Augenblicken des Schweigens den Faden wiedergefunden und redete mit seinem eigentümlichen Akzent weiter, deutete auf Häuser, reihte Namen, Schicksale und Berufe aneinander, die allesamt das Bild eines friedlichen, kleinen Dorfes entstehen ließen. Hier halfen die Menschen einander, bewunderten, begehrten oder verachteten sich – und waren allesamt nicht mit einem leichten Herzen ans fremde Festland gegangen.

»Hier ging es zu den Booten«, erklärte er. Sie verließen die ausgestorbene Ansiedlung und kamen an die Seite von Feenish, die dem offenen Meer zugewandt war. Die Mittagssonne funkelte auf den Wellen, während der Fremde auf einen Haufen Steine zeigte, der in einer kaum noch zu erkennenden Mauer einige Meter hinaus aufs Meer führte. Von einer ordentlichen Mole oder einer Hafenmauer war das weiter entfernt als der Mond.

Der Mann schob seine Tweedkappe aus der Stirn und blickte versonnen zum Horizont. Zum ersten Mal konnte Clara dabei sein Gesicht im vollen Tageslicht sehen. Es war wirklich der junge Mann von gestern. Nur heute sah freundlicher aus, mit einem etwas verträumten Ausdruck im Gesicht.

»Hier kamen sie alle an, die Hooker aus der ganzen Bay. Vollbeladen mit Schafen oder ihrer Wolle, mit gepökeltem Fisch oder dem Fell der Seehunde. Getrockneter Tang, Torf, alles, was man an einer anderen Stelle so dringend benötigte.« Er atmete tief durch. »Hier war einst das Leben zu Hause.« Dann schwieg er und ging zurück zu der alten Siedlung.

»Sind Sie öfter hier?«, wollte Clara wissen, als sie die ersten verfallenen Steinhäuser passierten. »Und wie kommt es, dass Sie das alles so gut wissen?«

Wieder der überraschte Blick, so als hätte er erneut vergessen, dass sie ihm jetzt seit einiger Zeit folgte und zuhörte. Dann nur eine leichte Handbewegung und wieder der Blick auf die kaum erkennbaren Überreste, die vor ihnen lagen.

»Milch kam auch, Kühe haben sich hier auf Feenish nie wohlgefühlt. Und Kartoffeln. Die konnten wir nie anbauen.«

»Interessant.« Clara warf ihrem Reiseführer einen skeptischen Blick zu. »Sagen Sie, wissen Sie zufällig, ob hier auf der Insel nachts manchmal Lichter brennen? Beziehungsweise wohl eher blinken? Gibt es hier jemanden, der nachts mit einer Taschenlampe oder etwas Ähnlichem … Morsezeichen in die Dunkelheit schreibt?«

Er sah sie nicht an, sondern ging einfach immer weiter. »Wir mussten immer unsere Fische und Wolle gegen Kartoffeln tauschen.«

Allmählich spürte Clara, wie der Zorn in ihr wuchs. Es konnte doch nicht sein, dass dieser Mann ihr einfach nicht antwortete, sondern unbeirrt seinen Monolog hielt.

»Was machen Sie hier eigentlich? Sind Sie Wissenschaftler?«, fragte sie mit etwas erhobener Stimme. »Arbeiten Sie hier?«

»An manchen Tagen lagen ein halbes Dutzend Hooker hier festgemacht. Die Seeleute haben den Mädchen nachgepfiffen und gehofft, dass sie abends im Pub einen Blick auf Deirdre erhaschen konnten ...« Er warf ihr einen kurzen Blick zu. »Wissen Sie, dass sie Ihnen ...«

»Ja, ich weiß, dass sie mir ähnlich sieht«, unterbrach ihn Clara genervt und blieb stehen. »Das erwähnten Sie bereits. Aber was mich wirklich interessiert, ist eigentlich, woher Sie all diese Dinge wissen. Die Insel ist angeblich seit Jahrzehnten verlassen. Wer hat all diese Einzelheiten zusammengetragen?«

»In meinem Kopf ist alles für immer versteckt«, sagte er und setzte seine Wanderung fort. »Es gibt nichts, an das ich mich nicht erinnere. Jede kleine Einzelheit ist in meinem Gehirn fest eingebrannt. Für immer.«

Clara reichte es. Sie war nicht hierhergekommen, um einem offenbar übergeschnappten jungen Mann bei seinem nicht enden wollenden Vortrag zu lauschen, von dessen Wahrheitsgehalt sie immer weniger überzeugt war. Eigentlich war es ihr nur darum gegangen, ein wenig zwischen den alten Mauern herumzulaufen und zu sehen, ob da tatsächlich niemand mehr lebte und ob die Lichter, die sie nachts gesehen hatte, von hier kamen. Dabei hätte sie vielleicht sogar einen klaren Gedanken über ihre eigene Zukunft fassen können.

Ein genervter Blick auf ihre Armbanduhr machte ihr überdeutlich, dass ihre Zeit ohnehin längst abgelaufen war. Die Flut hatte schon vor weit über einer Stunde eingesetzt, sie musste jetzt möglichst schnell wieder zurück ans Festland, sonst würde sie die nächsten Stunden hier festsitzen, denn die Strecke in dem eisigen Wasser schwimmend zu überbrücken, kam nicht infrage. Die Strömungen waren viel zu gefährlich. Vor allem: Was sollte sie dann tun? Nackt in das Hotel von Carna zu spazieren war wohl kaum eine Lösung. Sie grinste bei dem Gedanken.

»Vielen Dank für Ihre Erklärungen! Auf Wiedersehen!«, rief sie ihrem sich immer weiter entfernenden Reiseführer zu. Dann machte sie sich auf den Weg an die Übergangsstelle zum Festland.

Die Sonne verschwand hinter regengrauen Wolken und am Strand hatte eine steife Brise eingesetzt, die den frühlingshaften Tag endgültig beendete. Clara streifte sich die Jeans von den Hüften und steckte ihren Zeh in den Atlantik. Jetzt, wo die Sonne verschwunden war, fühlte sich das Wasser mit einem Mal doch beißend kalt an. Aber es gab nun mal keinen anderen Weg zurück aufs Festland und ihr blieb nichts anderes übrig, als die Zähne erneut zusammenzubeißen und entschlossen ins Wasser zu gehen. Die Flut kam jetzt schnell zurück, das Wasser reichte ihr bald fast bis zur Hüfte und sie war mehr als erleichtert, als sie endlich den weißen Traumstrand erreichte und damit wieder auf dem Festland war. Mit den Händen trocknete sie ihre nassen Beine behelfsmäßig ab und zog dann die kalte Jeans über die noch feuchte Haut an. Fröstelnd zog Clara den Reißverschluss der Jacke zu, holte sich den Schokoriegel aus ihrem Rucksack und trat kauend den Rückweg an. Jetzt wollte sie nur noch eine möglichst heiße Tasse Tee. Doch stattdessen setzte wenig später ein peitschender Regen ein, der ihre Hose völlig durchnässte, bis sie nur noch wie ein nasser Wischlappen an ihren Beinen klebte. Und auch die Jacke hatte ihre Grenzen. Der Regen lief am Kragen hinein und an ihrem Rücken herunter. Sie beschleunigte ihren Schritt.

Als Clara die Türe zum Hotel aufdrückte, hatte sie von dem Abenteuer Irland eigentlich erst einmal genug. Oder zumindest vom unbeständigen irischen Wetter.

Caitlin saß mit ihrer Lesebrille hinter der Rezeption und blätterte durch einen Schwung Papierkram, den sie schnell beiseiteschob, als Clara mit finsterer Miene vor sie trat.

Caitlin musterte ihren völlig durchnässten Gast. »Jetzt fehlt nur noch ein Whiskey«, stellte sie trocken fest. »Komm, Kindchen.«

Augenblicke später fand sich Clara vor dem Kamin wieder, mit einem dickwandigen Glas mit einer bernsteinfarbenen Flüssigkeit zwischen ihren Händen. Vorsichtig probierte sie einen Schluck. Der Whiskey schmeckte nicht etwa scharf, sondern legte sich leicht brennend und schmeichelnd auf ihren Gaumen. Schmeckte er nach den Torffeuern, deren Geruch hier überall über der Landschaft lag? Auf jeden Fall wärmte er wie ein Feuer.

Sie probierte noch ein Schlückchen und lächelte Caitlin dankbar an. »Danke, das ist nach so einem Abenteuer genau das Richtige.«

»Wo warst du denn?«, wollte die Wirtin wissen.

»Auf Feenish. Da war das Wetter anfangs auch ein Traum, aber kaum habe ich die Insel verlassen und stehe mitten im Meer, ist dieser Sturm und Regen losgebrochen.« Mit dem nächsten Schluck Whiskey machte sich in ihrem Magen endgültig ein wohlig warmes Gefühl breit.

»Das Wetter ist bei uns immer unberechenbar.« Caitlin setzte sich lächelnd auf den zweiten Sessel vor dem Kamin. »Es heißt, wenn man das Wetter nicht leiden kann, dann solle man einfach fünf Minuten warten. An diesem Spruch ist viel Wahres dran.«

»O ja.« Clara ließ sich noch tiefer in den Sessel sinken. »Nur kann es einem passieren, dass nach fünf Minuten Sprühregen erst fünf Minuten Nieselregen und dann fünf Minuten Sintflut folgen.«

»Dafür ist es umso schöner, wenn am Ende die Sonne scheint«, sagte Caitlin gelassen. »Aber sag, wie war es denn auf Feenish? Viele Karnickel?«

»Jede Menge. Dabei ist die Insel doch gar nicht so grün. Wovon die nur leben?« Sie nippte noch einmal an dem Getränk. Vielleicht sollte sie in Zukunft lieber das Bier stehen lassen? An den samtweichen Geschmack dieses Whiskeys konnte man sich auf jeden Fall schnell gewöhnen.

»Sie leben von dem wenigen Grünzeug, das sie noch finden. Eine echte Landplage.« Caitlin seufzte. »Wir haben früher sogar Schafe auf der Insel gehalten. Das kann man sich jetzt kaum noch vorstellen. Die Kaninchen haben es bis auf die Wurzeln abgefressen …« Sie deutete lächelnd auf das leere Glas in Claras Hand. »Noch einen?«

»Aber nur einen winzigen Schluck. Das Zeug ist höllisch stark.« Clara reichte ihr das Glas. »Und leider unglaublich lecker …«

Die zweite Portion war kein bisschen kleiner als die erste. Clara nippte und genoss einen Moment lang den Geschmack auf der Zunge.

»Wer ist denn eigentlich dieser junge Mann, der so unglaublich gut über die Geschichte aller Einwohner von Feenish Bescheid weiß?«, fragte sie schließlich.

»Wer?« Caitlin runzelte die Stirn. »Was für ein Mann?«

»Ich habe ihn gleich beim ersten Haus getroffen und er hat mich meinen ganzen Besuch lang begleitet. Mir die Geschichte der Familien erzählt, die früher dort gewohnt haben. Von den Connellys, der schönen Deirdre bis hin zum blöden Onur. Tragische Sachen.« Sie schüttelte mit einem Mal den Kopf und sah Caitlin an. »Kennst du ihn? Er muss öfter auf Feenish sein. Ich habe ihn gestern schon einmal dorthin gehen gesehen.«

»Ich weiß nicht«, murmelte Caitlin nachdenklich. »Wie sah er denn aus?«

»Er hat mich ein bisschen an Sean erinnert. Dunkle

Locken, nettes Gesicht, ein paar Sommersprossen. Mitte zwanzig vielleicht. Und er trug Knickerbocker, Tweedjacke und eine Tweedkappe. Eher klassisch als modern. Seine Sprache klang auch irgendwie merkwürdig.« Sie sah die Wirtin an. »Kennst du ihn? Ist er mit euch verwandt? Ich habe leider vergessen zu fragen, wie er heißt.«

»Ich weiß noch nicht«, sagte Caitlin langsam. »Sah er denn unglücklich aus?«

»Unglücklich?« Clara lachte leise auf. »Er redete wie ein Wasserfall und hat so ziemlich jede meiner Fragen ignoriert. Er scheint ein Fan der Insel zu sein. Direkt unglücklich schien er mir nicht.«

»Ich meine: Wirkte er irgendwie traurig?« Die Wirtin legte eine Hand auf Claras Arm, als ob sie die Wichtigkeit der Frage noch einmal verdeutlichen wollte. Überraschend, denn bis jetzt hatte sie jeden körperlichen Kontakt vermieden.

»Traurig?« Clara dachte nach. »Nein, nicht wirklich. Manchmal wurde er vielleicht etwas wehmütig, so als würde er sich nach einer Vergangenheit sehnen, die unwiederbringlich vorbei ist. Als er hinaus aufs Meer sah, hätte man glauben können, er sieht immer noch die Hooker vorbeiziehen.«

Caitlin nickte nur einmal kurz und starrte dann in das Feuer. Mehrere Minuten lang hörte man in dem Zimmer nichts außer dem leisen Knistern der Torfbrocken, die im Kamin glimmten und eine wohlige Wärme verbreiteten. Die beiden Frauen sahen in die Glut und jede hing wohl ihren eigenen Gedanken nach.

Nach einem weiteren Schluck Whiskey erhob Clara sich mit einiger Mühe aus dem tiefen Sessel. »Ich fürchte, ich muss endlich meine nassen Sachen loswerden und noch sehr heiß duschen. Vielen Dank für die Erste Hilfe mit dem Whiskey, innerlich bin ich jetzt schon warm. Und ich fürchte, auch ein wenig betrunken.«

Caitlin schreckte aus ihren Gedanken auf. »Ach ja, ich soll dir von Sean noch ausrichten, dass er heute erst spät zurückkommt und für morgen etwas plant. Eine Überraschung. Du sollst also bitte nicht so schnell wegrennen wie heute nach dem Frühstück.«

»Eine Überraschung?« Sie sah Caitlin fragend an. »Was soll das denn sein?«

Ein Schulterzucken war die Antwort. »Na, eine Überraschung. Woher soll ich denn wissen, was mein Sohn plant? Es wird schon etwas Schönes sein. Freu dich drauf!« Damit wanderte ihr Blick wieder zurück in das Feuer. »Heute Abend gibt es übrigens Fish & Chips.«

»Gut, bis später.« Clara winkte noch einmal zum Abschied und ging leicht schwankend die Treppen zu ihrem Zimmer nach oben.

Das Fenster stand schon wieder offen – und der Regen hatte erneut eine kleine Pfütze hinterlassen. Als Clara es schloss und die Heizung weiter nach oben drehte, nahm sie sich fest vor, Caitlin nachher noch Bescheid zu geben, dass sie an so viel frischer Luft nicht interessiert sei und dass das Zimmermädchen endlich mit der Zwangsbelüftung aufhören oder endlich ein Handwerker das kaputte Fenster reparieren solle.

Sie zog schnell ihre nassen Sachen aus und genehmigte

sich eine ausgiebige heiße Dusche. Danach ließ sie sich, nur in die weichen Handtücher gehüllt, auf das frisch gemachte Bett sinken, und der Whiskey sorgte dafür, dass sie in einen traumlosen Nachmittagsschlaf fiel.

Als sie wieder erwachte, war es im Zimmer bereits dunkel. Ein Blick auf die Uhr verriet ihr, dass sie das Abendessen um zwei Stunden verschlafen hatte, und ein leichtes Frösteln machte sie darauf aufmerksam, dass es im Zimmer eiskalt war. Ein Blick zum Fenster genügte und sie wusste auch, warum. Das verdammte Ding stand schon wieder offen. Langsam richtete sie sich auf, ging noch immer leicht schwankend zum Fenster, schloss es mit einem Seufzer und blickte in die Dunkelheit. Auch heute sah sie keine Lichter und dank des noch immer prasselnden Regens konnte man Feenish nicht mehr sehen. Ihre Sicht reichte gerade bis zum nächsten Haus, einer Bauruine ohne Dach, die direkt gegenüber stand. Sie kniff ihre Augen zusammen, um klarer sehen zu können. War in dieser Ruine jemand unterwegs?

Als sie nichts erkennen konnte, zog sie die Vorhänge schließlich wieder zu und ging müde zurück zu ihrem Bett. Auf dem Nachtkästchen entdeckte sie ihr Handy, das sie seit gestern ausgeschaltet hatte. Mit einer bösen Vorahnung im Bauch schaltete sie das Gerät an, nur um zu sehen, dass inzwischen 23 Nachrichten darauf warteten, dass sie sie endlich beachtete. Sie war noch nicht bereit. Das sagte ihr nicht nur ihr pochendes Herz, sondern auch ihre plötzlich zitternden Finger, die das kleine Gerät schnell wieder ausschalteten, ohne eine einzige davon zu öffnen.

Sie zog sich ein T-Shirt an, putzte sich die Zähne und sank kurz darauf wieder in ihre weichen warmen Kissen. An diesem Abend verspürte sie keine Lust mehr auf ein Abendessen. Sogar der Skizzenblock blieb heute unberührt.

# 8.

Ihr knurrender Magen weckte Clara früh am nächsten Morgen. Stöhnend setzte sie sich auf die Bettkante und fuhr über ihr Gesicht. Der Whiskey. Vor dem sollte sie sich in nächster Zeit wohl in Acht nehmen, auch wenn er köstlich geschmeckt hatte.

Als sie zum Fenster blickte, war es zu ihrer Überraschung noch immer geschlossen. Sogar der Vorhang war noch zu. Sie wusste zwar, dass sie eigentlich nicht überrascht sein sollte, da sie es am Abend zuvor ja geschlossen hatte, aber etwas verwundert war sie trotzdem. Gut. Vielleicht blieb es jetzt auch mal einen Tag lang zu. Sie würde es heute jedenfalls erst einmal nicht anrühren.

Sie kämmte ihre Haare und band sie zu einem nachlässigen Knoten nach hinten, schlüpfte in ihre inzwischen wieder trockene Kleidung und eilte, so schnell es ging, zum Frühstücksraum, in dem Caitlin zum Glück schon ein wunderbares irisches Frühstück anbot. Clara hätte nie gedacht, dass sie sich eines Tages über den

Anblick von Würstchen, Speck, Eiern und Tomaten zum Frühstück freuen würde. Aber an diesem Morgen schaufelte sie begeistert alles bis auf den letzten Bissen in den Mund. Gerade als sie mit einem Stück frisch gebackenem dunklen Sodabrot den letzten Klecks Eigelb vom Teller wischte, tauchte Sean auf und ließ sich neben Clara auf den freien Stuhl fallen.

»Bist du seefest?«, fragte er ohne weitere Einleitung und strahlte sie an. »Sonst musst du nämlich ein paar Tabletten nehmen. In der Galway Bay kann es hin und wieder reichlich rau werden und es wäre jammerschade, wenn das feine Frühstück meiner Mutter bei den Fischen landen würde.«

»Keine Ahnung«, gab Clara zu. »Aber sicher ist sicher, oder? Eine Überraschung am Tag reicht.« Clara versuchte freudig zu lächeln, musste aber an den irischen Dauerregen und ihre gerade erst getrocknete Jacke denken. »Wir verbringen den Tag also im Freien?«

»Natürlich! Du hast heute noch nicht aus dem Fenster gesehen, was? Strahlender Sonnenschein!« Sean lachte so stolz, als hätte er eigenhändig jede einzelne Wolke vom Himmel geschoben. »Lektion Nummer ...«

»Wirklich?«, unterbrach Clara ihn lachend.

»Ja. Lektion Nummer ... Wo waren wir? Sieben?«

»Keine Ahnung.« Sie schüttelte leicht den Kopf.

»Also, Lektion Nummer sieben: Das irische Wetter ist wechselhaft. Bei uns ändert sich das Wetter an jedem einzelnen Tag mehrfach. Wie sagt das Sprichwort? Wenn du das Wetter nicht magst, dann warte fünf Minuten.«

»Danke. Das hat mir deine Mutter gestern schon gesagt. Bisher bin ich aber meist vom Regen in die Traufe gekommen.« Zum ersten Mal an diesem Tag sah Clara zum Fenster hin und tatsächlich: Der Himmel strahlte wieder in einem unverschämten Blau und kleine Schönwetterwölkchen segelten in einem Affenzahn darüber hinweg. Ein Tag, als wäre er vom irischen Fremdenverkehrsamt erfunden.

»Gut, heute also Freiluftaktivitäten.« Sie sah ihn neugierig an. »Und warum genau muss ich jetzt seefest sein?«

»Ich habe mir einen Hooker von einem Freund geliehen. Mit der *Lord* segeln wir heute auf die Aran-Inseln. Du wirst es dort lieben. Alte Mauern, noch ältere Geschichten, ein Fort und dann noch ein paar gemütliche Cafés, von denen das eine oder andere zum Beginn der Saison schon geöffnet haben sollte. Da darfst du mich zum Dank dann auf ein Stück Kuchen einladen.« Er strahlte sie an. »Wie sieht es aus? Bist du dabei?«

»Wie könnte ich das nicht sein? Nachdem hier alle dauernd von diesen Hookern reden, bin ich neugierig, wie so ein Ding aussieht. Der Typ auf der Insel gestern hätte fast geweint, als er mir von der großen Zeit der Hooker erzählt hat.«

»Welcher Typ auf der Insel?« Einen Moment lang stutzte Sean.

»Ein Spinner. Auf Feenish. Lange Geschichte«, wehrte Clara ab.

Sean zuckte nur kurz mit den Schultern, nur um dann mit ungebremstem Enthusiasmus weiterzureden. »Gut. Hol dir deine dickste Jacke und deinen wärmsten Pullover. Vielleicht eine Jeans zum Wechseln. Es könnte nass werden bei der Überfahrt. Sowohl vom Himmel als auch vom Meer her. Das weiß man nie. Und dann: Los! Das Wetter und der Wind sind ideal, wir sollten keine Sekunde vergeuden. Und so schnell wird Padraigh mir seinen Hooker nicht mehr leihen.«

»Na gut, dann mal her mit den Tabletten für die Seetauglichkeit.«

Keine Stunde später standen sie in Roundstone am Pier. Das Boot war etwa zehn Meter lang, seine Holzwand war schwarz gestrichen und am Bug vorne prangte in hellen Lettern stolz *Lord*, der Name des Schiffes.

Geschickt löste Sean ein paar Taue, warf einen Beutel aus festem Leinen in das Boot, sprang hinterher und hielt Clara einladend die Hand hin. »Komm, es geht los.«

Sie nahm seine Hand und war einen Augenblick lang überrascht, wie warm sie sich anfühlte. Dann stieg sie vorsichtig hinein.

Das Boot war eindeutig nicht auf den Komfort von Passagieren ausgerichtet. Als einzige Sitzgelegenheit gab es zwei Bänke, ab dem Mast war das Boot geschlossen – dort lagen allerdings bereits Taue und Segeltuch sorgfältig aufgerollt und zusammengefaltet. Offensichtlich war es nicht vorgesehen, dass dort Menschen Schutz vor dem Wetter suchten.

»Und du weißt wirklich, wie man mit so einem Ding umgeht?«, fragte sie misstrauisch und setzte sich auf eine der Bänke.

»Ja, sicher. Ist eigentlich ganz einfach – wichtig ist nur, dass man weiß, wann Flut und wann Ebbe ist und wie die

Winde hier in der Galway Bay wehen.« Mit dem Bootshaken stieß er sich vom Pier ab und setzte das erste Segel. Das zu Claras Überraschung nicht etwa weiß war, sondern dunkelbraun. Eigentlich fast schon rot.

Sie deutete nach oben. »Die Farbe – warum? Gibt es keine weißen Tücher hier in Irland?«

»Natürlich gibt es weiße Segel«, erklärte Sean. »Es ist nur so, dass unbehandeltes Segeltuch vom Meerwasser und der Sonne schnell angegriffen wird. Die Seeleute haben es mit Butter eingeschmiert, um es haltbarer zu machen. Und diese Butter hat sich im Lauf der Jahre rot gefärbt.« Er sah dabei so ernst aus, als würde er den Ursprung des Universums erklären. »Das war Lektion Nummer acht, oder?«

»Ich glaube, ja.« Doch Clara war sich noch immer nicht sicher, ob er das, was er da gesagt hatte, auch wirklich ernst meinte. Butter? Auf einem Segel? Das musste doch ein Witz sein!

Kaum hatte er den Hafen von Roundstone verlassen, setzte er schon zwei weitere kleine, dreieckige Segel vorne am Bug des Schiffes, das allmählich an Fahrt gewann.

Clara schloss die Augen und hielt das Gesicht in den Wind. An einem Tag wie diesem verschwanden ihre Probleme zu Hause fast völlig. Hier konnte man ganz allmählich wieder zu sich kommen. Ohne auch nur einen Gedanken an die weitere Zukunft zu verschwenden. Die Zukunft … begann ja schließlich erst in der Zukunft.

»Geht es dir nicht gut?« Fragend legte ihr Sean eine Hand auf den Arm.

»Doch, doch«, versicherte sie. »Ich genieße nur die frische Meeresbrise auf der Haut.«

»Trotzdem solltest du schleunigst deine Augen wieder aufmachen. Etwas so Schönes siehst du so bald nicht wieder.«

Sie öffnete die Augen und tatsächlich: Sie segelten etwa 300 Meter vor der Küste dahin – und das Meer leuchtete in einem Türkisblau, als wolle es in die Karibik auswandern. Dazu die leuchtend grüne Küste, immer wieder unterbrochen von hellen Stränden, schneeweißen Cottages, überwucherten Steinmauern, Felsen und dem gelb blühenden Ginster. Wem bei diesem Anblick nicht das Herz aufging, der war wahrscheinlich schon gestorben.

»Schade, dass ich meine Kamera nicht dabeihabe!«, rief Clara Sean zu. Der zunehmende Wind riss ihr fast die Worte von den Lippen.

»Es ist ohnehin besser, du erinnerst dich einfach an einen Tag wie heute. Auf einem Bild könntest du niemals das Salz auf deinen Lippen und den Wind in deinen Haaren spüren«, lachte Sean, der inzwischen alle Hände voll zu tun hatte, damit die *Lord* auch auf Kurs blieb.

Clara fuhr sich mit der Zungenspitze über die Lippen und schmeckte tatsächlich das salzige Meerwasser. Diesen Geschmack würde sie für immer mit diesem Moment verbinden.

Langsam entfernten sie sich von der Küste.

»Wo fahren wir noch mal hin?«, wollte Clara wissen.

»Hinüber auf die Aran Islands. Das ist die traditionelle Route der Hooker. Sie brachten Torf vom Festland auf die Inseln – bei denen wäre es sonst ziemlich kühl in den Cottages geworden. Und im Gegenzug brachten sie Steine.«

»Steine?« Wieder war Clara sich nicht sicher, ob Sean sie mit seinen Geschichten nicht auf den Arm nahm. »Ich habe nicht den Eindruck, als sei Carna – oder von mir aus auch das gesamte Connemara – arm an Steinen. Eher im Gegenteil …«

»Mag sein, aber die Steine von Aran sind sehr kalkhaltig. Die Bauern in Connemara haben sie gebraucht, um ihren sauren Boden zu neutralisieren. Clevere Burschen, was?« In seiner Stimme schwang Bewunderung mit.

»Und was haben die Hooker noch transportiert? Der verrückte Mann auf Feenish hat von Wolle, Fisch und Ähnlichem geredet.«

»Welcher Mann auf Feenish eigentlich? Meine Mutter hat das gestern auch schon erwähnt.« Er sah Clara plötzlich überraschend ernst an.

»Keine Ahnung. Ich hatte gehofft, du könntest mir sagen, wer er ist. Er ist ungefähr in unserem Alter und etwas eigenartig gekleidet. Fast so wie sonst nur alte Menschen. Mit Schirmmütze und Lederflicken an den Ellbogen. Und er spricht komisch. Glaub mir, wenn du ihn kennen würdest, wüsstest du, von wem ich spreche.« Sie lächelte ihn kurz an. »Er sah nett aus, hat mich ein bisschen an dich erinnert.«

Sean sah wieder zu den Segeln, die sich wild im Wind blähten. »Ich kann mir beim besten Willen nicht vorstellen, wer das gewesen sein soll.« Er schüttelte den Kopf. »Von uns geht keiner mehr da rüber. Und eigentlich weiß fast jeder eine oder zwei Geschichten über Feenish, die man meist aber besser dem Vergessen überlässt.« Er warf ihr einen kurzen Blick zu. »Was wolltest du wissen?«

»Keine Ahnung. Alles?« Clara zuckte mit den Achseln. »Ich finde Feenish ziemlich spannend.«

Sean grinste. »Ich weiß. Nein, ich meinte, was wolltest du eben wissen? Bevor wir von dem attraktiven Unbekannten gesprochen haben, der mir so ähnlich sieht.« Jetzt musste auch Clara lächeln. »Ach ja. Was mit den Hookern noch transportiert wurde, oder?«

»Ja.« Clara strich sich eine Strähne aus dem Gesicht. »Also?«

»Deine merkwürdige wie gut aussehende Bekanntschaft hat recht: In den Hookern wurde einfach alles, was man für das tägliche Leben benötigte, von A nach B gebracht. Früher – also bevor es Autos und Teerstraßen gab – waren die Straßen hier in der Gegend so unwegsam, dass man lieber auf dem Meer gereist ist. Das war viel bequemer. Und die Hooker konnten mit ihrem geringen Tiefgang problemlos zwischen den Inseln von Connemara herumsegeln. Sie eignen sich großartig für das Fahren in flachem Gewässer in Küstennähe.« Er tätschelte die Bordwand der *Lord*. »Ich würde es mir allerdings sehr, sehr lange überlegen, ob ich mit einem Hooker den Atlantik überqueren würde.«

»Die Aran Islands reichen für den Anfang allemal«, bestätigte Clara ihn in seinem Zögern.

»Finde ich auch.«

Ein schnaubendes Geräusch direkt neben der Bordwand schreckte Clara auf. Sie spähte nach unten und sah zu ihrer Überraschung zwei große, silbern glänzende Begleiter neben dem Boot durch das Wasser gleiten.

»Sean! Delfine!«, rief sie begeistert aus. »Es sind schon wieder Delfine!«

Sean nickte nur. »Ja, die kommen hin und wieder vorbei, um ein bisschen mit uns unterwegs zu sein. Die besten Begleiter, die man sich nur vorstellen kann! Aber sie sind wirklich wild. Und scheuer als Fungi. Wenn du zu ihnen ins Wasser springst, dann verschwinden sie meistens.«

Clara hatte das Gefühl, dass sie nur ihren Arm ausstrecken müsste, damit sie die Delfine berühren könnte. Bildete sie sich das ein oder sah der eine von den beiden sie immer wieder mit einem wissenden Ausdruck in den Augen an? Sie blinzelte, aber der Eindruck blieb: Der Delfin lächelte sie an und schon wieder hatte sie das sichere Gefühl, dass alle Probleme nur halb so schlimm waren. Sie spürte, wie ihr die Tränen in die Augen stiegen. Clara blickte kurz zurück aufs Festland, das nur noch ein ferner grüner Streifen am Horizont war.

Mit einem letzten Flossenschlag verabschiedeten sich ihre Begleiter in die Weite der Galway Bay. Als sie zu Sean aufblickte, sah sie, dass er sie wohl schon längere Zeit beobachtet hatte, denn er schaute schnell wieder aufs Meer.

Schweigend fuhren sie weiter.

»Willkommen auf den Aran Islands!«, rief Sean plötzlich im Ton eines typischen Reiseführers und musste lachen, als er sah, wie Clara kurz überrascht zusammenzuckte. »Vor uns sehen Sie die wunderschöne Insel

Inishmore. Sie ist die größte der Aran Islands und berühmt als Hort der irischen Sprache.« Er beugte sich ein wenig zu ihr und senkte die Stimme. »Und damit meine ich nicht Englisch.« Nur um dann wieder in seinem Reiseführersingsang weiterzusprechen. »Werte Passagiere, bitte machen Sie sich bereit. Wir werden in wenigen Minuten anlegen …«

Gekonnt steuerte er den Hooker in den Hafen, in denen doch tatsächlich schon ein paar Touristen standen, die den traditionellen Hooker begeistert fotografierten. Sean winkte ihnen fröhlich zu. Wenig später lenkte er das Schiff vorsichtig an den Pier, holte die roten Segel ein und sprang mit einem Tau in der Hand an Land. Erst als alles fest vertäut war, reckte er Clara erneut seine Hand entgegen.

»Komm, ich zeige dir die Insel!«

Mit Seans Hilfe kletterte sie an Land und sah ihm dann zu, wie er noch einmal gewissenhaft alle Knoten und Taue überprüfte.

»Wenn die *Lord* sich losreißen würde, wäre meine Freundschaft mit Padraigh beendet«, erklärte er. »Das Schiff ist sein ganzer Stolz, ohne die Regatta in Kinvara wäre sein Leben wahrscheinlich sinnlos.«

»Eine Regatta?«

»Ja. Die Cruinniú na mBád – das Treffen der Boote. Gemeint sind natürlich Hooker.«

»Und Padraigh fährt da noch mit?«

»Er ist kräftiger, als er aussieht.«

Während Sean sich mit dem Schiff beschäftigte, sah Clara sich um. Eine Reihe Häuser, ein paar Pubs und

Cafés, ein paar Geschäfte mit original Strickpullovern der Aran Inseln in allen Farben, Variationen und Größen – und dazu zwei oder drei Pensionen. Inishmore hatte sich auf Touristen gut eingestellt, keine Frage. Schaudernd stellte Clara sich vor, wie einsam es hier im Winter sein musste. Oder zu früheren Zeiten, als es weder Telefon noch eine ordentliche Heizung gab.

»Das hier ist übrigens Kilronan, der wichtigste Ort der Insel«, erklärte Sean. »Wenn du gerade noch Bargeld benötigst: Hier steht der einzige Geldautomat der Insel. Und wenn du nicht gerne zu Fuß unterwegs bist: Hier können wir Pferdekutschen mieten. Wenn du willst, machen wir eine nette Kutschfahrt. Irgendetwas sagt mir allerdings, dass zwischen den Pferdekutschen und dem Geldautomaten ein gewisser Zusammenhang bestehen könnte. Wenn du willst, können wir die Insel aber auch zu Fuß ansehen, so groß ist sie auch wieder nicht.«

Clara musterte die Pferde, die gemütlich am Straßenrand standen und vor sich hin dösten. Sie sahen aus wie die Pferde an allen Touristenattraktionen der Welt: ein bisschen zu müde, ein wenig zu abgearbeitet.

Sie schüttelte kurz den Kopf. »Nein, lass uns lieber laufen. Was gibt es hier denn alles zu sehen?«

»Nun, die Insel selber beispielsweise. Sie ist ziemlich unglaublich.« Er angelte sich noch seinen Leinenbeutel aus dem Boot, den er sich über die Schulter warf, und winkte ihr, ihm zu folgen.

Kilronan bestand wirklich nur aus wenigen Häusern, innerhalb kürzester Zeit waren sie auf einer kleinen

Straße zwischen recht hohen Steinmauern unterwegs. Wann immer diese Mauern einen Durchblick erlaubten, sah Clara immer noch mehr Mauern.

Sie sah Sean irritiert an. »Was haben die Einwohner denn hier getan? Mauern bauen als Hobby für die einsamen Wintertage? Das ist doch der Wahnsinn!«

»Nein, die Mauern wurden aus Sturheit und purem Überlebenswillen gebaut. Dazwischen haben sie Tang und Sand gelegt und so ganz allmählich die Erde der Insel erzeugt. Ursprünglich gab es hier nur Steine.« Mit ungläubig gerunzelter Stirn sah Clara auf ein kleines Wiesenviereck zwischen den Mauern. »Sand und Tang? Das ist mal ein mühsames Geschäft. Warum nur haben sie sich kein schöneres Fleckchen Erde ausgesucht?«

»Ein schöneres Fleckchen?« Sean ließ seinen Finger kurz in der Luft kreisen. »Ist das dein Ernst?«

»Du weißt, was ich meine.«

Er schlenderte weiter. »Der Grund ist ähnlich wie in Feenish. Auch diese Insel lag einst auf einer Art Hauptverkehrsstraße. Ein Knotenpunkt des Seehandels hier in der Gegend. Bis der zum Erliegen kam. Die Leute hier hatten allerdings Glück. Sie haben den Tourismus rechtzeitig für sich entdeckt.«

## 9.

Um die Mittagszeit erreichten sie eine steile Klippe, von der man achtzig Meter in die Tiefe blicken konnte. Es wirkte fast so, als sei die Insel hier einfach irgendwo vom Festland abgebrochen und wie ein gigantisches Schiff hinaus auf die See gefahren.

Sean und Clara standen schweigend nebeneinander an der Kante und genossen die atemberaubende Aussicht. Von hier aus konnte man sicherlich über hundert Kilometer weit über die Insel und das dahinter liegende Meer sehen.

Nicht weit von ihnen, direkt an den steil abfallenden Klippen, erhoben sich große trutzige Steinmauern.

»Das ist Dun Aenghus, ein uraltes Fort«, erklärte Sean und ging auf die massiven Steinmauern zu. »Und außer, dass das Ding echt groß ist, wissen wir nicht viel darüber. Es stammt wohl aus der Bronze- oder der Eisenzeit. Sicher ist nur, dass die Arbeiter damals ganz schön lange Steine schippen mussten.« Er fuhr mit der Hand über die

Wand aus übereinandergestapelten grauen Felsblöcken. »Es ist ein Ringfort, weil – wenn man es von oben sieht, erkennt man, dass die vier hintereinanderliegenden Mauern fast wie vier immer größere Halbkreise um ein Zentrum angelegt sind.«

»Was ist im Zentrum?« Neugierig fing Clara an, das Fort zu besichtigen. Im Kern der Anlage fand sie eine steinerne, rechteckige Plattform in den Boden eingelassen – direkt an der Klippe. »Ist es das?« Sie sah Sean begeistert an. »Das Zentrum?«

»Könnte man so sagen.«

Clara sah sich um. »Aber ... War das Fort ursprünglich vielleicht rund? Und ist es irgendwann hier in der Mitte einfach auseinandergebrochen und zur Hälfte in die Tiefe gestürzt?« Sie zog die Augenbrauen leicht zusammen. »Und was sollten die Mauern schützen? Immerhin haben sie gleich vier hintereinander gebaut.«

»Keine Ahnung.« Sean lachte kurz auf. »Wie gesagt, keiner weiß so richtig, was die riesige Anlage hier auf dieser kleinen Insel sollte. Die Aussicht ist auf jeden Fall einzigartig. Und wenn sich Feinde nähern, sieht man das von hier oben bestimmt als Erster.«

Vorsichtig fuhr Clara mit der Hand über den großen, kühlen Stein zu ihren Füßen. Wenn er nur reden könnte ... Ihr Blick wanderte die innere Mauer entlang und nach oben – und sie erstarrte für einen Augenblick. Fünf, nein, sechs Kinder, die ihr bis eben nicht aufgefallen waren, saßen schweigend dort auf der brüchigen Mauerkrone und sahen auf das Meer, über Clara hinweg. Ihre Füße waren trotz des kühlen Frühlingswindes nackt – und schmutzig. Sie trugen vielfach geflickte Hosen aus einem schweren, gewirkten Stoff und dazu die traditionell gestrickten Pullover der Inseln.

Clara machte einen ersten, zögerlichen Schritt auf sie zu. »Was machen die dort oben?«

Die Kinder saßen einfach nur da. Ihre Gesichter, reichlich dreckig und blass, wirkten verängstigt. So als würden sie da draußen etwas Furchterregendes sehen. Clara drehte sich kurz um und sah in dieselbe Richtung. Das Meer glitzerte ruhig im Sonnenlicht. Einige Möwen strichen unterhalb von ihnen an der Küste entlang und stießen ihre heiseren Schreie aus. Mehr war nicht zu sehen.

Sie beschleunigte ihren Schritt auf die Kinder zu. »Hallo? Alles in Ordnung bei euch?« Doch die Kinder starrten weiterhin verängstigt auf das Meer hinter ihr.

»Redest du mit den Krähen?« Sean folgte ihr und sie konnte einen leicht besorgten Unterton in seiner Stimme hören. »Und warum machst du dir Sorgen um sie?«

»Das sind doch keine Krähen! Mit den Kindern stimmt etwas nicht. Sie haben Angst!« Clara warf ihm einen alarmierten Blick zu.

Sean sah erneut nach oben und runzelte die Stirn. »Passiert dir das öfter?«

Clara wollte schon ungehalten antworten, sah aber noch einmal nach oben. Auf der Mauerkrone saßen sechs Krähen mit zerrupftem Gefieder und drängten sich aneinander.

»Ich …« Sie bliebt abrupt stehen. Sie hatte sich geirrt, nein, sie hatte halluziniert. Sie war tatsächlich verrückt. Was gab es schon für eine Erklärung, wenn eine Frau nicht einmal mehr Vögel von Kindern unterscheiden konnte? Sie biss sich auf die Lippen. Zu viel Phantasie. Das war das Problem. Das war schon immer das Problem. Sie sah einfach zu viele Dinge, die niemand sonst wahrnehmen konnte. Weil sie nicht da waren. Und genau deswegen war sie die Frau, die einfach nirgendwohin passte. Nicht einmal auf eine kleine verwunschene Insel im Atlantik.

Ohne lange Erklärung drehte sie sich um und beschloss, so schnell wie möglich zu verschwinden. Sie wollte nicht hierbleiben, um sich anzuhören, was Sean gleich sagen würde, denn sie wusste, dass es ihr nicht gefallen würde. Doch zu ihrer Überraschung legte er einen Arm um ihre Schulter und zog sie nah an sich.

»Hey. Hiergeblieben. Du musst dir keine Sorgen machen. Das passiert. Vor allem an einem Ort wie diesem hier, an dem so viele Geister und alte Gedanken unterwegs sind.« Er sprach leiser weiter und sie spürte seinen Atem an ihrer Wange. »Wenn man hier nicht hin und wieder Gespenster sehen würde, dann wäre man blind.«

»Es gibt keine Gespenster«, erklärte Clara schnell und versuchte sich von ihm zu lösen. Sie spürte, wie ihr die Tränen in die Augen schossen. »Und das Letzte, was ich jetzt brauche, ist geheucheltes Verständnis!«

Er griff sie an beiden Schultern und drehte sie zu sich herum. »Was heißt hier geheucheltes Verständnis? Ich habe dir in den letzten Tagen ein paarmal gesagt, dass in Irland einiges anders ist als in anderen Ländern. Wer hier nicht hin und wieder Dinge sieht, die es nicht gibt, der hat ein Empfinden wie ein Pferd.« Er lächelte sie verschmitzt an. »Was wahrscheinlich eine Beleidigung für alle Pferde ist.«

Sie sah ihn an und bemühte sich verzweifelt, ihre Gefühle wieder in den Griff zu kriegen. Es war peinlich und zugleich beruhigend, was er da sagte. »Männer, die an Gespenster glauben, sind mal echt selten«, brachte sie schließlich heraus.

Er hob eine Hand und strich ihr eine Träne von der Wange. »Nicht hier«, sagte er schlicht, dann beugte er sich ein wenig nach vorne und drückte ihr einen sanften Kuss auf die Lippen. »Hier bist du damit nicht alleine.«

Clara stand da und sah ihn aus großen Augen an. Sie wusste nicht, ob sie weinen, lachen oder doch noch davonlaufen sollte. Oder alles auf einmal. Sie spürte noch immer die Wärme, die Seans Kuss auf ihren Lippen hinterlassen hatte. Er hatte sie doch gerade geküsst oder hatte sie sich das auch nur eingebildet?

Er sah nach oben und musterte noch einmal die Krähen. »Auch wenn ich da oben beim besten Willen nichts anderes als ein paar Vögel sehen kann.«

»Ich jetzt auch.« Ihre Stimme hörte sich überraschend rau an und sie musste sich räuspern. »Aber da waren Kinder, eben noch, Kinder, die voller Angst auf das Meer hinausstarrten. So als ob ein Ungeheuer von dort kommt. Oder auch ein fürchterlicher Sturm. Ich weiß es nicht, aber ihre Angst war fast greifbar…« Sie schüttelte den Kopf. »Das ist doch Irrsinn.«

»Und jetzt ist es vorbei?«

Sie sah ihn beunruhigt an. »Ich denke schon.«

»Es gibt nämlich noch viel zu sehen.« Aufmunternd

nickte er ihr zu. »Wie sieht es aus? Trotzdem weiter Lust auf die Besichtigungstour?«

»Klar.« Sie nickte leicht. »Und … können wir einfach so tun, als … wäre nichts gewesen?«, sagte sie langsam und zwang sich, nicht auf seine Lippen zu sehen. »Können wir einfach weitermachen? Du der Reiseführer, ich ein ganz normaler Tourist. Einer, der einfach nur Steine sieht und sonst nichts.«

»Den Wunsch kann ich dir erfüllen. Steine haben wir genug«, lachte Sean, legte seinen Arm wieder um ihre Schultern und machte sich mit ihr gemeinsam an die weitere Besichtigung des alten geheimnisvollen Ringforts.

Er ließ sie nicht los. Seine Berührung fühlte sich gut an und Clara merkte, dass sie sich im Verlauf des Nachmittags immer häufiger vertrauensselig an ihn lehnte.

Als sie alles gesehen hatten, deutete er auf seinen Leinensack. »Lust auf einen kleinen Snack?« Ohne eine Antwort abzuwarten, legte er Sodabrot, Cheddarkäse, geräucherten Lachs und gesalzene Butter auf einen großen Stein und machte eine einladende Handbewegung. »Bedien dich! Je mehr wir essen, desto weniger muss ich nachher tragen.«

Mit Appetit brach Clara sich einige Stücke von dem Brot ab und kaute mit vollen Backen. »Ich habe gar nicht gemerkt, wie hungrig ich bin«, bekannte sie. »Und das nach dem Frühstück bei deiner Mutter! Wenn ich nach Hause komme, passe ich in keine meiner alten Hosen mehr rein.«

»Quatsch. Das verbrauchst du alles in der gesunden

Seeluft«, lachte Sean, doch ein leichter Schatten schlich sich in seine sonst so leuchtenden Augen. »Und überhaupt: Wo ist denn dein Zuhause?«

Sie biss von dem Käse ab und kaute ein Weilchen, bevor sie sich zu einer Antwort durchringen konnte. »Im Süden.«

»Süden?« Er zog eine Augenbraue nach oben. »Geht das auch ein bisschen genauer oder hast du das ebenso vergessen wie dein Gepäck?«

Sie sah ihn ernst an und schüttelte leicht den Kopf. »Ich habe es nicht vergessen, aber ich möchte nicht daran denken«, sagte sie dann leise. »Reicht dir das erst mal? Ich verspreche dir: Ich habe niemanden umgebracht, kein Geld geklaut und bin auch nicht auf der Flucht vor der Polizei. In Ordnung?«

Er musterte sie. Nervös kaute sie auf ihrer Unterlippe, während sie auf seine Antwort wartete.

Langsam nickte er. »Aber ich werde nicht aufhören zu fragen.«

»Solange du keine Antwort erwartest«, sagte sie schnell und nahm sich das letzte Stück geräucherten Lachs, rollte ihn zusammen und steckte ihn in den Mund.

Sean schüttelte leicht den Kopf und lächelte amüsiert vor sich hin, während er eine Scheibe Sodabrot mit Butter bestrich. »Ich sehe, der kleine Imbiss hat deine Laune erheblich gebessert.«

»Ja. Sehr. Danke«, sagte sie mit vollem Mund. »Und wohin geht es jetzt?«

»Es gibt ein paar Bienenkorbhütten, sieben frühchristliche Kirchen oder zumindest die Ruinen davon, Dolmen, eine Burg und einen kaputten Rundturm. Das müsste es ungefähr sein!« Er war offensichtlich sehr zufrieden mit dieser Zusammenfassung. Und noch mehr mit Claras Reaktion darauf. Sie hatte aufgehört zu kauen und schaute ihn entsetzt an.

»Um Himmels willen! Das schaffen wir ja nie an einem einzigen Tag.« Sie warf einen hektischen Blick auf ihre Uhr. »Wann müssen wir uns denn wieder auf den Nachhauseweg machen? Die *Lord* kannst du doch sicher nicht in der Nacht segeln. Die hat ja nun wirklich keine Navigationsgeräte. Oder doch?«

»Nein. Man kann sie wirklich nur bewegen und sicher segeln, wenn man Tageslicht hat. Dann haben wir noch zwei bis drei Stunden. Allerdings gibt es eine andere Lösung.« Er sah sie ernst an, nur um seine Augenwinkel spielte ein leichtes Zwinkern. »Die ist allerdings nur für Mutige und Abenteuerlustige.«

»Ich bin mit dir zu einem Delfin ins kalte Wasser gesprungen und auf diesen alten Kahn gestiegen, und du zweifelst an meinem Mut? Los, rück schon raus, was planst du noch?« Sie puffte ihn herausfordernd in die Seite.

»Es gibt eine Pension. Wir könnten erst morgen nach Hause segeln.« Er sah sie fragend an. »Sollen wir?«

»Was ist an einer Übernachtung in einer Pension denn abenteuerlustig?«, schüttelte Clara den Kopf. »Ich habe schon kurz befürchtet, dass du eine Übernachtung in einer dieser alten Bienenkorbhütten vorschlägst. Da hätte ich ein bisschen länger nachdenken müssen. Pension ist in Ordnung. Zwei Zimmer, wie in Dingle.« Bei dem letzten Satz sah sie ihn herausfordernd an. Sie musste plötzlich wieder an den Kuss denken und daran, was er danach gesagt hatte.

»Ich habe nie etwas anderes erwartet«, beteuerte er. »Zwei Zimmer, wie in Dingle.«

Clara glaubte ihm zwar nicht wirklich, zückte aber ihr Handy. »Wo muss ich anrufen, um etwas zu reservieren?«

»Das ist um diese Jahreszeit noch nicht wirklich nötig«, winkte Sean ab. »Außerdem habe ich das schon gestern gemacht.«

»Du hast – was?« Für einen Augenblick verlor Clara wirklich die Fassung. »Wie konntest du dir so sicher sein, dass ich da mitmache?«

»War ich nicht. Aber man darf doch wohl noch hoffen, oder?« Er packte die spärlichen Essensreste zusammen und steckte sie wieder in seinen Leinenbeutel, während Clara sich fragte, warum dieser Mann eigentlich Zeit mit ihr verbrachte. Sie lernte Irland kennen, aber was hatte er davon? Er griff nach ihrer Hand. »Und nachdem das jetzt geklärt ist, machen wir uns auf den Weg zum schwarzen Fort. Es ist so ähnlich wie das hier, nur älter, düsterer und schwerer zu erreichen.«

Sie stand auf und folgte ihm. »Wunderbar.«

# 10.

Gemeinsam machten sie sich auf den Weg zum dunklen Fort im äußersten Osten der kleinen Insel. Die meiste Zeit gingen sie schweigend nebeneinander und mit jedem Schritt schien Seans Kuss unwahrscheinlicher, bis Clara sich nicht mehr sicher war, ob sie ihn sich nicht doch nur eingebildet hatte – so wie die verängstigten Kinder auf der Mauer.

Als sie schließlich vor den alten Steinmauern des Forts ankamen, war Clara erleichtert, dass der düstere Name wohl vor allem von der etwas dunkleren Farbe der Steine herrührte, aus denen es errichtet worden war. Sean führte sie auf der uralten Befestigung herum und da er dabei vor Begeisterung sprühte und sie diesmal von keiner Halluzination heimgesucht wurde, hob sich auch ihre Stimmung wieder. Es war beinahe so, als wären die Vision und der Kuss nie geschehen.

Später besichtigten sie noch die Ruinen der frühchristlichen Kirchen. Die alten Gemäuer in atemberaubender Umgebung vermittelten einen Eindruck davon, welche Bedeutung die Insel einst gehabt haben musste. Es waren beeindruckende Zeichen und Relikte einer Zeit, in der Aran eine wichtige Insel mitten auf einer wichtigen Schifffahrtsroute war.

Glücklich und erschöpft kehrten sie erst am Abend nach Kilronan zurück. Die Tagestouristen waren allesamt in die Fähre gestiegen, um wieder zum sicheren Festland zurückzukehren, und Aran gehörte für die Nacht wieder den Inselbewohnern und einer kleinen Handvoll Touristen, die sich entschieden hatten, über Nacht zu bleiben.

Clara genoss die Ruhe und leicht fröstelnd zog sie die Schultern nach oben, während sich die Dämmerung über die Insel senkte. »Hier am Meer wird es ganz schön schnell schattig – oder täusche ich mich?«

»O ja. Und weil das so ist, haben die Seeleute hier damit angefangen, die besten und wärmsten Pullover der Welt zu stricken!« Sean deutete auf einen Laden, der im Schaufenster die irischen Wollpullover mit den feinen Strickmustern anbot, die in jeder Werbung für Butter, Lamm oder Fleisch zu sehen waren. »Komm, so wie du zitterst, kannst du so einen gut gebrauchen.«

Warm sahen sie ganz bestimmt aus – und so schob Clara die Tür zu dem erstaunlich großen Verkaufsraum auf. Es gab die Wollpullover mit den verschlungenen Strickmustern in allen erdenklichen Größen und Farben. Sie fuhr mit den Findern über die raue Wolle und griff nach einem dunkelroten Exemplar, das sie sich anhielt und im Spiegel bewunderte. Einen winzigen Moment lang kam es Clara vor, als sähe sie eine andere Frau im

Spiegel. Sie war es seit viel zu langer Zeit gewohnt, dass ihr eine ungeschminkte Frau mit einem müden Gesichtsausdruck entgegenblickte. Heute aber sah sie etwas anderes: eine junge Frau mit leuchtenden Augen und Wangen, die von dem Tag in der Sonne gerötet waren. Ihr halblanges Haar, in dem offensichtlich den ganzen Tag der kräftige Wind gespielt hatte, fiel beinahe verwegen auf ihre Schultern. Diese junge Frau sah glücklich aus.

Clara lächelte und nickte Sean zu. »Den nehme ich!«

»Was? Du hast dich schon entschieden? Das kann nicht sein! Keine Frau kann sich in einem Laden voller Pullover innerhalb von ein paar Minuten entscheiden.« Er lachte. »Der Beweis ist erbracht: Du bist tatsächlich ein Außerirdischer!«

Sie schüttelte den Kopf. »Blödsinn. Aber die Pullover haben alle die gleichen Muster und mir gefällt die Farbe. Was soll ich mich da lange entscheiden?«

Sie warf einen Blick auf das Preisschild und runzelte die Stirn. »Und sauteuer sind wahrscheinlich alle Teile hier. Ist das der Wir-nehmen-die-Touristen-aus-Zuschlag?«

Sean nahm ihr den Pullover aus der Hand und sah sich das eingenähte Schild hinten im Kragen an. Dann schüttelte er den Kopf. »Nein, ist es nicht. Das hier ist die Handarbeit von Sinead. Sie saß wahrscheinlich eine komplette Woche daran und hat eine Unmenge von Wolle hier von der Insel verwendet. Und das Muster ist mitnichten bei jedem Pullover dasselbe. Jede Familie hier auf den Inseln hat ein eigenes. Das hier ist das Muster von

Sineads Familie.« Ein Grinsen stahl sich auf seine Lippen. »So konnte man die ertrunkenen Fischer auseinanderhalten, wenn sie angespült wurden – und die Fische schon ein bisschen zu viel gegessen hatten, um sie noch ordentlich zu erkennen.«

Entsetzt riss Clara die Augen auf. »Das ist ja schrecklich! Du nimmst mich auf den Arm, oder?«

»Tu ich nicht«, sagte er und zwinkerte ihr zu. »Das Teil in deinen Händen ist trotzdem modischer Firlefanz. Echte Pullover aus Aran haben immer die ursprüngliche Farbe der Wolle, denn um die Wolle färben zu können, muss sie gewaschen werden. Damit verliert sie aber das Wollfett und der Pullover büßt seine beste Eigenschaft ein.«

»Und die wäre?« Clara blickte skeptisch auf den dunkelroten Pullover in ihren Händen.

»Die echten Aran-Pullover sind so gut wie wasserdicht. Das heißt: Die Fischer waren nicht nur gegen die eisige Kälte, sondern auch immer perfekt gegen das Meerwasser geschützt – und sie stanken dabei wie eine Herde ungewaschener Hammel.« Er deutete auf den roten Pullover. »Mit diesem Ding wirst du lieblich wie eine Rose duften und die Arbeit von dem Wollfett übernimmt deine Jacke aus irgendeinem modernen High-Tech-Material. Also keine Sorge: Er ist perfekt.« Er sah Clara aufmunternd an, die ihren Pullover noch immer zögerlich in den Händen hielt. »Aber wenn du weniger Geld ausgeben willst, dann musst du in die hintere Ecke des Ladens gehen und dort einen von den maschinengestrickten Pullovern kaufen. Die kosten nur die Hälfte.

Aber es weiß dann auch niemand, dass du zu Sineads Familie gehörst, wenn du morgen bei der Heimfahrt über Bord gehst.«

»Na dann!« Sie trug den Pullover zu der Kasse, wo eine dunkelhaarige Frau lächelnd der Unterhaltung zugehört hatte. »Ich nehme diesen hier. Und bitte, sagen Sie mir, dass die Sache mit den Fischern nicht stimmt!«

Die Frau lachte kurz auf. »So steht die Geschichte zumindest in jedem Reiseführer. Und ungefähr stimmt sie auch.« Sie nahm Claras Kreditkarte und fing an, den Pullover sorgfältig zusammenzulegen.

»Moment!«, unterbrach Clara sie. »Ich ziehe ihn lieber sofort an.« Schnell streifte sie die dicke Jacke ab und zog sich den Pullover über das dünne Shirt, das sie darunter trug.

Die Verkäuferin sah sie einen Augenblick überrascht an und rief Sean, der am anderen Ende des Ladens ein paar Pullover ansah, etwas auf Irisch zu. Offenbar amüsierte Sean das, was die Verkäuferin sagte, denn er fing an zu lachen und erwiderte kopfschüttelnd etwas, das Clara einen neugierigen Blick der Verkäuferin einbrachte. Sie hatte keine Ahnung, von was die beiden gerade sprachen, sie ahnte nur, dass es dabei um sie ging. Für Clara wirkten die gälischen Laute wie eine Geheimsprache.

Als sie wenig später den Laden verließen, sah sie ihn von der Seite her an. »Was hat sie gesagt?«

Er zuckte mit den Schultern. »Dass du aussiehst wie ein Mädchen hier von den Inseln. Ich habe ihr gesagt, dass du aus Deutschland bist. Das ist alles.«

Ihr blieb nichts anderes übrig. Sie musste ihm glauben.

Wenig später bestellten sie in einem kleinen Lokal eine Portion Fish und Chips, die sie sich teilen wollten. Clara machte sich sofort hungrig über die fettig-knusprigen Stücke her, während Sean ihr belustigt zusah. »Du hast doch recht. Du wirst in einer Woche noch einmal nach Clifden und neue Hosen kaufen müssen! Aber das macht nichts, du warst ohnehin zu dünn.«

»Frechheit!«, schimpfte Clara mit vollem Mund und machte eine einladende Geste.

Sean wehrte ab. »Ich bin noch satt von unserem Picknick – und ich bin die Meeresluft auch gewöhnt. Ich werde davon nicht so hungrig.«

Als der Teller endlich leer war, leckte Clara sich die Finger. »Das war der beste Fisch, den ich je gegessen habe!«, behauptete sie. »Und was machen wir jetzt?«

»Pub. Was anderes gibt es hier nicht an Abendunterhaltung, aber ich fürchte, die Musiker sind nicht so gut wie bei uns in Carna …« Er hob entschuldigend die Hände. »Bei manchen Dingen kommen sogar meine Fähigkeiten als Reiseführer an ihre Grenzen.«

»Ich finde, du machst das sehr gut«, lächelte sie. Dann sah sie ihn einen Moment lang ernst an, bevor sie leiser weitersprach. »Wirklich, das ist wahnsinnig nett. Keine Ahnung, warum du mir das alles zeigst. Du kennst hier doch schon jeden Stein.«

»Aber ich bin schon eine Ewigkeit nicht mehr hier gewesen. Außerdem gibt es mir eine gute Möglichkeit, um meiner Mutter einmal für zwei Tage zu entkommen. Sie kann hin und wieder etwas sehr vereinnahmend sein.« Er zog eine kleine Grimasse. »Wirklich, ich liebe sie sehr, aber dieser alte Kasten braucht eigentlich einen Vollzeithausmeister und nicht nur einen handwerklich begabten Sohn, der alle paar Monate mal vorbeikommt und die wichtigsten Schrauben nachzieht.«

Während sie redeten, gingen sie die wenigen Schritte zum nächsten Pub. An ein paar Tischen saßen Touristen und sahen sich neugierig um, während an der Bar drei oder vier Einheimische vor ihrem Bier hockten und interessiert auf den Fernsehschirm starrten. Ein Fußballspiel lief und die Stimme des Kommentators klang aufgeregter, als es wohl wirklich war, und gab der ganzen Szenerie etwas beinahe Trostloses.

»Nicht einmal schlechte Musik«, beobachtete Sean enttäuscht. »Das hier taugt wohl wirklich nur zu einem Absacker, bevor wir schlafen gehen.«

»Kein Problem«, erklärte Clara und gähnte demonstrativ. »Ich bin sowieso total müde.«

Sean holte zwei gut gefüllte Smithwicks von der Bar und sie setzten sich an einen kleinen Tisch in der Nähe des Torffeuers.

»Slainte!«, hob er sein Glas. »Auf deinen Urlaub in Irland! Schön, dass du den Weg nach Connemara gefunden hast.«

»Schön, dass du mir den Weg gezeigt hast«, lächelte Clara.

Einen Moment lang herrschte Stille zwischen ihnen. Clara sah sich neugierig um. Diese Kneipe zeigte eine merkwürdige Mischung von Altem und Neuem. Neonreklamen machten Werbung für verschiedene Biermarken, vor allem natürlich Guinness. Der Fernseher flimmerte und die Barhocker waren mit schwarzem Kunstleder überzogen. Auf der Bar lagen ein paar kleine Frotteetücher, die wohl das überlaufende Bier aufsaugen sollten. Die Bänke an der Wand waren allerdings sehr viel älter. Das blank gescheuerte Leder stammte wahrscheinlich aus einer Zeit, in der Touristen noch ein Fremdwort auf diesen Inseln waren. Die schwarz-weißen Fotos zeigten Männer mit ernsten Gesichtern und tiefen Falten, die vor ihren Katen und Segelschiffen posierten. Ein anderes Bild zeigte einen Hooker, der vor der unverkennbaren Küstenlinie von Connemara durch die Wellen segelte. Wahrscheinlich sah die *Lord* heute genauso aus, wie damals dieses Boot – an manchen Dingen änderte sich in dieser Gegend der Welt einfach nichts.

»Wie lange willst du noch bleiben?«, unterbrach Sean ihre Gedanken.

Nachdenklich fuhr sie sich über die Stirn. »Keine Ahnung. Was ist heute? Dienstag? Sicher noch bis zum Wochenende, denke ich … Wieso fragst du?«

»Ich bin nur neugierig.« Er zögerte kurz, bevor er weitersprach. »Noch nie ist mir jemand wie du begegnet. Jemand, der sich einfach auf den Weg macht, ohne sich darum zu kümmern, wo er ankommt oder wie es weitergeht.« Er musterte sie. »Dabei siehst du nicht aus, als wärst du sorgenlos und frei.«

»Ach ja?« Sie nahm einen großen Schluck Bier.

»Ja. Manchmal wirkst du, als würdest du nicht reisen, sondern vor etwas fliehen.« Er richtete seinen Blick auf das Glas in seiner Hand. »Aber wie du schon gesagt hast: Das geht mich nichts an.«

Sie nickte langsam. »Aber du hast recht.«

Er sah überrascht zu ihr auf. »Bist du in Schwierigkeiten?«

Sie lächelte müde. »Nein, aber ich bin wirklich auf der Flucht. Vor meinem Leben, das sich nicht richtig anfühlt. Ich bin auf der Suche nach etwas, das besser zu mir passt. Und ich bin mir nicht sicher, ob es das wirklich gibt.« Sie sah ihn mit einem halben Lächeln an und strich sich eine Haarsträhne hinter die Ohren. »Ich hoffe, das klingt nicht allzu wirr. Aber wirklich: Sehr viel mehr gibt es nicht zu sagen. Ich muss mir über ein paar Dinge klar werden, ohne dass mir jemand sagt, was das Richtige für mich ist. Und diese Tage hier an der Küste sind wunderbar für mich. Hier ist alles so klar, dass ich meine Probleme aus Deutschland fast nicht mehr verstehen kann …«

»Wenn du jemanden brauchst – ich kann nicht nur über alte Steine reden, ich kann auch zuhören«, erklärte Sean ernst. Er legte seine Hand auf die ihre. »Ich finde, du bist etwas Besonderes, und du solltest nicht immer so traurig sein.«

Sie lachte auf. Ein bitteres Lachen. »Das finde ich auch. Könntest du mir das schriftlich geben? Es gibt Leute, die mir das sonst nicht glauben.«

»Dass du nicht traurig sein solltest oder dass du etwas Besonderes bist?« In Seans Blick lag mit einem Mal so viel Mitgefühl, dass es ihr leicht die Kehle zusammenschnürte.

»Beides, fürchte ich.« Verlegen trank sie einen Schluck. Das Gespräch lief in eine vollkommen falsche Richtung.

»Aber wir sollten nicht nur über mich reden. Was ist mit dir?«

»Mit mir? Ich mag dein Lachen.« Er sah sie noch immer ernst an, auch wenn ein leises Lächeln bereits seine Mundwinkel umspielte. »Und ich erkenne einen besonderen Menschen, wenn ich einen sehe.«

»Ich übrigens auch. Ich sitze gerade vor einem und ich würde gerne mehr über ihn erfahren.«

»Na dann.« Er lehnte sich zurück. »Solange du mit deinem angeblichen Interesse an mir nicht nur von dir ablenken willst … Ich bin ein offenes Buch.«

»Gibt es da niemanden in Carna oder in Frankreich, für den du etwas Besonderes bist? Jemanden, der vielleicht sogar sehnsüchtig auf dich wartet, während du deine Zeit mit einer verrückten Deutschen vergeudest?«

Ein leichtes Kopfschütteln war die Antwort. »Das mit der verrückten Deutschen ignoriere ich jetzt erst einmal. Und du willst wissen, ob ich in einer Beziehung bin?«

Clara nickte nur. »Ja.«

»Ich bin zu viel unterwegs und meistens nur für drei oder vier Monate an einem Ort.« Mit jedem Wort wurde sein Tonfall etwas ernster. »Das kann und will ich keinem anderen Menschen zumuten. Nicht mehr. Es ist nicht schön, immer auf den anderen zu warten – und wenn man zu viel wartet, dann ist irgendwann auch die Liebe verschwunden. Egal, wie sehr man sich bemüht.«

»Das klingt, als hättest du das schon erlebt«, stellte Clara fest.

Er atmete tief durch und versuchte ein Lächeln. »Mehr als einmal. Und immer bin ich kläglich gescheitert. Deswegen habe ich mich offiziell aus dem Liebesgeschäft zurückgezogen. Ich bin da einfach nicht talentiert. Nicht in der Auswahl und auch nicht in der täglichen Praxis.«

»Du hast dich aus dem Liebesgeschäft zurückgezogen?« Clara sah ihn ungläubig an. »Komplett?«

»Ja.« Er nahm den letzten Schluck Bier.

»Du bist also … auch auf der Flucht«, stellte Clara fest.

»So würde ich das jetzt nicht bezeichnen.« Er stellte sein Glas ab.

»Man muss sich dafür nicht in ein Auto setzen. Davonlaufen kann man, ohne sich auch nur einen einzigen Zentimeter von der Stelle zu bewegen.«

»Vielleicht«, sagte Sean schließlich und fuhr sich mit der Hand über das Gesicht.

Sie deutete auf die leeren Gläser, die zwischen ihnen standen. »Aber wir sollten aufhören, über traurige Dinge zu reden. Über uns zum Beispiel. Wir sollten lieber ins Bett gehen und uns morgen noch ein paar alte Steine ansehen. Das bringt uns auf andere Gedanken. Komm!«

Sean wollte nicht widersprechen und folgte ihr die menschenleere Straße bis zu der kleinen Pension, in die sie sich für die Nacht eingemietet hatten. Ihre beiden kleinen Zimmer lagen direkt nebeneinander. Vor Claras Zimmer bleiben beide einen Augenblick verlegen stehen. Clara kam es nach diesem wunderbaren Tag, den sie so vertraut miteinander verbracht hatten, komisch vor, Sean nur die Hand zu reichen. Also beugte sie sich vor und gab ihm einen Kuss auf die Wange.

»Das war wirklich einer der schönsten Tage der letzten

Monate. Wenn nicht sogar Jahre.« Sie lächelte ihn an. »Vielen Dank!«

Sean sah sie aus seinen dunklen Augen an, ohne dass Clara erkennen konnte, was wohl in seinem Kopf vorging. Dann beugte er sich langsam vor und küsste sie zum zweiten Mal an diesem Tag, ohne weitere Vorwarnung, direkt auf den Mund. Seine Lippen waren erstaunlich weich und warm. Er legte seine Arme um Clara und zog sie eng an sich. Ein leises Seufzen entwand sich ihrer Kehle, während sich Seans Kuss noch einmal vertiefte. Einen langen Moment spürte Clara, wie auch sie mehr wollte. Von diesen Lippen nicht genug bekam. Dann wurde ihr mit einem Mal wieder bewusst, wo sie war und mit wem sie gerade vor ihrer Zimmertür stand. Sean hatte ihr vor weniger als einer Stunde gesagt, dass er an einer festen Beziehung kein Interesse hatte – dass er sich aus dem Liebesgeschäft zurückgezogen hatte. Sie musste sofort aufhören, wenn sie nicht verletzt werden wollte. Schnell löste sie sich aus seinen Armen und taumelte ein paar Schritte zurück.

»Das geht nicht!«, erklärte sie atemlos. »Ich kann das nicht. Ich kann so etwas nicht anfangen und dann am nächsten Morgen vergessen oder locker wegstecken. Ich verliebe mich, und dann fängt der ganze Ärger erst an …« Sie redete immer schneller und verhaspelte sich in ihren eigenen Sätzen, bis Sean ihr die Hand leicht auf die Wange legte.

»Ssssh. Ganz ruhig. Ich wollte dich nicht überfallen. Es tut mir leid. Ich konnte mich nur nicht mehr … Es tut mir leid.« Er lächelte ihr zu, aber sie konnte sehen, dass es ihn einige Mühe kostete. »Geh jetzt schlafen. Aber du musst wissen: Für mich bist du keine verrückte Deutsche und ich genieße jeden Augenblick, den wir zusammen verbringen. Gute Nacht.« Damit wandte er sich ab und verschwand hinter seiner eigenen Zimmertür.

»Gute Nacht.« Clara stand für einen Augenblick wie erschlagen in dem engen Gang mit seinem dicken, viel zu bunten Teppich und der Blümchentapete. Ihr Herz schlug wie wild. Dann öffnete sie endlich die Tür zu ihrem Zimmer. Ein enges Kämmerchen, das fast komplett von einem Bett mit dicken Kissen und mit Rosen bedeckten Überwürfen eingenommen wurde.

So aufgewühlt, wie sie nach diesem Kuss war, konnte sie jetzt ohnehin nicht mehr schlafen. Mit wenigen Schritten durchquerte Clara das Zimmer und schob die Vorhänge zur Seite. Sie hatte Glück. Das Fenster ging in Richtung Meer, sie sah über die Straße und den Hafen hinweg auf die Galway Bay, die jetzt ruhig und dunkel dalag. Weit draußen auf dem Meer zog ein Frachter vorbei, dessen grüne und rote Positionsleuchten sich kaum bewegten.

Tränen stiegen ihr in die Augen. Was machte sie nur hier an diesem seltsamen Ort? Eigentlich sollte sie jetzt in der Karibik sein. So war es gebucht, so war es geplant. Und jetzt? Saß sie in Irland und war dabei, sich Hals über Kopf in einen Mann zu verlieben, der jeden Augenblick mit ihr genoss. Ein Mann, der offenbar nicht der Meinung war, dass sie dem Irrsinn nahe war oder eine überbordende Phantasie hatte, die sie dringend in den Griff kriegen musste. Sie schloss die Augen und spürte wieder seine warme Lippen auf den ihren, konnte seinen Kuss noch schmecken. Nachdenklich fuhr sie mit dem Zeigefinger über ihre Unterlippe. Warum nur hatte sich dieser Kuss so gut angefühlt? Und warum wollte sie unbedingt mehr davon? Vielleicht wären sie doch ein gebrochenes Herz wert. Sie ging zur Zimmertür, griff nach der Türklinke – und blieb still stehen. Nein, ihr eigenes Herz musste erst noch weiter heilen, bevor es erneut gebrochen werden durfte.

Langsam stieg sie aus ihren Jeans und zog den dicken roten Wollpullover über den Kopf. An dem kleinen Waschbecken putzte Clara sich die Zähne, öffnete das Fenster, holte ihren Zeichenblock heraus und kroch unter die dicke Bettdecke. Während sie die Erlebnisse des Tages auf Papier bannte, schlug der Atlantik mit einem beständigen Rauschen an die Hafenmauer. Erst spät löschte sie das Licht und schlief ein.

In dieser Nacht sah sie wieder die Kinder von Dun Aenghus vor sich. Schmutzig, ängstlich und zerbrechlich sahen sie auf die Bucht – aber Clara konnte auch im Traum nicht erkennen, wer oder was ihnen so viel Angst einjagte.

# 11.

Mit geschlossenen Augen genoss Clara die trägen Minuten, in denen sich ihr Geist ganz allmählich aus der Traumwelt in die Welt der Wachen zurückkämpfte. Dazu das ewige Geräusch der Wellen, ein paar Menschen, die sich in einer fremden Sprache auf der Straße etwas zuriefen, und dieses angenehme Gefühl. Sie lächelte. So zufrieden und rundum glücklich war sie seit Monaten nicht mehr aufgewacht. Wahrscheinlich seit Jahren.

Ein lautes Pochen an der Tür unterbrach ihre verträumte Glückseligkeit. »Wir wollen heute noch viel erleben. Steh auf, Prinzessin, der Tee wird kalt!«

Seans Stimme, hellwach und voller Lebenslust. Lächelnd schwang Clara ihre Beine aus dem Bett. Eine Katzenwäsche an dem kleinen Waschbecken in dem Zimmer, schnell in Jeans und Pullover geschlüpft – und schon war sie in dem Frühstücksraum. Aus einem Radio dudelte Musik, zwei Pärchen saßen sich gegenüber und kämpften mit den Bergen an Ei, Speck und

Brot, die die Wirtin vor ihnen aufgebaut hatte. In der Ecke entdeckte Clara Sean. Er las mit einer Hand Zeitung, während er mit anderen Baked Beans in seinen Mund schaufelte.

Clara trat an seinen Tisch. »Darf ich mich zu dir setzen?«

»Du bist aber mal schnell angezogen«, lachte Sean und legte die Zeitung beiseite. »Ich habe mit dir frühestens in einer halben Stunde gerechnet. Ich dachte, Frauen brauchen immer ewig, um zu einer Schönheit zu werden.« Er musterte sie und nickte anerkennend. »Bei dir geht das offensichtlich auch in zehn Minuten.«

»Red keinen Blödsinn«, grinste Clara, setzte sich ihm gegenüber und klaute einen knusprigen Speckstreifen von seinem Teller. »Das riecht köstlich!«

Er sah sie kurz ernst an. »Ist alles in Ordnung? Mit uns?«

»Natürlich.« Sie steckte sich den Speck in den Mund und kaute genüsslich.

Nach einem üppigen Frühstück wanderten sie über die Insel, bewunderten verfallene Kirchen und kleine Häuser, die auch hier wie steinerne Bienenkörbe aussahen. Es schien Clara, als ob jeder einzelne Stein auf dieser Insel Geschichte atmete. Sean benahm sich, als wäre der Kuss auf dem Flur nie geschehen – aber als er ihr beim Überklettern einer Mauer half, hatte sie das Gefühl, dass er ihre Hand länger hielt als unbedingt nötig. Auch die kleinen Berührungen, wenn er sie auf einen Vogel aufmerksam machte oder eine besondere Inschrift zeigte, waren allesamt alles andere als zufällig. Sie fühlte sich wohl bei ihm und ertappte sich mehr als einmal dabei, wie sie bei seinen Ausführungen eher auf seine Lippen starrte, anstatt seinen Worten zu lauschen.

Viel zu schnell sah Sean auf die Uhr. »Wir müssen los, sonst kommen wir mit der *Lord* in die Dunkelheit. Dann kann ich wirklich nicht garantieren, dass ich das Ding nicht doch noch auf einen Felsen setze.«

Gemeinsam kehrten sie zum Hafen zurück und segelten im Licht des späten Nachmittags über die Bay zurück nach Roundstone. Die Sonne sorgte dafür, dass das Blau des Atlantiks fast unnatürlich leuchtete, und auch wenn dieses Mal keine Delfine auftauchten, fühlte Clara sich doch perfekt im Glück. Was konnte besser sein als dieser Tag, weit weg von allen Problemen und allen hässlichen Gedanken?

Angekommen in Roundstone, half sie Sean beim Reffen der Segel, legte mit ihm gemeinsam die Taue wieder in ordentliche Stapel und überprüfte sogar die Vertäuung an der Kaimauer. Endlich gab es nichts mehr zu tun – und die Sonne stand nur noch wenige Zentimeter über dem Horizont. Sie tauchte alles in goldenes Licht, sogar Seans dunkelbraune Haare sahen plötzlich aus wie aus reinem Kupfer.

»Wie kann ich mich revanchieren für diese beiden Tage?«, fragte sie ihn. »Es war wirklich traumhaft, ich will nicht, dass sie enden.«

»Dann sollten wir vielleicht zusammen essen gehen. In Clifden hat ein neues Restaurant aufgemacht, das phantastischen Fisch serviert. So frisch, dass die Meerjungfrauen noch um ihre Freunde weinen, während du schon isst.« Er sah sie fragend an. »Heute Abend?«

»Ja! Ich lade dich ein!« Sie strahlte ihn an. »Ich will nur kurz duschen und mir etwas Frisches anziehen, dann können wir losfahren, okay?«

»Klar. Und mach dich auf etwas gefasst: Ich bestelle das teuerste Essen auf der Karte!«

»Das will ich doch hoffen! Es muss sich ja lohnen, wenn du schon für zwei Tage meinen persönlichen Reiseleiter spielst.«

Lachend stiegen sie in Claras kleines Auto und fuhren die wenigen Kilometer entlang der engen Küstenstraße zurück nach Carna.

»Ich brauche zehn Minuten, dann können wir nach Clifden fahren«, versprach Clara, als sie vor dem Hotel ankamen.

Sie stiegen aus und eilten über den Parkplatz. Clara öffnete schnell die Türe zum Hotel – und blieb wie angewurzelt stehen. Sie konnte nicht glauben, was sie dort sah. Vielmehr wollte sie nicht glauben, wen sie dort sah. Vor ihnen stand ein kräftiger Mann mit kurz geschorenem Haar und ein paar Kilos zu viel auf den Hüften, der sich zu ihr umdrehte und dessen überraschter Gesichtsausdruck sich binnen Sekunden in eine finstere Miene verwandelte. Peter.

»Da bist du ja! Es war gar nicht so einfach, dich zu finden?« Er hielt sich nicht mit Vorreden auf und sie konnte die Wut zwischen seinen Worten spüren. »Was hast du dir dabei gedacht? Hast du vergessen, dass du vor ein paar Tagen einen Termin mit mir hattest? Und mit knapp hundert geladenen Gästen, wenn ich dich erinnern darf?«

Clara starrte ihn mit weit aufgerissenen Augen an. »Ich …«, begann sie. Aber dann brach sie ab. Sie wollte nur noch weg. Weg von diesem Mann, den sie einmal geliebt, der sie aber bitter enttäuscht hatte und zu dem sie nicht zurück wollte.

Sie wollte an ihm vorbeieilen, aber er stellte sich ihr in den Weg. Sie spürte, wie ihr unter seinem zornigen Blick die Tränen in die Augen stiegen, und sie wusste, dass er noch nicht fertig war – und auch nicht ohne Weiteres wieder verschwinden würde.

»Ich? Mehr fällt dir nicht ein?« Er schnaufte verächtlich. »Was war es diesmal? Hast du einen Toten auf dem Altar gesehen und konntest es nicht ertragen, ausgerechnet an so einem Ort zu heiraten? Oder waren es einfach nur ein paar innere Stimmen, die dir gesagt haben, dass du in Irland ganz bestimmt dein Glück findest? Haben die Leute hier hübschere Seelenfarben?« Er schüttelte den Kopf. Sie würde ihm nie wieder etwas anvertrauen, denn er würde es immer und immer wieder gegen sie verwenden. »Ach, weißt du was: Ich will es gar nicht wissen.« Sein Gesicht war inzwischen puterrot. »Aber sag mir, warum du keinen Moment an mich gedacht hast. Warum? Und an meine Eltern – und vor allem: an deinen Vater. Kannst du nicht ein einziges Mal an jemand anderen als an dich denken?«

Sie hatte zu lange nicht an sich gedacht. So lange, bis es beinahe zu spät gewesen war. Ohne ein weiteres Wort herauszubringen, brach Clara endgültig in Tränen aus, stieß ihn beiseite und drängte sich an ihm vorbei. Sie stürzte die Treppen nach oben.

»Halt! Keiner unserer Hotelgäste wird einfach so von jemandem belästigt!«, hörte sie Sean hinter sich. Obwohl er von der in Deutsch geführten Unterhaltung sicher nichts verstanden hatte, klang er überraschend wütend. »Wer sind Sie?«

»Das geht Sie einen feuchten Dreck an! Und lassen Sie mich sofort los!«, fauchte Peter empört. »Ich habe ein Recht darauf, mit meiner Verlobten zu sprechen!«

»Verlobte?« Seans verwunderte Frage war das Letzte, was Clara hörte, bevor sie in ihrem Zimmer verschwand.

Sie drehte hastig den Schlüssel im Schloss ihres Hotelzimmers um. Hoffentlich war es wenigstens stabil. Wie hatte er sie nur finden können? Sie hatte doch selbst nicht gewusst, wo ihre Flucht hingehen sollte, wie konnte er es dann wissen?

In diesem Augenblick klopfte es laut an ihre Tür. »Mach auf, Clara! Sei vernünftig! Ich bin dir jetzt Tausende von Kilometern nachgereist. Du könntest wenigstens mit mir reden.«

Clara fühlte sich wie das berühmte Kaninchen vor der Schlange. Sie brachte kein Wort heraus und starrte nur auf die Türe. Das Klopfen hörte nicht auf.

»Clara! Lass mich hier nicht so dämlich stehen! Was ist denn passiert? Was habe ich dir angetan, dass du davongerannt bist? Oder war es wieder eine deiner Visionen? Hast du etwas Schlimmes gesehen? Dann musst du eben wieder zum Arzt. Das stehen wir gemeinsam durch.«

Seine Stimme wurde bittend. »Mach auf! Rede mit mir. Tu mir das nicht an!«

Hilfesuchend sah Clara sich im inzwischen beinahe dunklen Zimmer um. Das Fenster hinter ihr stand wie immer offen. Plötzlich zeigte sich ein nasser Fleck direkt am Fenster, der vor einer Sekunde doch noch nicht …

Peters energisches Klopfen brachte sie wieder in die Realität zurück. Zu dem, was wichtig war. Ihr Verlobter – oder war es jetzt schon ihr Exverlobter? – vor der Tür.

Sie räusperte sich vorsichtig. »Ich will nicht.« Zu leise. Er hatte sie nicht gehört, schlug inzwischen wieder mit der flachen Hand gegen die Tür. Also noch einmal lauter. »Ich will nicht!«

Ein unterdrückter Fluch war die Antwort. »Clara! Was soll ich denn deinem Vater sagen? Etwa: Herr Wolf, es tut mir leid, aber Clara hatte wohl einen psychotischen Schub und sitzt in einem Hotelzimmer am Ende der Welt hinter einer verschlossenen Tür – und weigert sich, mit mir zu reden? Das kannst du doch nicht wollen!« Es würde ihrem Vater das Herz brechen.

»Nein!« Clara war erschrocken. »Tu das nicht.«

»Dann öffne die Tür!«

»Aber ich will dich nicht sehen. Ich muss mir über ein paar Sachen klar werden!«

»Wenigstens reden!« Wieder der flehende Ton. »Tu es in Erinnerung an bessere Tage!«

Zögernd bewegte sich Clara auf die Türe zu. Sie konnte doch nicht zulassen, dass Peter mit seinem Lärm das ganze Hotel in Aufruhr versetzte. Wenn er weiter so einen Lärm machte, dann konnte es nicht mehr lange dauern, bis Caitlin oder Sean ihr zu Hilfe kamen. Und dann würde alles noch viel schlimmer werden – auch wenn sie keine Vorstellung hatte, was schlimmer sein konnte. Das hier war doch schon das Schlimmste!

Sie sah noch einmal über die Schulter zum Fenster – und zog die Augenbrauen zusammen. Was? Langsam begab sie sich zum Fenster. Irrte sie sich? Nein, auf Feenish blinkte ein Licht. Nur ganz kurz. Dann war es wieder dunkel. Sie hatte sich also am ersten Abend nicht getäuscht. Wahrscheinlich war der komische Kauz, den sie auf der Insel kennengelernt hatte, dafür verantwortlich. Wahrscheinlich schlich er gerade mit einer Taschenlampe durch die leeren Häuser und brabbelte von besseren Zeiten und Menschen, die schon lange tot waren.

Mit einem plötzlichen Entschluss kehrte sie mit schnellen Schritten zur Tür zurück und drehte den Schlüssel um. Die Tür flog auf und sie stand vor Peter, der seine Hand gerade erhoben hatte, um noch einmal gegen die Türe zu schlagen. Er sah sie überrascht an und ließ die Hand langsam sinken.

Clara machte einen Schritt zurück und sah sich ihren Verlobten an, als stünde er das erste Mal vor ihr. Peter war etwas älter als sie, von mittlerer Statur, und er hatte auf den Hüften schon einige Kilo zu viel. Er war ein Stressesser, wie er immer sagte. Wenn in der Firma viel zu tun war, dann schaufelte er die Erdnüsse und das Studentenfutter in rauen Mengen in sich hinein. Das aschblonde Haar war kurz geschoren und wich an den Schläfen schon deutlich zurück. Seine grauen Augen, versteckt hinter einer randlosen Brille, zeigten in diesem Moment seinen verletzten Stolz – und vor allem seinen gewaltigen Zorn. Die Jeans und der dunkelblaue Pullover, den er in diesem Moment trug, sahen aus wie eine Verkleidung. Peter war ein Anzugträger mit Leib und Seele. Wenn er am Wochenende in Freizeitkleidung schlüpfte, sah es immer so aus, als ob für ihn gerade Fasching wäre, als müsste er ein Kostüm tragen, das am Wochenende von ihm verlangt wurde und das er widerstrebend anzog. Weil Peter in hundert Jahren nicht gegen Regeln verstoßen würde.

»Komm rein«, flüsterte sie. »Und hör endlich auf, so einen Lärm zu machen. Das ist peinlich.«

»So peinlich, wie als Bräutigam ohne Braut dazustehen?« Er funkelte sie an, senkte dann aber kurz den Kopf und atmete tief durch. »Gut. Können wir jetzt reden?«

»Ja.« Betreten sah Clara zu Boden und ging ins Zimmer. »Es tut mir leid. Wirklich. Aber mir wurde das alles zu viel. Hundert Gäste, nur Geschäftsfreunde meines Vaters, dann dieser Polterabend, für den du ein ganzes Nobelrestaurant gemietet hast, die Kirche mit den vielen Blumen.« Sie drehte sich zu ihm um. »Es sah dort aus, als ob ein reicher Mensch gestorben wäre.«

Peter sah seine Verlobte kopfschüttelnd an und schloss hinter sich die Türe. »Also doch wieder eine deiner albernen Halluzinationen? Ich dachte, das wäre besser geworden, seit du die neuen Medikamente nimmst. Und du hast gesagt, dass du seit Jahren nicht mehr Stimmen gehört oder irgendwas gesehen hast. War das etwa gelogen?«

»Es war keine Vision und es waren auch keine Stimmen, die mich in die Flucht geschlagen haben«, verteidigte Clara sich und verschwieg, dass sie schon lange keine Medikamente mehr nahm, ja, seit Jahren keinen Arzt aufgesucht hatte. Warum auch? Wegen zu viel Phantasie? »Es war einfach … Ich hasse Rosen. Das weißt du genau. Vor allem die weißen. Sie sehen immer wie ein dummes Klischee aus, gezüchtet und gezähmt. Warum hast du sie eigentlich bestellt? Um mich zu ärgern?«

»Nein! Weil es eine Hochzeit ist, verdammt noch mal.« Er sah sie vorwurfsvoll an. »Diese Rosen sind ein Symbol der Liebe. Erinnerst du dich? Liebe? Der Grund, warum man heiratet?«

Liebe! Also ob Peter Baumann sie lieben würde. Sie bezweifelte, dass er ihr gegenüber zu diesem Gefühl fähig war. Er liebte nicht sie, Clara, die Kunststudentin, sondern lediglich die Idee, die Tochter von Helmut Wolf zu ehelichen. Aber das hatte sie lange Zeit nicht wahrhaben wollen. Denn sie hatte ihn geliebt. Früher einmal. Er war der Fels in der Brandung, den sich ihr Vater immer für sie gewünscht hatte, und lange Zeit hatte auch sie gedacht, sie bräuchte so einen Halt im Leben. Dann hatte sie aber irgendwann verstanden, warum Peter sie heiraten wollte. Er wollte nicht sie, er wollte die Firma ihres Vaters.

»Was wurde aus den Rosen?«, fragte sie schließlich, um auf seine Frage nicht weiter eingehen zu müssen.

»Wir haben sie gespendet. Ein paar gingen ins Altenheim, ein paar hat die Kirche als Sonntagsschmuck behalten. Immerhin gab es vom Altenheim eine Spendenquittung. Das Restaurant für den Polterabend und die Location für das Hochzeitsfest wollten eine Abschlagszahlung. Dein Vater hat beim Anblick der Rechnungen getobt. Andere Leute richten allein für die Summe der Abschlagszahlung eine komplette Hochzeit aus.« Er musterte sie mit missbilligender Miene. »Du hast mir immer noch nicht erklärt, warum du verschwunden bist. Ohne ein Wort zu sagen. Sogar das Handy hast du zeitweise ausgeschaltet. Wir haben uns Sorgen gemacht. Dein Vater hat jedes Krankenhaus in der Gegend angerufen. Du weißt, was er durchgemacht hat, nach der Sache mit deiner Mutter.«

»Es war einfach zu viel. Ich stand bei der letzten Anprobe für dieses dämliche Kleid und mir wurde schlecht.« Hilflos sah sie ihn an. »Es hat sich einfach nicht richtig angefühlt. Ich wusste einfach, dass wir dabei waren, einen großen Fehler zu machen.«

»Also doch wieder eine deiner Ahnungen«, stellte Peter fest. »Dein Vater hat das schon vermutet, als niemand wusste, wo du steckst. Zum Glück kam dann die Kreditkartenabrechnung aus Irland und wir wussten, wo wir nach dir suchen müssen.«

Das war es also. Die Kreditkarte in Clifden, als sie sich neu eingekleidet hatte. Niemals wäre ihr eingefallen, dass man einfach ihre Post öffnen und auf den Abrechnungen prüfen würde, wo die Karte eingesetzt worden war. »Wie bist du von Clifden auf Carna gekommen?«

»Ich habe etwas herumtelefoniert. In den Läden in Clifden. Eine der Verkäuferinnen hat sich an dich erinnert. Es ist noch keine Hochsaison, du bist hübsch, deutsch – und hast eingekauft wie eine Weltmeisterin. Und du hast erwähnt, dass du in Carna Urlaub machst.« Er lächelte beinahe selbstgefällig. »Von da an war es ein

Kinderspiel. In Carna gibt es nämlich nur ein Hotel. Ich habe mich also ins Auto gesetzt und bin heute Nachmittag über die Insel gefahren. Zum Glück gibt es eine Autobahn zwischen Dublin und Galway. Wahrscheinlich komplett mit EU-Geldern gebaut, aber dieses Mal sollte mir das recht sein, und dein Vater ist in der Zwischenzeit in Dublin geblieben …«

»Vater ist auch in Irland?«, unterbrach Clara ihn. »Wegen mir?«

»Keine Sorge, er ist in Dublin und kümmert sich momentan um die Geschäfte.«

»Um die Geschäfte?« Clara sah ihn verwirrt an.

»Ja. Einer unserer Zulieferer hat Probleme und wir müssen ihm ohnehin etwas unter die Arme greifen, damit wir auch weiter von ihm beliefert werden. Da stand ein Besuch in den nächsten Wochen ohnehin auf unserem Plan. Als wir dann die Kreditkartenauszüge gesehen haben, haben wir uns in den Flieger gesetzt und …«

»Du bist also eigentlich gerade geschäftlich in Irland?« Clara ärgerte sich über die Frage, sobald sie ihr über die Lippen kam. Denn es klang fast so, als wäre sie enttäuscht – als wäre es ihr wichtig.

Wie hatte sie nur einen einzigen Moment lang glauben können, dass Peter irgendetwas nicht wegen des Geschäfts tat? Immerhin war es die Firma ihres Vaters, bei der er durch die Hochzeit Teilhaber werden sollte. In der Geschäftsleitung war er schon – und er kümmerte sich seit Jahren mit Hingabe darum, dass die Autoindustrie immer ausreichend von irgendwelchen Teilen hatte, um noch mehr große Autos zu bauen. Es hatte Clara nie wirklich interessiert, was ihr Vater machte. Außerdem waren Autos ihr sowieso egal – weswegen sie sich das kleine quietschgrüne Auto ausgesucht hatte, als ihr Vater ihr großzügig ein Auto zur Verlobung geschenkt hatte. Sie erinnerte sich noch genau an den Moment, wie er ihr den Gutschein überreicht hatte und etwas davon gemurmelt hatte, dass sie ihm den Sohn geschenkt habe, den er sich immer ersehnt habe. Sein Schwiegersohn Peter war genau aus dem Holz geschnitzt, das ihren Vater glücklich machte. Im Gegensatz zu seiner Tochter. Deren erster Fehler schon vor der Geburt darin bestanden hatte, ein Mädchen zu sein – und der zweite darin, dass sie ihrer Mutter unglaublich ähnlich war. Angeblich. Clara hatte keine Erinnerungen an ihre Mutter. Die hatte sich nämlich vor über zwanzig Jahren an das Steuer des großen und teuren Autos ihres Gatten gesetzt und war gegen eine Wand gefahren. Ein Unfall? Selbstmord? Keiner wusste das so genau und keiner wollte es wissen. Also ein Unfall mit Todesfolge wegen eines Defekts in der Steuerung. Oder so. Clara sah hin und wieder die Bilder ihrer Mutter an und hatte das Gefühl, dass die Traurigkeit dieser schmalen, schwarzhaarigen Frau fast mit Händen zu greifen war.

»Stört dich das etwa?«, fragte Peter empört. »Es ist doch eine gute Sache, wenn ich es schaffe, mein Privatleben mit dem Geschäft zu verbinden, findest du nicht?«

So, wie er es geschafft hatte, seine Karriere zu beschleunigen, indem er die Tochter des Firmeninhabers für sich gewonnen hatte, dachte Clara leise bei sich. Und die dämliche Tochter war darauf hereingefallen und hatte tatsächlich eine ganze Zeit lang an die große Liebe geglaubt. Zu spät hatte sie gemerkt, dass Peter sie nicht liebte. Die Erkenntnis hatte geschmerzt und in ihr jedes Gefühl für ihn zerstört. Das war kurz vor der Hochzeit gewesen. Plötzlich war ihr klar geworden, wie ein Leben mit diesem Mann, der sie nicht liebte, aussehen würde – ohne echte Zuneigung, ohne innige Zweisamkeit: einsam. Sobald sie seine Frau geworden wäre und er somit offizieller Teil der Familie, hätte er sie fallen lassen. Und ihr Vater wäre auf seiner Seite gewesen. Da war sie sich sicher. Wie hatte sie nur so lange so blind sein können?

Er machte einen Schritt auf sie zu und sah sie an, als wollte er sie in den Arm nehmen. »Komm, jetzt fahren wir nach Dublin zu deinem Vater.« Er sah sich suchend in dem Zimmer um. »Wie lange brauchst du, um deine Sachen zu packen?«

Clara wich zurück, um seine Berührung zu vermeiden. »Ich werde heute Abend in kein Auto steigen!«, stieß sie hervor. »Es ist dunkel, ich war den ganzen Tag unterwegs und ich will jetzt meine Ruhe! Außerdem habe ich mein eigenes Auto hier, du musst mich nicht abholen und meinem Vater apportieren wie ein braver Hund!«

Stirnrunzelnd sah Peter auf seine Uhr und warf einen Blick auf das immer noch offen stehende Fenster. »Du könntest recht haben. Lass uns morgen früh in Kolonne fahren. Das ist sicherer. Du bist schließlich keine sehr geübte Fahrerin im Dunkeln. Ich übernachte hier.«

»Aber sicherlich nicht in diesem Zimmer!«, stieß Clara hervor. »Geh runter und nimm dir ein eigenes! Morgen sehen wir weiter.«

»Ich habe keine Ahnung, was in dir vorgeht«, erklärte Peter und blickte genervt drein. »Aber wenn es dir so wichtig ist, dass du alleine in einem Zimmer schläfst, werde ich das natürlich respektieren. Gehst du wenigstens noch mit mir abendessen? Oder ist das auch zu viel verlangt?«

»Ich bin müde!«, wehrte Clara ab. »Wir sehen uns morgen beim Frühstück. Und jetzt möchte ich, dass du gehst.«

Widerstrebend drehte Peter sich um. Clara konnte sehen, dass es ihm nicht gefiel, von ihr wie ein kleiner Junge aus dem Zimmer geschickt zu werden. Aber er konnte nichts daran ändern.

»Bis morgen«, verabschiedete er sich, und es klang in Claras Ohren beinahe wie eine Drohung.

Als sie die Tür hinter Peter geschlossen hatte, drehte Clara schnell wieder den Schlüssel um. Wer konnte schon wissen, was Peter nach ein oder zwei Guinness einfiel? Wenn er nüchtern war, konnte er in jeder noch so hitzigen Situation die Kontrolle über sich behalten oder sie zumindest schnell wiedererlangen, zu viel Alkohol förderte allerdings eine Seite an ihm zutage, die sie nicht miterleben wollte. Zumindest kein zweites Mal.

Als Nächstes schloss sie endlich das Fenster, wischte den kleinen nassen Fleck auf und zog die schweren Vorhänge zu. Dann ließ sie sich auf ihr Bett fallen. Was sollte sie nur mit dieser völlig verfahrenen Situation anstellen? Sie konnte morgen nicht einfach brav hinter Peter her nach Dublin fahren und sie würde ihn auch nicht heiraten. Auch wenn ihr Vater in ihm den perfekten Schwiegersohn sah, wusste sie, dass er nicht einmal ansatzweise ein guter Ehemann sein würde. Sie würde ein Leben lang unglücklich sein. Und was wurde aus Sean? Was würde Sean sagen, wenn sie ihm morgen unter die Augen treten würde? Immerhin hatte sie ihm verschwiegen, dass sie verlobt war. Was sollte er von ihr denken? Sie hatte ihren Bräutigam am Altar stehen gelassen … Über diesen Gedanken übermannte sie ein tiefer, traumloser Schlaf.

## 12.

Ihr Zimmer war von den ersten Strahlen des trüben Morgengrauens in ein blasses Licht getaucht, als Clara von einem Geräusch geweckt wurde. Waren es Schritte auf dem Kies vor dem Hotel? Sie öffnete die Augen und lauschte in die abnehmende Dunkelheit, konnte aber nichts mehr hören. Fast wäre sie schon friedlich wieder eingeschlafen, als ihr plötzlich die Ereignisse des Vorabends einfielen. Das Auftauchen von Peter, der nichts anderes wollte, als sie heute nach Dublin zu bringen – um dann mit ihm und ihrem Vater zurück nach Deutschland zu reisen. Nach Hause, wo die beiden Männer ihr immer und immer wieder vor Augen führen würden, dass sie eine verwirrte Seele war, die, von Wahnvorstellungen gequält, durch das Leben taumelte. Ganz anders als Sean, der darin einfach nur einen Blick durch ein Fenster in eine andere Welt sah, die er mit einem Schulterzucken hinnahm.

Sean. Mit einem Ruck saß sie kerzengerade im Bett.

Sie sollte doch gestern noch mit ihm essen gehen, um sich für die traumhaften Tage auf Inishmore zu bedanken. Ihn hatte sie völlig vergessen. Sie musste unbedingt mit ihm sprechen, ihm die Situation erklären. Wenn er ihr überhaupt noch zuhören würde. Wahrscheinlich war er beleidigt. Wie hatte sie sich küssen lassen können, während in Deutschland doch ein Verlobter auf sie wartete. Ein Verlobter, den sie ihm verschwiegen hatte und der sie immer noch heiraten wollte, obwohl sie ihn vor dem Altar hatte sitzen lassen.

Mit einem kleinen Seufzen stand Clara widerstrebend auf. Das Bett hatte noch wie eine warme, sichere Zukunft gewirkt. Sie blickte zum Fenster, das sich über Nacht aus irgendeinem Grund schon wieder geöffnet hatte, und sah über die kleinen Seen und das Moor hinüber bis nach Feenish. Das Wasser leuchtete heute Morgen wie helles Quecksilber zwischen den Gräsern, der Himmel spannte sich jetzt in einem merkwürdig hellen Blaugrün über der Landschaft aus. Es würde ein schöner Tag werden. Dem Wetter war es egal, dass in ihrer Seele nur noch grauer Regen herrschte. Sie ging zum Fenster und schloss es.

Gegenüber von dem Hotel herrschte in dem halbfertigen Bau einige Betriebsamkeit. Eigenartig, bisher war Clara gar nicht aufgefallen, dass dort gebaut wurde. Ein junger Mann schleppte einen Balken an seinen Ort und nagelte ihn dann im Dachgebälk fest. Als er einmal kurz aufblickte und zu ihr herübersah, winkte er ihr fröhlich zu und wandte sich dann mit noch mehr Konzentration wieder seiner Arbeit zu. Sie stand wie versteinert da – wenn ihr das graue Morgenlicht und ihre Phantasie keinen Streich spielten oder alle jungen Männer hier wie Seans Brüder aussahen, dann war das dort unten der verrückte Fremdenführer von Feenish. Sie trat schnell vom Fenster weg. Sie hatte keine Lust auf eine weitere Begegnung.

Fröstelnd wandte Clara sich ab. Sie hatte Wichtigeres zu tun, als sich über diesen irischen Kauz zu wundern. Sie musste eine Entscheidung treffen, die ihr Leben für immer verändern würde. Deutschland oder Irland? Eigentlich einfach: Auf keinen Fall wollte sie wieder mit Peter nach Deutschland. Aber hierbleiben? Auch wenn die Kreditkarte auf ihren Namen lief, gehörten das Geld und das Konto doch ihrem Vater. Wenn er ihr die Kreditkarte sperrte, dann waren die schönen Tage hier in Carna gezählt. Arbeit gab es für eine deutsche Studentin der Kunstgeschichte kurz vor dem Abschluss wahrscheinlich nicht. Auch nicht hier im Hotel. Caitlin konnte sich ja nicht einmal einen Handwerker leisten, und ein neues Zimmermädchen brauchte sie bestimmt auch nicht – selbst wenn Clara die Fenster zuverlässiger schließen würde als die jetzige. Und Sean arbeitete nicht ohne Grund auf dem Festland. Der keltische Tiger hatte sich schon vor Jahren schlafen gelegt, die irische Wirtschaft lag am Boden. Außerdem wusste sie nicht, ob sie überhaupt noch willkommen war. Nach gestern Abend. Sie musste also doch wieder nach Deutschland. Irgendwie ihr Studium abschließen, bei Peter ausziehen, ihre Sachen packen. Auf eigenen Füßen stehen.

Sie schloss die Augen. So viel, was sie tun musste, um

allein klarzukommen. Zu lange hatte sie sich auf ihren Vater verlassen. Und auf Peter. Es wäre so viel einfacher, ihn doch zu heiraten und künftig in einem kleinen Atelier Bilder zu malen, die niemand kaufen würde. Ein sinnloses, sorgenfreies Leben – das war es, was ihr die beiden Männer im Austausch für ihren Gehorsam boten. Es würde aber auch ein einsames Leben ohne Liebe werden.

Mit einem Seufzer zog sie das T-Shirt, in dem sie geschlafen hatte, über den Kopf und stieg erst einmal unter die Dusche, die sie so heiß wie irgend möglich aufdrehte. Während das Wasser über ihren Kopf strömte, musste sie wenigstens über nichts anderes mehr nachdenken.

Wenig später kam sie in ihrem dicken, roten Wollpullover, der ihr heute wie eine Schutzmauer gegen die Welt vorkam, nach unten. Sie konnte sich nicht vorstellen, dass so früh am Morgen außer ihr und dem Arbeiter von gegenüber schon jemand wach war. Aber sie täuschte sich.

Als sie in den Frühstücksraum kam, lächelte ihr Caitlin entgegen. »Möchtest du einen Tee? Es dauert allerdings einen Moment, so früh habe ich nicht mit dir gerechnet.«

»Das wäre lieb. Ich muss mich entschuldigen für den Aufruhr, für den Peter gesorgt hat«, murmelte Clara.

Caitlin legte einen zusammengefalteten Zettel auf den Tisch. »Den soll ich dir geben. Dein Verlobter ist schon fort.«

»Fort?« Mit gerunzelter Stirn faltete Clara die Nachricht auf.

In Peters penibler, ordentlicher Handschrift stand da:

*Liebe Clara,*
*leider muss ich heute sehr früh nach Dublin. Helmut hat mich gebeten, bei einem wichtigen Meeting heute Vormittag dabei zu sein. Komm nach, wenn du ausgeschlafen hast. Wir erwarten dich heute Abend im Conrad Hotel.*
*Peter*

Ausnahmsweise musste sie ihrem Vater also dankbar sein, dass er nicht ohne Peter leben konnte. Die Entscheidung, was sie machen sollte, hatte sich somit um einige Stunden verschoben.

Caitlin stellte eine dampfende Tasse vor ihr ab und deutete mit einem Kopfnicken auf den Brief. »Gute Nachrichten? Du siehst erleichtert aus.«

»Bin ich auch. Peter ist weg, aber das wusstest du ja.« Sie trank einen vorsichtigen Schluck von dem heißen, dunklen Gebräu und schloss die Augen.

»Für immer?«, fragte Caitlin vorsichtig nach.

Clara schüttelte den Kopf. »Nein, leider nicht. Dafür bin ich eine zu gute Partie.« Sie lachte bitter auf. »Ich soll heute Abend in Dublin bei ihm im Hotel sein.«

»Und? Wirst du da sein?« Caitlin legte ihr die Hand auf den Arm. »Willst du da sein?«

Ein leises Kopfschütteln von Clara war die Antwort. »Nein. Aber ich habe auch keinen anderen Plan für mein Leben. Wahrscheinlich spricht das nicht für mich. Aber ich … ich bin nicht so lebenstauglich wie andere.«

»Lass dir das nicht einreden«, erklärte Caitlin. »Du solltest deinem Herzen folgen und nicht das tun, was dein Vater und dieser Mann für dich wollen. Aber wer bin ich schon, dass ich dir Ratschläge gebe. Du musst tun, was du für richtig hältst. Und jetzt mache ich dir erst einmal ein ordentliches Frühstück. Mit Eiern und Speck im Bauch kann man besser nachdenken.«

Sie sagte nichts mehr, während Clara mit Bedacht das üppige Frühstück genoss. Aus dem Radio dudelten leise irische Melodien, das Torffeuer knisterte in der Ecke des Raumes und duftete süßlich. Der Geruch von Irland, dachte Clara bei sich. Schwarzer Tee und Torffeuer, das war für sie das wahre Irland.

»Wo ist Sean?«, fragte Clara leise.

»Unterwegs.« Caitlin lächelte sie an.

Als Clara mit dem Frühstück fertig war, schob sie den Stuhl nach hinten. »Ich gehe ein wenig spazieren. Ich muss mir über ein paar Dinge klar werden. Das geht leichter, wenn ich mich bewege. Wenn Sean auftaucht ...« Sie zögerte. »Sag ihm doch bitte, dass es mir leidtut. Das mit dem Essen gestern. Und überhaupt. Ich hätte ihm erzählen müssen, warum ich nach Irland gefahren bin ...«

»Das werde ich ihm sagen«, erklärte Caitlin. Es war ihr nicht anzusehen, was sie dabei dachte.

Clara wickelte sich in ihre dicke Jacke und machte sich auf den Weg. Sie kam an der Baustelle vorbei, auf der sie heute Morgen den emsigen Fremdenführer aus Feenish beobachtet hatte. Zu ihrer Überraschung lag die Baustelle jetzt aber verlassen da. Von dem kauzigen jungen Mann war nichts zu sehen. Einen Moment lang runzelte sie die Stirn. Das war eigenartig. Diese Baustelle lag bei genauerer Betrachtung nicht nur verlassen da – das hier war eine Bauruine, wahrscheinlich seit mehreren Jahrzehnten. Gras und Ginster wuchsen wild in den Zimmern und aus den Wänden. Moos und Flechten überwucherten den First. Es sah nicht so aus, als ob hier heute früh jemand gearbeitet hätte. Wie konnte das sein? Sie schüttelte kurz den Kopf. Wahrscheinlich hatte sie das nur geträumt oder es sich im Morgengrauen zusammenphantasiert. Aber es war in diesem Augenblick auch nicht wichtig.

Ohne darüber nachzudenken, wählte sie die Straße, die zum Meer führte. Vor sich hinsinnierend ging sie bald den einsamen Schotterweg Richtung Strand entlang. An diesem frühen Morgen hatte sie aber kein Auge für die Schönheit der Landschaft, die im Licht der aufgehenden Sonne leuchtete. Was sollte sie nur tun? Einfach hierzubleiben und die Sache auszusitzen kam nicht infrage, Peter würde spätestens in ein paar Tagen wieder auftauchen. Dann wahrscheinlich mit Claras Vater im Schlepptau, der sie sicherlich sofort zu einem Nervenarzt schicken würde, um sie endlich von ihren Visionen zu heilen. Sie hätte das mit dem toten reichen Mann gestern nicht erwähnen sollen. Peter würde es sicherlich gegen sie verwenden. In seiner Welt gab es nur die Realität, und die bestand aus dem, was man wirklich anfassen konnte. Daneben war kein Raum für etwas anderes. Und ihr Vater war da leider nicht besser. Eine Tochter wie Clara war für diesen Mann ein Irrtum der Natur. Und sie wollte ihr Leben nicht als Irrtum verbringen. Was waren aber ihre Alternativen? Weiter fliehen, an einen Ort, den er noch nicht kannte? Sich verstecken? Das Geld würde ihr schnell ausgehen und ihr fehlten die praktischen Fähigkeiten, um auch nur ein bisschen Geld zu verdienen. Obwohl: Kellnern konnte doch nicht so schwierig sein. Das könnte gehen. Und eigentlich reichten ihr doch ein kleines Zimmer und ihr Skizzenblock zum Glück.

Sie hatte nicht darauf geachtet, wohin ihre Beine sie trugen, aber mit einem Mal fand Clara sich an dem weißen Sandstrand gegenüber von Feenish wieder. Die Flut hatte ihren Höhepunkt bereits überschritten und es würde sicherlich noch einige Stunden dauern, bevor der Weg auf die Insel frei war. Sie blickte hinüber zu den alten, überwucherten Gemäuern. Plötzlich blinkte wieder ein Licht aus einem der Häuser. Merkwürdig. Sie ging bis an die Wasserlinie vor, um zu sehen, was dort drüben so blinkte, doch sie sah nichts außer den alten Häuserruinen.

Da fuhr ihr ein kräftiger Windstoß durch Mark und Bein und sie warf einen kritischen Blick in den Himmel. Das morgendliche Blau wurde jetzt immer mehr von großen, dunkelgrauen Wolken verdeckt. Über dem Atlantik türmten sich sogar schon richtige Wolkenberge auf. Nicht mehr lang und es würde ein kräftiger Regen einsetzen. Die letzten beiden Tage auf Inishmore hatte sie einfach Glück gehabt. Das war jetzt vorbei.

Mit einem leisen Seufzer drehte sie sich um. Sie hatte in der Tat zwei Tage lang Glück gehabt. Für diese kurze Zeitspanne hatte sie wirklich geglaubt, dass alles gut werden könnte. Tränen stiegen ihr in die Augen. Wem sollte sie noch länger etwas vormachen? Sie würde es niemals allein schaffen, schon gar nicht in einem fremden Land, das nicht einmal genug Arbeit für die eigenen Leute hatte. Irland wartete bestimmt nicht auf sie und ihr abgebrochenes Studium. Geschweige denn auf ihre unverkäuflichen Bilder. Es war an der Zeit, der harten Realität ins Auge zu blicken – und sich von Sean zu verabschieden. Warum sollte sie ihn auch noch in ihre traurige und ausweglose Geschichte hineinziehen? Außerdem wusste sie nicht, wann er Carna wieder verlassen würde, um irgendwo auf dem Kontinent Arbeit zu finden. Bei dem Gedanken zog sich ihr Herz zusammen. Es fing an zu regnen. Erst leicht und unauffällig, dann schnell sehr viel stärker. Aber es störte Clara nicht. So konnte man wenigstens ihre Tränen nicht sehen, die sich auf ihren Wangen mit dem Regen vermischten.

Ein Wagen stand an der Weggabelung, an der der Schotterweg nach Feenish von der geteerten Straße abzweigte. Clara hatte ihn noch nie zuvor gesehen, es beschlich sie aber schnell das Gefühl, dass der Wagen hier auf sie wartete – und mit jedem Schritt wurde das Gefühl stärker. War es Peter, der seine Sitzung hatte sausen lassen, um sie doch noch mit nach Dublin zu holen? Sie überlegte kurz, ob sie flüchten sollte, wenn er sie mit Gewalt mitnehmen wollte. Nein, sie würde wahrscheinlich schweigend zu ihm einsteigen und ihre kleine Revolte beenden. Da fiel ihr Peters Brief ein. Ihr Vater hatte ihn nach Dublin gerufen und Peter würde niemals einen Wunsch ihres Vaters ausschlagen. Oder? Ihr Schritt verlangsamte sich.

Da öffnete sich die Beifahrertüre und Sean lächelte ihr einladend entgegen. »Steig ein. Du siehst aus, als könntest du einen Trip zurück ins Hotel brauchen.« Und da war es wieder, dieses Leuchten, das ihn umgab und das Clara immer an das warme Licht eines Sommermorgens erinnerte. Und mit einem Mal stellte sie ihre eben getroffene Entscheidung wieder infrage.

»Sean!« Clara lief auf ihn zu, stieg ein und wischte sich die dicken Regentropfen aus dem Gesicht. Ihre Jeans und die Schuhe waren inzwischen vom Regen durchnässt. »Danke. Woher wusstest du, dass ich hier bin? Und woher hast du das Auto?«

»Es gehört meiner Mutter. Und diese kleine Insel zieht dich seit deiner Ankunft hier magisch an. Ich war mir sicher, dass du wieder einmal hierhergelaufen bist. Ebenso sicher war ich mir, dass du nicht rüberrennst und irgendwann wieder umkehren musst. Der Tidenkalender war da eine verlässliche Hilfe.« Er musterte sie mit besorgtem Blick. »Wie geht es dir?«

Clara zuckte mit den Schultern. »Schwer zu sagen.« Sie zögerte kurz, bevor sie ihm in die warmen, braunen Augen sehen konnte. »Es tut mir leid. Das mit dem Abendessen ...«

Sean machte eine abwinkende Handbewegung. »Das holen wir nach. Gestern hat dein ... War das wirklich dein Verlobter?« Er sah sie eindringlich an.

Sie zuckte kurz mit den Schultern. »Wohl eher Exverlobter.« Sie konnte Erleichterung in seinen Augen sehen.

Sean startete den Motor. »Auf jeden Fall hat er uns gestern die Stimmung gründlich verdorben, findest du nicht?«

Sie lachte bitter auf. »Ja, da ist er gut drin. Auch ein Grund, warum ich ihn vor dem Altar stehen gelassen habe und lieber schnell losgefahren bin. Ohne Gepäck und ohne Ziel, wie du sicher noch weißt.«

Sean begann zu grinsen und fuhr los. »Und der versteht einfache Botschaften nicht sonderlich gut, oder? So etwas wie: Sie hat mich kurz vor der Hochzeit sitzen gelassen, es könnte sein, dass sie mich doch nicht heiraten will?«

Clara blickte durch die Windschutzscheibe in den grauen Himmel. »Er versteht das schon. Da bin ich mir sogar sicher. Aber er will es nicht wahrhaben. Wenn er mich nicht heiratet, dann wird er wahrscheinlich auch nicht Teilhaber in der Firma meines Vaters. Also muss er mich heiraten. Es ist aber eher so, dass er eigentlich meinen Vater heiraten will. Oder wenigstens die Firma. Und dafür nimmt er eine verrückte Ehefrau in Kauf, die er nicht liebt. Das ist doch großzügig von ihm, oder?« Clara atmete tief durch. »Na ja. Sein Plan ist ohnehin, dass er mich, sobald ich seinen Ring am Finger habe, mit meinen Zeichensachen in ein schönes Haus sperrt und dann möglichst wenig mit mir zu tun hat. Und wenn ich Pech habe, liefert er mich irgendwann einfach in der Klapse ein. Ende der Geschichte.«

»Weiß dein Vater, was los ist?« Sean warf ihr einen besorgten Blick zu.

»Ich denke schon. Aber Peter ist für ihn der perfekte Schwiegersohn und ich war als Tochter immer nur eine Enttäuschung. Er würde mich, ohne mit der Wimper zu zucken, gegen Peter eintauschen.« Sie schwieg kurz. »Insofern: Ja, ich glaube, er weiß, was Peter vorhat. Und ich fürchte, sehr viel anders war seine Ehe mit meiner Mutter auch nicht.«

»Und das machst du mit?« Die Fassungslosigkeit auf seinem Gesicht war ganz bestimmt nicht gespielt.

»Ja. Nein. Ich weiß es nicht.« Sie hob hilflos die Hände. »Das klingt jetzt vielleicht eigenartig oder dumm, aber ich habe Peter einmal geliebt. Zumindest dachte ich das. Als ich einsehen musste, dass er nicht mich, sondern meinen Vater und die Firma liebt, hoffte ich lange, dass ich durch die Heirat wenigstens meine Freiheit bekäme. Peter ist kein übler Kerl und ich hätte weiter mein Leben leben können, wie ich es kannte. Außerdem wollte mein Vater unbedingt, dass ich Peter nehme. Er meinte, was Besseres würde ich mit meinen Hirngespinsten ohnehin nicht bekommen. Wie ich schon gesagt habe: Ich bin die Enttäuschung, und zwischen den beiden war es Liebe auf den ersten Blick!«

»Nicht dein Problem. Wofür brauchst du deinen Vater?« Bei Sean klang das so einfach wie Atmen. »Ist es das Geld?«

Clara schüttelte den Kopf. »Auch. Aber es ist komplizierter. Ich habe diese … Phantasien. Das hast du ja in den letzten Tagen gemerkt. Ich sehe Dinge, die andere nicht sehen. Mein Vater weiß das und hat mich zu den besten Ärzten geschickt, damit sie mir helfen. Mir wurde schon alles von lebhafter Phantasie bis schwerer Schizophrenie diagnostiziert. Und mein Vater hat Peter davon erzählt. Das macht mich in ihren Augen, gelinde gesagt, ein wenig lebensuntauglich.«

»Das ist ja wohl der größte Schwachsinn, den ich je gehört habe!«, polterte Sean so überraschend los, dass Clara neben ihm zusammenzuckte. »Man kann ja wohl hin und wieder ein wenig Einblick in eine andere Welt bekommen, ohne dass man sofort völlig verrückt oder lebensuntauglich ist. Was sollen wir da sagen? Hier in Irland gab es schon immer Menschen, die mehr als andere sehen, und die haben trotzdem ganz normal gelebt und ihre Familien ernährt. Oder sich wenigstens als Schriftsteller durchgeschlagen und aus ihrer Gabe etwas gemacht. Es ist etwas Besonderes, durch dieses Fenster in eine andere Welt blicken zu dürfen. Du redest davon, als sei es eine Krankheit! Aber es ist ein Geschenk!«

»Und was ist, wenn ich es gar nicht will? Es ist nicht gerade lustig, nie genau zu wissen, was real und was nur eingebildet ist.« Sie fuhren auf das verfallene Haus zu, an dem Clara heute Morgen den verrückten Reiseführer arbeiten gesehen hatte. »Zum Beispiel habe ich heute Morgen gesehen, dass jemand an diesem Haus gearbeitet hat – das heute Morgen übrigens noch nicht wie eine Ruine ausgesehen hat –, obwohl doch wirklich jedem klar sein muss, dass hier schon seit Jahrzehnten keiner mehr einen Finger gerührt hat!«

Sean sah sie überrascht an. »Da hat jemand dran gearbeitet?«

»Ich weiß es einfach nicht!« Sie sah ihn herausfordernd an. »Und das soll ein Geschenk sein?«

»Ja.« Sean blieb neben dem alten Haus stehen und sah sie neugierig an. »Wer hat daran gearbeitet?«

Sie schloss kurz die Augen und atmete tief durch.

Jahrelang quälten sie ihre Phantasien und dieser Ire nahm das einfach achselzuckend hin – so als hätte sie ihm eben gesagt, dass sie sich die Haare färbte. »Das war nur eine Halluzination. Ein Kurzschluss in meinem Kopf oder so etwas. Können wir jetzt zurück ins Hotel?«

»Das ist keine Krankheit. Hör jetzt endlich damit auf!«, meinte Sean ungeduldig. »Und nur damit du es weißt: Das da ist ein besonderes Haus. Es ist eine Bauruine seit etwa 100 Jahren oder so. Es ist niemals fertiggestellt worden, weil der Mann, der daran gebaut hat, eines Tages spurlos verschwunden ist.«

Clara schüttelte den Kopf. »Na und? Dann hat sich heute Morgen endlich jemand dazu entschlossen, das alte Ding zu renovieren. Obwohl ein Abriss und Neubau wahrscheinlich leichter wären.« Clara musste lächeln. »Aber bei dem Typen wundert mich schön langsam gar nichts mehr.«

Sean sah sie überrascht an. »Du kanntest den Mann, der die Bauarbeiten vorgenommen hat?«

»Ja. Warum? Es war der Verrückte, der mir auf Feenish in einem langen Monolog genau erklärt hat, wer da wo einst gewohnt hat und …« Clara wich plötzlich alle Farbe aus dem Gesicht. »O Gott, glaubst du, ich habe mir den auch nur eingebildet?« Sie setzte sich aufrecht im Beifahrersitz auf. »Dann hätte ich es ja nicht einmal gemerkt! Für gewöhnlich weiß ich zumindest im Nachhinein, was ich phantasiert habe und was nicht.« Sie sah ihn mit großen Augen an. »Woher weiß ich dann überhaupt noch, was wahr und was erfunden ist?«

Nachdenklich zog Sean die Augenbrauen zusammen

und fuhr wieder los. »Wenn das stimmt, dann sollten wir noch einmal mit Caitlin reden. Sie war schon von deiner ersten Erzählung von dem Mann auf Feenish etwas aufgewühlt. So habe ich sie selten gesehen. Vielleicht weiß sie etwas.«

»Quatsch!«, wehrte Clara ab. »Und es ist mir peinlich, wenn auch noch deine Mutter von meiner Krankheit weiß. Schlimm genug, dass sie gestern das Drama mit Peter mitgekriegt hat!«

»Da mach dir mal keinen Kopf«, erklärte Sean leichthin und parkte schwungvoll auf dem Hotelparkplatz neben Claras Auto. »Übrigens glaube ich nicht, dass du dir den Mann aus Feenish nur eingebildet hast. Und Caitlin wird es auch nicht glauben.«

»Ach ja?«, fragte Clara zögerlich.

»So viel Phantasie hast nicht einmal du.« Er lächelte sie an, bevor er weitersprach. »Die Leben und Schicksale eines ganzen Inseldorfes? Nie im Leben. Dazu müsste man hier geboren sein. Schon allein die irischen Namen! Für eine Deutsche eigentlich nicht zu schaffen.«

Clara musste lächeln. »Danke.«

»Komm jetzt«, sagte Sean fröhlich. »Außerdem tut dir ein bisschen Ablenkung ganz gut. Was soll das ganze Grübeln über die Zukunft? In deinem Herzen weißt du genau, was du heute Abend tun wirst.«

»Wäre nett, wenn mein Herz mir diese Erkenntnis mitteilen würde«, murmelte Clara mit einem schiefen Lächeln. »Ich weiß nämlich noch von nichts.«

# 13.

Wenige Minuten später standen sie bei Caitlin am Tresen, die gerade Gläser polierte. »Also, was gibt es so Wichtiges, das ihr mir unbedingt erzählen wollt?«

Sean machte keine Anstalten, sich auf einen der Barhocker zu setzen. »Du erinnerst dich doch sicherlich daran, dass Clara von einem Mann erzählt hat, der auf Feenish herumgelaufen ist und ihr erklärt hat, wer wo gewohnt hat? Du warst etwas aufgewühlt, als sie das erzählt hat.«

»Ich habe es nicht vergessen«, nickte Caitlin nur. »Und? Ist er wieder aufgetaucht?«

»Ja.« Clara bemerkte, dass ihre Stimme dünn und unsicher klang. »Ich habe ihn heute Morgen an dem Haus bauen sehen. Also an der Ruine gegenüber.«

»Gegenüber? Ganz sicher?« Caitlin sah sie zweifelnd an. »An diesem Haus hat seit einem Jahrhundert keiner mehr einen Finger gerührt. Es gibt Leute hier im Dorf, die glauben sogar an einen Fluch.«

»Das Haus ist verflucht?« Clara sah erst die ältere Frau, dann Sean ängstlich an.

»Nein, Kind.« Caitlin schob ein paar Papiere hinter dem Tresen hin und her, während sie ihre Gedanken sammelte. Dann fasste sie einen Entschluss und sah ihren Sohn und Clara an »Kommt, wir setzen uns an den Kamin. Ich erzähle euch eine Geschichte. Keine große, aber ich glaube, dass sie mit dem zusammenhängt, was Clara da sieht.«

Wenig später saßen sie mit großen Teetassen am Feuer, während vor den Fenstern ein andauernder Landregen niederging.

»Der Mann, den Clara gesehen hat, könnte mein Großonkel Liam sein. Der ältere Bruder meiner Großmutter. Liam war ein guter Mann, recht beliebt, hat gerne mit den Leuten geredet. Und er war ein alter Sturkopf. Zumindest hat das meine Großmutter immer erzählt. Sie hat nicht oft von Liam geredet, aber wenn sie es getan hat, dann kamen in ihren Geschichten immer wieder sein fröhliches Wesen und viel öfter noch sein Dickkopf vor.« Caitlin lächelte versonnen. »Auf jeden Fall hat er eines Tages aus heiterem Himmel angefangen, das Haus gegenüber zu bauen. Alle haben sich gewundert, da es für einen alleinstehenden Mann zu groß war. Liam machte zu dem Zeitpunkt keinem der Mädchen im Dorf den Hof. Warum baute er also ein Haus? Aber niemand konnte ihm entlocken, was er damit vorhatte. Wenn man ihn gefragt hat, zuckte er immer nur mit den Schultern und erklärte: ›Da will ich drin leben. Was sonst soll ich mit einem Haus wollen?‹ Und dann ist er eines Tages verschwunden.«

»Verschwunden?« Sean sah seine Mutter überrascht an. »Das wusste ich gar nicht. Ist er ausgewandert?«

Sie schüttelte den Kopf. »Nein, das hätte Liam sicher erzählt. Abgesehen von den Plänen mit seinem Haus war er keiner, der etwas für sich behielt. Nein, er verschwand einfach. Eines Morgens war Liam einfach nicht mehr da.« Sie nahm einen Schluck Tee. »Anfangs nahm man an, dass er vielleicht im Meer ertrunken sei, aber sein Boot lag fest vertäut am Steg – und hier geht niemand schwimmen, weil es ihm Spaß macht. Eine Leiche hat man nicht gefunden und irgendwann auch nicht mehr gesucht. Ich hatte Liam schon ganz vergessen, bis Clara vor ein paar Tagen von dem sonderbaren Fremdenführer erzählt hat. Ich weiß nicht einmal genau warum, aber ich musste sofort an Liam denken. Vielleicht, weil der Fremde dich an Sean erinnert hat und meine Mutter immer sagte, dass mein kleiner Sean ihrem Bruder Liam wie aus dem Gesicht geschnitten ist. Und jetzt, wo du das mit dem Haus erwähnst, kommt es mir noch wahrscheinlicher vor.« Sie sah die beiden unsicher an. »Aber ich kann mich auch irren und es könnte reiner Zufall sein. Wahrscheinlich sollte man die Toten auch einfach ruhen lassen.«

»Ich weiß nicht.« Sean drehte nachdenklich seine Teetasse. »Es wäre eine erste Spur. Wir könnten ja wenigstens ein bisschen nachforschen, was damals mit Liam passiert ist. Mal in alten Zeitungen nachlesen, ob darin etwas über sein Verschwinden steht. Vielleicht finden wir auch Hinweise darauf, dass er doch ausgewandert ist. Die Listen mit den Einwanderern sind von den amerikanischen Behörden inzwischen alle online. Seit die Amis so versessen darauf sind, ihre irischen Wurzeln zu entdecken, ist es angeblich wirklich einfach, da mal was nachzusehen. Wann ist Liam denn verschwunden?«

»Etwa vor einhundert Jahren. 1910 oder 1911.« Caitlin sah ihn dankbar an. »Das würdest du wirklich tun? Ich weiß, es ist lächerlich, und vielleicht täusche ich mich ja auch, denn wenn er wirklich hier herumgeistert, dann war er die ersten hundert Jahre ganz schön faul.« Sie lächelte ihren Sohn an. »Trotzdem wäre es doch schön, wenn sein Geheimnis endlich gelüftet würde. Und Clara erfährt, dass sie nicht an einem Hirngespinst leidet, sondern einfach einen echten irischen Geist gesehen hat.«

»Ja«, sagte Clara zögerlich. »Das wäre sehr … beruhigend.« Sie konnte nicht ganz glauben, was die beiden da sagten. Zogen sie tatsächlich in Betracht, dass Clara Geister sehen konnte? Dass Geister tatsächlich existierten?

»Dann machen wir das. Kommst du, Clara?« Er sah sie auffordernd an. »In Galway gibt es den County Advertiser. Die Zeitung existiert seit über 100 Jahren. Wenn wir uns beeilen, können wir vielleicht noch ins Archiv. Vielleicht haben wir ja Glück und finden einen Artikel über Liams Verschwinden!«

»Ich …« Mit einem Mal war sich Clara nicht mehr ganz so sicher, ob sie an einer Geisterjagd teilnehmen wollte. Sie fuhr sich mit der Hand nervös über ihre noch immer nasse Jeans. »Ich muss mir nur noch schnell ein paar trockene Sachen anziehen. In fünf Minuten bin ich wieder hier.« Damit lief sie die Treppen nach oben.

Als sie die Tür ihres Zimmers hinter sich ins Schloss zog, blieb sie mit einem Seufzer stehen. Das Fenster war schon wieder offen, und erneut hatte sich eine Pfütze darunter gebildet. Das konnte doch wohl nicht wahr sein.

Sie holte ein trockenes Handtuch aus dem Bad, schloss das Fenster und trocknete den Boden. Als sie damit fertig war, hielt sie kurz inne. Was machte sie hier? War sie wirklich gerade drauf und dran, sich mit Sean auf eine verrückte Geisterjagd zu begeben, während Peter und ihr Vater in Dublin auf sie warteten? Wie sollte sie ihrem Vater erklären, warum sie nicht zu ihm kam? Sie konnte ihm ja wohl schlecht sagen, dass sie und ihr gut aussehender irischer Bekannter, bei dessen Mutter sie derzeit wohnte, erst noch einer ihrer Halluzinationen auf den Grund gingen – und nach einem Geist suchten, der sie vor wenigen Tagen als Reiseführer über eine verlassene Insel geführt hat. Ihr Vater würde sie im besten Fall sofort zurück nach Deutschland holen und im schlimmsten Fall in die Klapsmühle einliefern lassen. Sie war sich ja noch nicht einmal selbst sicher, was sie von ihren Visionen hielt. War sie nicht einfach verrückt?

Sie blickte sich in dem kleinen, hübschen Hotelzimmer um. Selbst wenn sie bleiben würde, wie würde es weitergehen? Würden Peter und ihr Vater sie in Ruhe lassen? Wohl kaum. Und von was würde sie leben? Würde Sean bei ihr bleiben oder schon übermorgen zu seinem nächsten Auftrag zurück auf den Kontinent gehen? Er hatte ihr nie etwas versprochen. Sie hatten immer nur im Hier und Jetzt gelebt. Aber wie sah es mit der Zukunft aus? Konnte sie ihr altes Leben wirklich so einfach aufgeben, ohne zu wissen, wohin ihr neues Leben sie führen würde? Immerhin ging es hier um ihr Leben. Oder?

Sie stand langsam auf und schüttelte leicht den Kopf. Es war der reinste Wahnsinn, was sie hier gerade tat. Fing sie tatsächlich an, daran zu glauben, dass die Dinge, die sie sah, existierten? Aber sie glaubte nicht an Geister. Die Erklärung, dass sie hin und wieder halluzinierte, war da doch viel wahrscheinlicher. Oder?

Vielleicht sollte sie wirklich schnell nach Deutschland zurückkehren, bevor sie hier in Irland jegliche Bodenhaftung verlor. Doch sie war noch nicht bereit, sich endgültig zu entscheiden. Sie wusste aber auch, dass Peter spätestens morgen wieder hier im Hotel aufschlagen würde. Sie musste so oder so ausziehen, und so packte sie schnell ihre wenigen Sachen zusammen. Vielleicht gab es in Galway ein kleines günstiges Hotel. Wenn Sean sie fragen würde, warum sie ihr gesamtes Hab und Gut dabeihatte, würde sie ihn fragen, ob er versprechen könne, dass er mit ihr in Carna bleiben würde. Sie ahnte, was er darauf antworten würde. Immerhin hatte er ihr von Anfang an gesagt, dass er sich aus dem Liebesgeschäft zurückgezogen hatte.

Als sie kurze Zeit später die Treppe hinunterging, hörte sie Mutter und Sohn leise miteinander sprechen.

»Und du denkst wirklich, dass es sinnvoll ist, in der Vergangenheit zu wühlen? Mit ihr?«, fragte Caitlin. »Eigentlich hat sie genug Probleme, auch ohne die alten Geheimnisse von Carna.«

Clara verlangsamte ihren Schritt, blieb stehen und lauschte interessiert.

»Das mag sein«, sagte Sean mit seiner warmen, weichen Stimme. »Aber sie ist die Einzige, die diese Geheimnisse vielleicht lüften kann. Ich glaube, Clara kann wirklich in eine andere Welt sehen, auch wenn sie sich so sehr dagegen wehrt und Angst hat, dass sie deswegen von einem Nervendoktor behandelt werden muss.«

Clara schluckte und spürte, wie ihr Tränen in die Augen stiegen. Sean meinte es also ernst. Er glaubte ihr wirklich und hielt sie nicht für verrückt.

Caitlin seufzte. »Und was machst du, wenn sie heute Nachmittag doch noch zu ihrem Verlobten fährt? Dir ist klar, dass sie oben gerade ihr Siebensachen zusammenpackt, oder?«

»Was?« Echte Überraschung lag in Seans Stimme.

»Hast du nicht gesehen, wie sehr sie noch immer mit sich ringt? Vielleicht entscheidet sie sich am Ende ja doch für das sichere Leben, auch wenn sie dann einen Teil von sich selbst verleugnen muss.«

Als Sean weitersprach, konnte Clara einen traurigen Unterton in seiner Stimme hören. »Dann kann ich auch nichts dagegen machen. Es liegt nicht in meiner Macht.«

»Das sagst du jetzt so leicht dahin«, murmelte Caitlin. »Aber ich kann mir nicht vorstellen, dass du genauso gelassen reagierst, wenn Clara wirklich wieder aus deinem Leben verschwindet. Ich kenne dich, mein Sohn! Du spielst mit dem Feuer. Was wirst du tun, wenn sie sich gegen dich entscheidet?«

»Ich fürchte, ich …« Sean wurde der Rest seiner Antwort erspart, da Clara die Treppe lieber schnell nach unten polterte.

Seans Blick blieb an den Einkaufstaschen hängen, die sie in der Hand hielt.

»Es tut mir leid. Caitlin hat recht. Ich habe mich noch nicht endgültig entschieden«, sagte Clara schnell. »Aber ich kann auf keinen Fall hier im Hotel bleiben, wo Peter mich jederzeit finden kann.« Dann wandte sie sich an Caitlin. »Und ich kann deine Gastfreundschaft nicht noch länger in Anspruch nehmen. Ich weiß noch nicht, was passieren wird, aber eines möchte ich schon jetzt sagen: Vielen, vielen Dank für alles.«

»Du bist hier jederzeit willkommen.« Caitlin ging auf sie zu und nahm sie kurz in den Arm. Jetzt schnürte es ihr beim Abschied doch die Kehle etwas zu und sie kämpfte mit den Tränen.

Clara und Sean verließen schweigend den Pub und steuerten auf ihre beiden Autos zu. Sie würden besser getrennt nach Galway fahren.

»Ach, bevor ich es wieder vergesse.« Clara öffnete gerade die Fahrertür. »Das Zimmermädchen ist wirklich ein Frischluftfanatiker. Sie reißt das Fenster bei jedem Wetter sperrangelweit auf – und an Tagen wie heute regnet es dann auch noch herein. Deine Mutter sollte ihr sagen, dass man das Fenster nicht dauernd und den ganzen Tag aufmachen muss, um ein bisschen frische Luft ins Zimmer zu lassen.«

Sean nickte nur, dann sah er sie plötzlich verwundert an. »Welches Zimmermädchen?«

»Na, das Zimmermädchen, das sich dauernd in mein Zimmer schleicht, um das Fenster aufzureißen.« Clara sah Sean irritiert an. »Scheint ein Tick von ihr zu sein, und ich muss jeden Tag die Pfützen am Boden wegwischen.«

»Wir haben kein Zimmermädchen«, sagte Sean zögerlich. »Meine Mutter kümmert sich selbst darum, und ich glaube nicht, dass sie sich dauernd in dein Zimmer schleicht.«

»Oh.« Clara spürte, wie ihre Wangen heiß wurden. »Natürlich. Dann ist wohl einfach irgendwas an dem Fenster kaputt. Vielleicht siehst du es dir morgen einfach mal an.«

»Mach ich«, sagte Sean und lächelte sie an. »Können wir los?«

## 14.

Das graue Steinhaus des »County Advertisers« glänzte feucht im Regen und sah auf den ersten Blick alles andere als einladend aus. Im Inneren roch es nach billigem Bodenpflegemittel und nasser Wolle. Eine Mischung, die schnell dafür sorgte, dass Clara sich fragte, ob der Besuch in diesen Räumen wirklich eine so gute Idee war.

Die dicke Frau, die sich am Empfangstisch gerade mit Enthusiasmus einem bunten Donut widmete, sah kaum auf, als Sean sie freundlich nach dem Archiv fragte.

»Im zweiten Stock, fragt nach Paddy«, erklärte sie kurz, nur um sich dann sofort wieder der süßen Herrlichkeit zu widmen.

»Beeindruckende Security«, flüsterte Sean, als sie die alte, durchgetretene Holztreppe nach oben stiegen. »Falls die IRA hier mal etwas plant, merkt das keiner.«

»Aber es würde wahrscheinlich auch keiner merken, wenn dieses Gebäude in die Luft fliegt«, wisperte Clara zurück. »Man würde sich auf der Straße kurz über den

Knall wundern und erst ein paar Jahre später den Krater in der Landschaft entdecken. Erscheint diese Zeitung überhaupt noch?«

»Aber selbstverständlich«, erklärte eine freundliche Stimme mit einem schweren irischen Akzent hinter ihr. »Zweimal die Woche bringen wir lokale Neuigkeiten und die besten Sonderangebote der Supermärkte in der Stadt. Nicht zu vergessen unser exzellenter Kleinanzeigenmarkt! Da können Sie alles verkaufen, von der Babywiege bis zum gebrauchten Sarg.«

Clara fuhr herum und sah in ein Paar babyblaue Augen, die über den gelungenen Scherz vor Freude funkelten. Sie gehörten zu einem klapperdürren, älteren Mann, der sie freundlich anlächelte. Er war überaus akkurat, wenn auch in einem nicht mehr ganz modernen Tweedanzug gekleidet, und an seiner Weste war die Kette einer Taschenuhr zu erkennen. Er schien irgendwie aus der Zeit gefallen. Schnell warf Clara einen alarmierten Blick zu Sean, der den Mann aber auch zu sehen schien, was sie augenblicklich beruhigte. Zum Glück nicht schon wieder ein Geist.

»Miss Donnell vom Empfang war so freundlich, Ihr Kommen anzukünden. Da bin ich Ihnen ein paar Schritte entgegengekommen. Den Eingang zum Archiv kann man nämlich sehr leicht übersehen.« Er schob eine alte Holztür auf, die hinter einer massiven Steinsäule verborgen war, führte sie in einen überraschend nüchtern eingerichteten großen Raum mit wandhohen Regalen und setzte sich hinter seinen Schreibtisch. »Womit kann ich Ihnen behilflich sein?« Er sah seine Gäste erwartungsvoll an.

Fast hätte Clara sich umgesehen, ob da nicht irgendwo eine versteckte Kamera aufgebaut war. Dieser skurrile Typ konnte doch unmöglich echt sein, oder?

Sean war weniger beeindruckt. »Wir suchen nach Ausgaben des Advertisers, die etwa hundert Jahre alt sind. Haben Sie die noch da?«

»Aber sicher!«, nickte der Archivar sichtlich erfreut und stand eilfertig wieder auf. »Folgen Sie mir einfach. Die alten Exemplare sind allesamt gebunden und befinden sich im hinteren Teil des Archivs. Welcher Jahrgang soll es denn genau sein?«

»1910 oder 1911. Und vielleicht die Jahrgänge kurz davor und danach?« Sean klang mit einem Mal weniger überzeugt von seinem Plan. »Ginge das?«

Der Archivar nickte ihm zu. »Ich hole Ihnen erst einmal die Bände 1900 bis 1920, wenn es recht ist. Sie können mir dann ja Bescheid geben, wenn Sie noch etwas benötigen.«

Er verschwand zwischen den Regalen und kehrte nur wenige Augenblicke später mit einem halben Dutzend schwerer, schwarz gebundener Bände wieder, die er sorgfältig auf einem großen Arbeitstisch direkt vor einem großen Fenster ablegte, durch das die noch immer von Regenwolken verhangene Mittagssonne hereinfiel.

»Vielen Dank.« Sean lächelte den alten Mann an. »Das ist wirklich wunderbar.«

»Sehr gerne.« Einladend deutete der Archivar nun auf die beiden Stühle. »Viel Erfolg bei Ihrer Suche. Sollte Sie dabei die Müdigkeit überkommen, empfehle ich den modernen Kaffeeautomaten im Gang um die Ecke.«

Damit ging er zurück auf seinen Platz, setzte sich, schraubte seine Thermoskanne auf und goss sich genüsslich seine Tasse voll dampfendem Tee ein. Clara fragte sich, ob das seine Art war, den Automaten im Gang zu kommentieren.

Sean setzte sich, zog den obersten, in dunkles Leder gebundenen Band des Bücherstapels zu sich und öffnete ihn. »Na dann mal los. Hallo, erster Januar 1900!«

»Was genau suchen wir eigentlich?«, fragte Clara, als sie sich den ersten Band des Jahrgangs 1911 aus dem Stapel zog und sich neben Sean setzte. »Eine Vermisstenanzeige?«

»Alles über Feenish und Carna«, zuckte Sean mit den Schultern. »Wenn wir Glück haben, finden wir etwas über Liam O'Hearn. So hieß mein Großonkel mit vollem Namen.«

Schweigend arbeiteten sie sich durch die Neuigkeiten längst vergangener Tage. Wollpreis hoch, Wollpreis runter, Märkte in Casla oder Kinvara, Hochzeiten in Galway, Anzeigen von Quacksalbern, Tidenpläne und Werbung für die großen Schifffahrtslinien, die verzweifelte Iren in eine hoffentlich bessere Zukunft in die USA bringen wollten. Aber keine Spur von Liam O'Hearn und auch kein Wort über Feenish.

Clara ackerte sich gerade durch den zweiten Band des Jahrgangs 1911, als sie plötzlich stutzte. In der Ausgabe vom 28. April fiel ihr die alte Fotografie einer bildhübschen jungen Braut auf, die ausgesprochen ernst in die Kamera blickte. Neben ihr stand ein sehr viel älterer Mann mit mächtigem Schnurrbart, der seinen Bauch hervorstreckte und sichtlich stolz auf seinen Fang war. Viel interessanter war allerdings der Text unter der Fotografie.

Clara schob das dicke Buch zu Sean hinüber. »Schau mal! Die beiden kommen aus Feenish. Wie hübsch die Braut war, und wie … na ja … stattlich der Ehemann!« Dann las sie ihm die Bildunterschrift vor. »Der angesehene Kaufmann Eamon Devlin aus Feenish gibt seine Verlobung mit Fionnuala Rafferty aus ebendiesem Ort bekannt. Das Paar gedenkt nach der Hochzeit in die Vereinigten Staaten auszuwandern. Eamon Devlin möchte auf diesem Wege zudem bekannt machen, dass er seinen Laden auf Feenish an den Höchstbietenden zu verkaufen gedenkt. Anfragen bitte an den County Advertiser.« Clara lachte kurz auf. »Wenn das nicht merkwürdig ist: eine Verlobungsanzeige verbunden mit der Suche nach einem Käufer für einen Laden. Und ich dachte immer, die Schotten hätten die Sparsamkeit erfunden …«

Sean lehnte sich zu ihr herüber, um das Bild besser sehen zu können. »Na ja, Not macht eben erfinderisch. Wobei der Mann eher nach einer echten Krämerseele aussieht. Arme Fionnuala.«

Da fiel Claras Blick plötzlich eine kleine Meldung ganz unten auf der Seite und ihr Herz begann schneller zu schlagen.

»Sean, da! Ich glaube, ich habe etwas gefunden!« Aufgeregt las sie den Text vor. »Vermisst: Der junge Liam O'Hearn, Zimmermann auf Feenish, wird seit zehn Tagen von seiner Familie schmerzlich vermisst. Wer den jungen Mann gesehen hat oder von einem Ertrunkenen gehört hat, der an der Küste, insbesondere bei Carna, angeschwemmt wurde, soll sich bitte melden.« Ein Bild war bei dieser Meldung leider nicht zu finden.

Schulter an Schulter beugten sie sich über die alten Seiten und ließen ihre Augen aufgeregt über die folgenden Seiten wandern. Doch von Liam O'Hearn war nichts mehr zu lesen. Sie entdeckten lediglich noch eine kurze Meldung vom erfolgreichen Verkauf des Ladens auf Feenish durch Devlin. Dann nichts mehr.

Es war schon später Nachmittag, als Sean endlich den letzten Jahrgangsband zuklappte. »Das hier bringt uns nicht weiter«, erklärte er. »Liam war einfach nicht bedeutend genug, als dass er noch weitere Spuren in dieser Zeitung hinterlassen hätte.«

»Ich hätte jetzt gerne einen starken Tee«, erklärte Clara und streckte sich. »Und wenn wir draußen ein Internetcafé finden, dann können wir dort auch noch schnell in den amerikanischen Einwandererlisten nachsehen, ob dein Großonkel dort irgendwo aufgeführt ist. Dann sind wir uns wenigstens sicher, dass wir nichts übersehen haben. Okay?«

Sean nickte etwas resigniert. »Gut. Ich kenne so einen Laden. Komm mit.«

Sie bedankten sich bei dem wunderlichen Archivar und saßen wenig später etwas abseits der Hauptstraße in einem versteckten Laden, in dem im Halbdunkel bestimmt ein halbes Dutzend Studenten und Touristen an kleinen Tischen saß, Tee trank und konzentriert auf ihre Tablets oder Laptops starrt. In einer Ecke warteten zwei Computer auf Benutzer, die keine eigenen mobilen Geräte hatten.

Sean und Clara setzten sich und suchten schweigend nach den Listen der Einwandererschiffe. Clara öffnete die erste Liste aus dem Jahr 1911. Zu ihrer Überraschung gab es gar nicht so viele amerikanische Einwanderer aus Irland, wie sie befürchtet hatte, und schnell hatte sie die Listen für Januar, Februar und März überflogen. Die meisten Schiffe segelten damals offenbar erst nach den Stürmen des Winters, wenn die Gefahr von Eisbergen gebannt war.

»Pass nur auf«, lachte Sean und warf ihr ein amüsiertes Grinsen zu. »Jetzt stellen wir sicherlich gleich fest, dass Liam auf der *Titanic* ausgewandert ist. Dann wissen wir auch, wie seine Geschichte ausging.«

»O ja.« Clara fing an zu kichern. »Er hat sich an Bord ›Leonardo‹ genannt und sich dann unsterblich in eine gewisse Kate verliebt, die ihm am Ende keinen Platz auf der rettenden Holztür gemacht hat. Kein Wunder, dass wir ihn nicht finden.« Clara kicherte. »Moment mal, sank die *Titanic* nicht erst 1912? Was hat dein Großonkel in dem Jahr davor gemacht?«

»Na, ist doch klar.« Sean lachte sie an und streckte seine Arme zur Seite. »Er war der König der Welt!«

Clara musste plötzlich so laut losprusten, dass die anderen Gäste in dem Café fragend von ihren Bildschirmen aufblickten. Clara bemühte sich, das alberne Grinsen schnell zu verbergen, während sie weiter nach Liam suchte.

Da entdeckte sie zum zweiten Mal an diesem Tag den Namen eines Mannes, der im Mai 1911 auf Ellis Island in New York angekommen war. »Schau mal, unser Eamon Devlin, die Krämerseele. Da ist er wieder.« Sie sah die

Liste weiter durch und schüttelte verwundert den Kopf. »Nur seine schöne Fionnuala hat er wohl doch lieber zu Hause gelassen. Zumindest taucht er ohne Ehefrau in der Neuen Welt auf.«

»Vielleicht hat er sie über Bord geschmissen, weil er ihr ernstes Gesicht nicht mehr ertragen hat?«, grinste Sean. »Sie sah auf dem Bild ja nun wirklich hübsch aus, aber nicht unbedingt wie jemand, mit dem man Spaß haben könnte.«

»Er aber auch nicht«, erinnerte sich Clara. »Wahrscheinlich war dein Großonkel der einzig nette Kerl zu der Zeit.«

Eine knappe Stunde später waren sie noch immer nicht fündig geworden. Enttäuscht winkte Clara der Bedienung, um die Nutzung des Computers und den Tee zu bezahlen, den sie getrunken hatten.

»Kein Liam und nicht einmal eine Fionnuala. Die beiden haben unseren miesepetrigen Eamon wohl alleine nach Amerika geschickt«, stellte sie ernüchtert fest. »Und wie es aussieht, bleibt euer Familiengeheimnis ungelüftet. Da hilft es auch nicht, wenn ich Visionen von eurem Großonkel habe, wie er den Hammer schwingt.«

»Ja«, sagte Sean knapp und wirkte mit einem Mal überhaupt nicht mehr fröhlich.

Gemeinsam verließen sie das kleine Internetcafé und wanderten schweigend in Richtung des Comb, der jetzt am frühen Nachmittag breit und träge in Richtung Meer floss. Es hatte aufgehört zu regnen, auch wenn die Sonne sich noch immer hinter einer dicken Wolkenschicht versteckte.

Als sie den Fluss halb überquert hatten, blieb Sean stehen und lehnte sich an das Geländer der alten Steinbrücke.

»Und? Was machst du heute Abend?«, fragte Sean und stellte damit die Frage, die sie den ganzen Nachmittag vermieden hatten.

Ohne eine Antwort sah Clara in den Fluss, als könne sie in seinen Fluten eine Antwort finden. Dann schloss sie kurz die Augen und flüsterte: »Ich kann nicht.«

»Was?« Sean sah sie von der Seite an. »Bleiben oder gehen?«

»Beides. Und das macht es so schwer.«

Sean legte vorsichtig einen Arm um sie. »Dann solltest du einfach keines von beiden tun. Du gehst nicht nach Dublin und suchst dir einen neuen Ort, an dem du dein eigenes Leben finden kannst. Wo du im Einklang mit dir leben kannst.«

»Das klingt gut«, antwortete sie mit einem schwachen Lächeln. »Und wo soll dieser zauberhafte Ort sein?«

»Das weiß ich nicht. Aber für diese eine Nacht kannst du noch bei uns bleiben.«

»Und falls Peter plötzlich wieder auftaucht?«

»Dann sage ich einfach, du wärst abgereist. Morgen früh brichst du dann wirklich in ein neues Leben auf. Wie klingt das?«

»Wie ein besserer Plan als meiner«, gestand Clara und lehnte sich an ihn. »Ich habe nämlich keinen.«

»Gut. Außerdem kannst du dann heute Abend noch deine Schulden begleichen und mich endlich zum Essen einladen.« Er sah Clara mit diesem unbeschwerten Grinsen an, das sie in den letzten Tagen so lieb gewonnen hatte. Warum nur klang bei ihm alles immer so leicht und einfach – und bei ihr war alles immer ein Problem?

Einer plötzlichen Eingebung folgend stellte sie sich auf die Zehenspitzen und gab ihm einen Kuss auf die Lippen.

»Danke für alles«, flüsterte sie und sah ihm dabei tief in die Augen.

»Und du weißt nicht, was mir dein Kuss bedeutet«, murmelte Sean. Vorsichtig beugte er sich zu ihr hinunter und drückte ihr einen weiteren Kuss auf die Lippen. Einen längeren. Einen, der nicht enden sollte. Und Clara wandte sich ihm endlich ganz zu, schlang ihre Arme um ihn und hielt ihn so fest wie eine Ertrinkende.

# 15.

Während Sean schon im Hotel verschwand, wuchtete Clara ihre Tasche aus dem Kofferraum. Erstaunlich, was sie in der kurzen Zeit schon alles gekauft hatte. Ein Lächeln spielte um ihre Lippen, während sie ihm folgte. Es würde sicher noch sehr viel mehr werden. Da hörte sie, wie Sean mit seiner Mutter redete. Die beiden hatten wohl nicht bemerkt, dass sie durch die Tür gekommen war.

»Du hast sie wieder mitgebracht.« Keine Frage, sondern eine Feststellung. »Sie hat also wirklich genug Mut, um diesem Peter die Stirn zu bieten und nicht nach Dublin zu gehen?«

Sean lächelte schief und schüttelte den Kopf. »Nein. Sie ist nicht der Mensch, der die Konfrontation sucht. Im Gegenteil. Sie läuft davon, wenn sie es nur irgendwie kann. Das wird sie wieder tun. Morgen. Aber heute Abend will sie wenigstens vorher darüber nachdenken, wohin sie dieses Mal läuft. Das ist doch immerhin schon ein bisschen besser als das letzte Mal, wo sie einfach eine Autobahn gewählt hat und geradeaus gefahren ist, bis das Land zu Ende war. Oder?«

»Nicht wirklich«, murmelte Caitlin. »Man kann nicht davonlaufen und man kann sich nicht verstecken. Weder vor seinem Schicksal noch vor seinen Gaben. Und wenn ich diesen Peter Baumann richtig einschätze, auch nicht vor ihm.«

»Bis er merkt, dass Clara nicht nach Dublin kommt, ist es zu spät, um noch einmal an die Westküste zu fahren. Und wenn er es doch versucht, sagen wir einfach, Clara ist schon längst über alle Berge. Das Auto parken wir später noch so, dass er es nicht sieht. Für heute ist Clara sicher, denke ich. Morgen ist dann ein neuer Tag.« Sean lächelte versonnen. »Dann sehen wir weiter.«

»Wir?« Seine Mutter sah ihn mit einem leisen Lächeln von der Seite an. »Was willst du mir damit sagen?«

»Nichts.« Und mit einem Lächeln, mit dem er zwanzig Jahre früher noch die Kekse aus ihrer Küche geklaut hatte, griff er nach dem Schlüssel von Claras Zimmer, gab seiner Mutter einen Kuss auf die Stirn und lief die Treppe nach oben hinter Clara her.

Caitlin sah ihm nach. »Ob das mal gut geht«, murmelte sie. »Und von eurer Suche nach Liam hast du mir auch nichts erzählt. Aber ihr beide seid ja ohnehin auf der Suche nach etwas ganz anderem. Ich bin mir nur nicht sicher, ob ihr das wirklich findet, wenn ihr euch zusammentut.«

Lautlos verließ Clara wieder das Hotel. Holte tief Luft und öffnete die Tür dann noch einmal mit neuem Schwung.

Sie strahlte Caitlin an. »Hallo, da bin ich wieder!« Und machte sich unter den prüfenden Augen von Caitlin auf den Weg nach oben. Sie hatte jetzt Besseres zu tun, als sich um die Zweifel von Seans Mutter zu kümmern.

Das Fenster stand natürlich wieder offen, als Clara kurz hinter Sean das Zimmer betrat. Aber dieses Mal warf sie Sean nur einen kurzen amüsierten Blick zu und ignorierte den nassen Fleck am Boden. Mit ein paar Schritten durchquerte sie den Raum, warf das Fenster zu und drehte die Heizung auf. Auch für die Landschaft, die unter einem dramatischen Himmel und sich auftürmenden Wolken malerisch vor ihr lag, hatte sie jetzt keinen Blick.

Mit einem fragenden Ausdruck im Gesicht ging sie auf Sean zu und blieb nahe vor ihm stehen. »Dieser Kuss auf der Brücke vorhin. Was bedeutet er?«

Langsam beugte Sean sich zu ihr herunter und küsste sie sanft auf den Mund. »Es sollte eine Frage sein«, murmelte er leise. Und ausnahmsweise zeigte sich kein Lächeln in seinen Augenwinkeln, er blieb ernst. »Ob du bei mir bleibst.«

»Warum fragst du? Ich bin doch hier«, erklärte Clara.

»Bist du dir sicher, dass du keine Gefühle mehr für Peter hast? Man verlobt sich doch nicht nur, weil es der Vater so will. Das passiert doch nicht einmal mehr in Irland – und wir leben hier wirklich in so mancher Beziehung hinter dem Mond.«

Clara schüttelte fast unmerklich den Kopf. »Gefühle? Für Peter? Nein. Nicht mehr. Eine Zeit lang habe ich gedacht, ich hätte welche. Ich habe mir damals so sehr gewünscht, dass ich etwas für ihn empfinde, dass ich es mir irgendwann eingebildet habe. Du kennst meine Phantasie.« Sie lächelte traurig. »Ich hätte das erste Mal in das Weltbild meines Vaters gepasst, in seinen Augen etwas richtig gemacht. Seit meiner Geburt war alles an mir für ihn irgendwie falsch. Ich war ein Mädchen, obwohl er von einem Stammhalter geträumt hat. Dann bin ich auch noch ein Einzelkind geblieben, weil meine Mutter keine weiteren Kinder bekommen hat. Und zu guter Letzt war ich dann auch noch eine Halbwaise, die er alleine erziehen musste.« Sie lachte bitter auf. »Da hat es auch nicht gerade geholfen, dass ich wie meine Mutter ständig Sachen gesehen habe, die kein anderer sehen konnte. Als er mir dann irgendwann Peter vorgestellt hat und ich für ihn zu schwärmen begann, da war es für meinen Vater so, als ob er für den ganzen Ärger, den er immer mit mir gehabt hatte, endlich belohnt würde. Wenn schon die eigene Tochter ungenügend war, der Schwiegersohn war einfach perfekt. Ein kompetenter Erbe der Firma, ohne Phantasie und Tagträumereien, dafür aber mit jeder Menge Geschäftssinn. Und ich? Ich war anfangs vielleicht sogar wirklich ein bisschen verliebt. Er war so von sich überzeugt und er wusste immer genau, was er wollte. Das beeindruckte mich anfangs. Als ich Peter dann besser kennenlernte, verflogen die Gefühle aber und ich habe mir noch lange Zeit verzweifelt eingeredet, dass auch ich ihn ins Herz geschlossen hatte. Dass ich ihn lieben würde und glücklich sei, endlich einen festen Hafen in meinem Leben gefunden zu haben.«

»Und dann? Wann hast du entdeckt, dass er es nicht ist?« Sean sah sie an, immer noch ernst.

»Als die viel zu überstürzte Hochzeit immer näher kam, hat er immer mehr das Ruder in meinem Leben übernommen. Und dann hatte ich bei der Planung unseres gemeinsamen Hauses plötzlich überhaupt kein Wort mehr mitzureden. Er hat zwei Kinderzimmer geplant, aber mein Atelier war plötzlich nur noch das kleine Gartenhaus ohne Heizung.«

»Dein Atelier?«

»Ja, ich zeichne hin und wieder ein paar Sachen. Nichts Großartiges. Aber ich liebe es, wenn ich mit meinem Zeichenstift arbeite. Dann habe ich immer das Gefühl, dass ich ganz ich selber bin.« Sie lächelte verlegen. »Eine Zeit lang habe ich davon geträumt, eine Karriere als Illustratorin von Kinderbüchern zu machen. Oder wenn schon keine Karriere, dann wenigstens eine Arbeit, die mir ein einfaches Leben ermöglicht. Aber ich bin nicht talentiert genug, um mit dem Zeichnen Geld zu verdienen. Keine Sorge, das weiß ich selbst.«

»Kann ich mal was sehen?« Er sah sie neugierig an.

»Aber versprich mir, nicht zu lachen.« Clara löste sich aus seiner Umarmung und zog einen Skizzenblock aus ihrem kleinen Rucksack. Fast schüchtern schlug sie die Deckseite auf und reichte ihm den Block. Auf dem ersten Bild sah er fünf Kinder in zerlumpten, altmodischen Kleidern, die mit Angst in den Augen auf etwas in der Ferne sahen.

»Die Kinder von Dun Aenghus!«, rief er aus. »Wann hast du das gezeichnet?«

Clara lächelte verlegen. »Noch am gleichen Abend. Ich konnte nicht sofort einschlafen, da habe ich noch ein wenig vor mich hingekritzelt.«

Sean blätterte weiter. Feenish am Horizont, dann ein Mann mit einer Schiebermütze aus Tweed, der ihn mit fragender Miene ansah.

»Liam?«, fragte er, obwohl er die Antwort schon kannte.

Clara nickte nur. »Nach meinem ersten Ausflug nach Feenish wollte ich unbedingt seine Gesichtszüge festhalten. Ich glaube nicht, dass es mir sonderlich gut gelungen ist.« Sie sah es kritisch an. »Irgendetwas mit den Augen stimmt noch nicht.«

»Ich finde ihn gut gelungen – aber ich habe ihn auch nie getroffen!« Wieder blätterte er um – und musste an sich halten, um nicht laut loszulachen. »Mutter! Du hast sie wunderbar getroffen.« Er blätterte weiter und weiter und amüsierte sich köstlich über die Szenen im Pub oder auf den Straßen von Carna. »Wie konnte Peter auch nur daran denken, dir das zu nehmen?«, murmelte er schließlich.

»Er hat nie verstanden, warum mir das wichtig ist. Er kann sich überhaupt nicht vorstellen, dass man manche Dinge einfach nur deswegen tut, weil sie Freude bereiten. Er macht alles nur dann, wenn es Profit bringt. Damit ist er der echte Sohn meines Vaters. Die beiden sind aus demselben Holz geschnitzt.« Sie lächelte leise. »Aber so viel wollte ich überhaupt nicht von ihm reden. Ich wollte dir nur klarmachen, dass die Sache mit Peter abgeschlossen ist. Er hat mein Herz und meine Träume lange genug mit den Füßen getreten. Und sein Herz, falls er überhaupt eines hat, will ich nicht mehr. Er hat keinen Platz mehr in meinem Leben.«

»Und ist da jetzt wieder Platz? In deinem Leben?«

Clara sah ihn mit großen Augen an. »Was?« Mehr brachte sie nicht heraus.

»Ist in deinem Leben jetzt wieder Platz?« Er sah sie eindringlich an. »Für mich.«

»Ich dachte, du …« Mit einem Mal wurde ihr bewusst, wie blind sie gewesen war. »Ja!«

»Überzeugt«, murmelte Sean, legte den Skizzenblock zur Seite und nahm sie in den Arm. »Ich wollte mir nur sicher sein, bevor ich wieder einmal mein Herz verschenke und es dann nur in die Ecke geschmissen wird, weil die Beschenkte dafür keine Verwendung hat.«

Clara sah ihm in die Augen. »Ich würde darauf aufpassen«, erklärte sie ernst. Damit streckte sie sich zu ihm hin und küsste ihn vorsichtig erst auf die Wange, dann auf den Mund. Unendlich behutsam erwiderte Sean den Kuss und strich ihr mit seinen kräftigen Händen über den Rücken.

»Was machen wir jetzt?«, flüsterte Sean mit einer Stimme, die mit einem Schlag heiser klang.

»Das, was wir wahrscheinlich schon auf den Araninseln hätten tun sollen«, lächelte Clara. »Aber jetzt ohne die großen Geheimnisse.«

Ihre Lippen trafen sich zu einem innigen, tiefen Kuss, während ihre Hände den Weg unter seinen Pullover suchten und dort seine warme, erstaunlich weiche Haut fanden. Sie drängte sich mit aller Macht an ihn und spürte, wie seine Hand den Weg unter ihren Pullover fand. Sean zögerte für einen Augenblick, aber als Clara mit einer einzigen fließenden Bewegung aus ihrem dicken Pullover, dem T-Shirt und ihrem BH schlüpfte und sich dann mit nacktem Oberkörper an ihn schmiegte, nahm er sie fest in seine Arme. Er bedeckte ihr Gesicht, ihre Brust, ihren Bauch mit seinen Küssen und hielt erst inne, als Clara anfing, ihm sein Hemd aufzuknöpfen. Als sie nicht damit aufhörte, ihn zu entkleiden, als sein Hemd zu Boden fiel, tat er es ihr gleich. Endlich von allen Kleidern befreit sanken sie auf das breite Bett.

Draußen vor dem Fenster, das sich ganz allmählich wieder öffnete, schoben sich zwei Wolken auseinander und ließen einen einzigen Sonnenstrahl auf Feenish scheinen – die Insel lag so hell erleuchtet, als ob jemand einen Scheinwerfer eingeschaltet hätte.

Doch Clara und Sean hatten keinen Blick für dieses Naturschauspiel vor ihrem Zimmer. Sie ließen endlich ihrer Leidenschaft freien Lauf. Sean erkundete den schmalen Körper der jungen Frau mit allen seinen Sinnen – mit Küssen, mit der Zunge. Er nahm ihren Geruch und den Geschmack ihrer Haut auf, wie ein Ertrinkender. Und Clara konnte es nicht fassen, wie zärtlich und sanft ein so großer Mann sein konnte. Sie sah das Spiel seiner Muskeln unter seiner Haut, den Schweiß, der sich zwischen seinen Schulterblättern sammelte, und seine Finger, die sie an ihren geheimsten Orten berührten und sie so anrührten, wie sie es noch nie gefühlt hatte.

Endlich zog sie ihn ganz auf sich und nahm ihn in sich auf. Für einen Augenblick kam es ihr so vor, als ob sie jetzt erst das richtige Leben entdeckt und in seiner Fülle begriffen hatte. Wenn es etwas so Wunderbares gab, dann konnte es nichts anderes mehr geben. So musste sich Liebe anfühlen, alles andere war nur ein Irrtum. Ihre vereinigten Körper bewegten sich in perfekter Harmonie, so als wären sie von einem geheimen Rhythmus angetrieben, den nur sie beide hören konnten.

Als sie endlich voneinander ließen, dauerte es lange, bis Clara merkte, dass ihr schweißnasser Körper von einer kühlen Brise vom Fenster her zum Frösteln gebracht wurde. Mit einem Seufzer stand sie auf und schloss es wieder einmal – und verharrte dann beim Anblick der verlassenen Insel, die, immer noch im himmlischen Rampenlicht erleuchtet, draußen im Meer lag.

Nachdenklich kehrte sie zum Bett zurück und legte sich neben Sean, der ihr mit einem leichten Lächeln zugesehen hatte.

»Du bist schön«, stellte er fest.

»Wenn man mager mag, klar.« Clara sah ihn mit einem schiefen Lächeln an und zog das Laken wieder über sich. Seine genaue Beobachtung war ihr unangenehm. »Mein Vater hat mich immer nur ›Knochenhaufen‹ genannt – und das war noch eine seiner netten Bezeichnungen. ›Bei dir spart man sich das Röntgenbild, man muss dich einfach nur gegen die Sonne halten‹ war noch so einer.«

»Dann bin ich eben ein bisschen pervers und stehe total auf Gerippe.« Sein vertrautes Lächeln war wieder aufgetaucht. Er versuchte, ihr das Laken vom Leib zu ziehen. »Und ich würde so gerne mehr davon sehen!«

»Nicht!« Sie richtete sich auf. »Das ist mir peinlich!

Außerdem habe ich einen Höllenhunger. Außerdem schulde ich dir noch etwas. Sollen wir nach Clifden fahren für mein Dankeschön-Dinner?«

»Wenn es unbedingt sein muss.« Widerwillig erhob Sean sich aus dem Bett. »Aber du musst mir versprechen, dass du später mein Nachtisch bist.«

Clara gab ihm einen kleinen Kuss auf die Stirn. »Versprochen!«

Damit schlüpfte sie wieder in ihre Jeans und zog sich Shirt und Pullover über den Kopf. Hand in Hand liefen sie die Treppe nach unten, wo Caitlin schon wieder Rechnungen überprüfte. Sie sah ihren Sohn mit einer hochgezogenen Braue nur fragend an – aber er schüttelte leichthin den Kopf, so als wollte er seiner Mutter zu verstehen geben, dass es keinen Grund gab, sich Sorgen zu machen.

Beschwingt legte er Clara seinen Arm um die Schultern, während er mit ihr nach draußen lief und die beiden in Claras Auto sprangen, um sich in Richtung Clifden aufzumachen.

Das Restaurant lag etwas außerhalb von Clifden, auf einer kleinen Erhebung, von der aus man einen wunderbaren Blick über die Küste hatte. Im gedämpften Licht wurde ein feiner Wein zu Austern aus der Galway Bay oder zu herrlich zartem Lamm direkt von den saftigen Wiesen in Irlands Westen angeboten.

Clara biss begeistert in das knusprige Brot, das die aufmerksame Bedienung zum Glück wieder aufgefüllt hatte. Der Teller mit dem saftigen Lammfilet und dem knackigen Gemüse war leider schon leer. Sie wischte die letzten Reste der Sauce auf.

»Wenn ich könnte, dann würde ich immer so nobel essen«, erklärte sie mit vollen Backen.

»Dabei siehst du wirklich nicht so aus, als ob du dir irgendetwas aus Essen machst. Oder sonst aus irgendeinem fleischlichen Genuss.«

»Keine Sorge«, grinste Clara. »Ich liebe Essen und auch sonst so ziemlich alles, was schmeckt oder Spaß macht. Ich bin in der Hinsicht sehr nach meiner Mutter geraten – und die hat mit Begeisterung die schönen Seiten des Lebens geliebt. Deswegen hat sie ja auch meinen Vater geheiratet. Nicht weil er selbst eine schöne Seite des Lebens war, sondern weil er ihr diese Seiten bieten konnte – und das hat er zumindest am Anfang auch getan. Sie wurde schwanger, es wurde geheiratet, er kümmerte sich wieder um seine Firma – und damit waren die kurzen Flitterwochen meiner Eltern auch schon vorbei. Schnell wurde es ihm zu langweilig, immer nur mit seiner dünnen, schwarzhaarigen Frau von Restaurant zu Theater zu Städtereise zu eilen, und meine Mutter musste erkennen, dass mein Vater sein Leben nur kurzzeitig für sie geändert hatte.«

»Und dann?«, fragte Sean neugierig, während er eine weitere Portion Kartoffeln, Lachs und frischen Spinat auf seine Gabel häufte.

»Dann? Sie war wie ein gefangener Schmetterling. Wenn er sich wehrt, dann verliert er die Fähigkeit zu fliegen, weil die Flügel kaputtgehen. Wenn er sich nicht wehrt, dann verliert er seine Farbe. Sie hat eine Zeit lang versucht, neue Freunde zu finden, mit denen sie etwas unternehmen konnte, aber dann kam ich – und sie musste sich um mich kümmern. Darüber wurde sie schwermütig – das Haus zu groß, ihr Mann entweder nicht da oder nicht interessiert an ihrem Leben. Wie ich schon erzählt habe: Ich glaube nicht, dass ihr Wagen wirklich eine plötzliche Fehlfunktion hatte. Aber was weiß ich schon.«

Einer plötzlichen Eingebung folgend griff Sean nach Claras Hand. Er sah ihr ernst in die Augen. »Ich gelobe hiermit feierlich, dass ich dich niemals einsperren werde, regelmäßig mit dir in gute Restaurants gehen werden – egal ob wir einen Anlass finden oder nicht. Und dass ich dafür sorgen werde, dass keine düsteren Gedanken sich deiner Seele bemächtigen.«

Gerührt sah Clara ihn an. »Wer hätte gedacht, dass ich meinen Ritter ausgerechnet in Irland finde?«, sagte sie schließlich und wischte sich verlegen über die Augen.

Sie sprachen nicht mehr über Claras Vergangenheit. Aus welchem Grund sollten sie sich den heutigen Abend verderben? Auch die Pläne für ihre Zukunft beschränkten sich für den Moment auf den Vorsatz, zusammenzubleiben. Wo? Das überließen Clara und Sean an diesem einen Abend den Göttern.

Erst als die Angestellten schon damit begannen, die Stühle nach oben zu stellen, das Licht anmachten und die Musik lauter drehten, bemerkte Clara, wie spät es schon war. Verwirrt sah sie auf und winkte lachend eine Bedienung heran, um zu bezahlen. »Entschuldigung, wir haben die Zeit vergessen. Aber kleine dezente Hinweise verstehen wir dann doch …« Sie lachte Sean an. »Und die Rechnung übernehme ich, wie versprochen!«

Sie fuhren die Hauptstraße zurück nach Carna. Große dunkle Wolken türmten sich immer wieder vor dem vollen Mond auf und zogen in langen, wilden Fetzen über den Himmel. Der blühende Ginster und das Gras bogen sich in dem immer mehr auffrischenden Wind, der vom Meer her kam und die Wellen mit hoher Gischt an der Küste zerschellen ließ.

Als sie endlich auf den Parkplatz vor dem Hotel in Carna einbogen, war es schon nach Mitternacht.

Clara gähnte. »Jetzt freue ich mich nur noch auf mein Bett. Und zwar aus mehr als einem Grund.«

»Und ich erst.« Sean lachte. »Und es sieht nicht danach aus, als würde uns Peter heute noch besuchen. Wir können dein Auto also hier stehen lassen und es erst morgen früh verstecken. Was meinst du?«

»Je schneller wir in meinem Zimmer sind, desto besser.«

Sie stiegen aus und schlenderten Hand in Hand auf das Hotel zu, als Clara einfiel, dass sie ihren Geldbeutel im Auto vergessen hatte. Sie lief schnell zurück, während Sean schon den Schlüssel für ihr Zimmer holen wollte.

Als Clara die Autotür schloss, konnte sie sich ein Lächeln nicht verkneifen.

Bis sie das Auto am anderen Ende des Parkplatzes sah.

Peters Auto.

Er hatte offensichtlich nicht in Dublin gewartet, sondern war wieder in den Westen gefahren. Und jetzt saß er in seinem Wagen und hatte auf sie gewartet.

# 16.

»Du hältst es also nicht einmal für nötig, mich anzurufen? Ich sitze in Dublin, warte auf dich, beruhige deinen Vater, bitte ihn um Geduld, während wir gleichzeitig in schwierigen Verhandlungen stecken, und du kommst einfach nicht! Ohne Erklärung, ohne ein Wort!« Peter schrie aus vollem Hals und stürmte über den dunklen Parkplatz auf sie zu. »Du zwingst mich, noch einmal quer über diese verdammte Insel zu fahren, um dich höchstpersönlich zur Vernunft zu bringen? Was hast du dir denn dabei gedacht?«

»Ich komme nicht mit.« Claras Augen funkelten und sie versuchte die aufkommende Panik zu unterdrücken. »Ich bin kein kleines Mädchen, dem du nach Belieben befehlen kannst, wo ich auftauchen soll und wo ich hingehen soll.«

»Doch, du bist wie ein Kind!« Peter geiferte vor Wut. »Es ist für dein eigenes Wohl, wenn ich dich jetzt mit nach Hause nehme. Du bist doch überhaupt nicht in der Lage zu entscheiden, was gut und was schlecht für dich ist!« Auf seiner Stirn war eine Ader dick angeschwollen, sein Gesicht war leuchtend rot. Er stand inzwischen direkt vor Clara und sie konnte riechen, dass er an diesem Abend mehr als ein Guinness getrunken hatte, während er in seinem Auto auf sie gewartet hatte.

»Ach ja?« Claras Stimmer bebte und sie rang um Fassung. »Und was ist deiner Meinung nach gut für mich?«

»Ich!«, schrie Peter und griff unsanft nach ihrem Arm.

»Lass mich sofort los!«, schrie sie auf und versuchte sich von ihm zu lösen, was ihr aber nicht gelang. »Lass los! Du tust mir weh!«

»Ich bin der einzige Halt, den es in deinem Leben gibt!« Er hörte sie gar nicht und zerrte sie nur immer weiter über den Kies. »Ohne mich würdest du doch genauso wie deine Mutter gegen die Mauer fahren.«

Clara hielt für einen Augenblick die Luft an. Woher wusste Peter von diesem Geheimnis? Was hatte ihr Vater diesem Mann noch alles erzählt? Aber Peter war zu sehr in seiner Wut gefangen, um ihr Erschrecken überhaupt zu bemerken.

Er zerrte sie einfach immer weiter in Richtung seines Wagens. »Ich bin deine einzige Möglichkeit zu überleben. Und genau deswegen steigst du jetzt zu mir ins Auto und kommst mit nach Dublin. Morgen Vormittag schon können wir im Flugzeug nach Hause sitzen. Dann finden wir sicher einen Arzt, der sich ordentlich um dich kümmert.« Sie würden gleich seinen Wagen erreichen. »Steig jetzt ein!«

»Ich denke gar nicht daran!« Sie bemühte sich, nicht in Tränen auszubrechen.

»Hast du nicht gehört?« Er zog sie um das Auto herum und öffnete die Beifahrertüre. »Du steigst jetzt ein! Ich lasse dich nicht im Stich!«

»Du sollst mich aber im Stich lassen!« Clara sah sich Hilfe suchend nach Sean um. »Ich möchte, dass du mich vergisst. Bitte!«

»Meine Entscheidung ist gefallen: Ich will dich!« Mit diesen Worten stieß er sie unsanft in den Wagen und schlug die Autotür zu.

Als Clara versuchte, die Türe wieder zu öffnen, stellte sie fest, dass sie nicht aufging. Offenbar hatte Peter die Kindersicherung eingestellt. Verzweifelt zerrte sie am Türöffner, während Peter neben ihr einstieg und den Motor startete.

»Hey!«, hörte sie Sean rufen, der aus dem Pub gestürmt kam und auf den Wagen zulief. »Finger weg von Clara!«

Der massige Mann fuhr herum und sah Sean von oben bis unten an. Clara drückte mit zitternden Fingern auf den Fensterheber. Endlich, das Seitenfenster öffnete sich.

»Sean!« Mit panischem Blick starrte sie ihn an. »Ich bekomme die Türe nicht auf!«

Peter beugte sich zu ihr herüber und brüllte Sean entgegen: »Wenn du es wagst, mein Auto anzufassen, dann sorge ich dafür, dass du nie wieder von dieser Insel runterkommst. Ein elender Autodieb kann schnell seine Rechte als freier EU-Bürger verlieren!«

»Drohst du mir etwa?« Sean blieb vor dem Auto stehen und sah den dicklichen Deutschen fassungslos an.

»Ich drohe nicht! Ich mache alles wahr, was ich sage!

Ich heirate die Frau, der ich die Ehe versprochen habe, und ich mache den Mann unmöglich, der mich daran hindert. Das solltest du mir besser glauben.« Peter schob seinen Unterkiefer nach vorne und wartete auf eine Reaktion.

»Wir sind hier doch nicht in der Steinzeit!«, zischte Sean wütend und fasste schnell nach dem Türgriff. »Und jetzt lass sie gehen!«

»Ich denke nicht daran!« Peter gab so viel Gas, dass der Kies auf dem Parkplatz meterhoch spritzte.

»Nein!« Sean sprang beherzt vor und konnte einen letzten Blick auf die weit aufgerissenen Augen von Clara erhaschen, bevor er zu Boden geschleudert wurde. Dann sah er nur noch die Rücklichter des Autos, das sich schnell entfernte.

Er stand allein auf dem Parkplatz vor dem Hotel seiner Mutter. Es war inzwischen fast ein Uhr nachts und der Motor von Peters Wagen klang nur noch wie ein Insekt, das sich immer weiter entfernte. Langsam atmete Sean aus. Was sollte er jetzt nur tun? Mit Claras Wagen hinter den beiden her nach Dublin rasen? Und dann? Würde er sie wirklich aus den Fängen ihres ehemaligen Verlobten befreien können? Es war ihm ja nicht einmal hier vor seinem eigenen Haus gelungen. Außerdem hatte er keine Autoschlüssel und das Kurzschließen von Autos war nun wirklich nie seine Sache gewesen. Das hier war Carna, nicht einer der heruntergekommenen Vororte von Dublin. Sollte er den Wagen seiner Mutter nehmen? Bis er den hatte, war Peter schon über alle Berge. Und für eine Verfolgungsjagd eignete er sich auch nicht. Also? Die Polizei rufen? Aber was sollte er sagen? Ein deutscher Geschäftsmann hatte seine eigene Verlobte entführt? Das würde Sean in ein falsches Licht rücken und Clara alles andere als weiterhelfen. Vor allem hier in Irland. Er hatte ihr gegenüber keinerlei Rechte. Clara musste sich öffentlich von ihrem Verlobten lossagen, sich befreien. Und wenn es soweit war, würde er bei ihr sein. In Dublin. Nur wo in Dublin? Er fuhr sich mit der Hand durchs Haar. In welchem Hotel waren Peter und Claras Vater abgestiegen? Er drehte sich langsam zum Eingang des Hotels. Clara hatte etwas von einem Brief erzählt, in dem Peter sie aufforderte, zu ihm ins Hotel zu kommen. In dem Brief musste also auch stehen, welches Hotel es war.

Langsam setzte er sich in Bewegung und ging zunächst noch wie betäubt, dann immer schneller zurück ins Hotel. Warum nur hatten er und Clara sich nicht einfach ein Hotelzimmer in Clifden oder auf dem Weg nach Hause gesucht? Mit einem Seufzer nahm er den Schlüssel für Claras Zimmer vom Haken und machte sich auf den Weg nach oben.

Konzentriert durchsuchte er ihre achtlos hingeworfenen Kleider und legte die Kleidungsstücke, die er bereits nach dem Brief abgesucht hatte, ordentlich auf einen Stuhl. Sein Blick schweifte über die Unordnung in dem breiten Bett und er spürte einen leichten Stich in der Herzgegend, als er sich an den heutigen Nachmittag erinnerte, an dem für einen Augenblick alles so einfach und so klar gewirkt hatte. Dann fiel sein Blick auf den Skizzenblock, den er kurz mit ihr gemeinsam durchgeblättert hatte. Vielleicht hatte sie den Brief dort hineingelegt?

Schnell griff er danach und sah sich beim Durchblättern die einzelnen Bilder zunächst nur flüchtig, dann immer gründlicher an. Da war eine grobe Skizze von einem rennenden Hund, dem die Leine hinterherflog. Ein Kind, das mit selbstvergessenem Gesicht im Sandkasten saß. Dann erstarrte er: Er sah ein Porträt von sich. Sean hatte keine Ahnung, wann Clara dieses Bild gezeichnet hatte. Offensichtlich war sie mit der Augenpartie lange nicht zufrieden gewesen, denn man konnte erkennen, dass sie da einige Male den Strich ihres Kohlestifts korrigiert hatte. Es machte ihn glücklich, dass sie ihn gezeichnet hatte, wie er sie freundlich anlächelte. Dann die Klippen von Moher, hingeworfen mit wenigen Strichen und doch realistischer und besser zu erkennen als auf so manchem Foto. Der Burren, endlose Strukturen im Felsen, dazwischen die verlassenen Häuser. Eine Männerhand, die ein Guinnessglas umfasste. War das etwa seine eigene Hand? Gut möglich. Und dann Feenish. Der Blick auf die Insel über die Furt. Einzelne Häuser. Immer wieder der Versuch den geheimnisvollen Reiseführer auf ein Bild zu bannen, aber irgendwie wirkten die Skizzen verwaschen, so als ob sie von ihm kein ganz klares Bild im Kopf gehabt hätte.

Dann eines der Häuser auf der Insel, mit einem größeren Fenster als die anderen. Moment, ein Fenster?

Sean hob den Blick, ging zum Fenster und sah stirnrunzelnd über das nächtliche Meer zu Feenish hin. Dieses Fenster war ihm nie aufgefallen, und er war sich sicher, dass er seit seiner Kindheit jeden einzelnen Stein und jedes Sandkorn auf dieser verlassenen Insel beim Vornamen gekannt hatte. Das Haus erkannte er. Natürlich, es war früher einmal ein Laden gewesen. Wahrscheinlich sogar der von diesem Kaufmann, von dem sie in Galway gelesen hatten. Der dicke Kerl, der ausgewandert ist. Wie hieß er noch? Eamon Devlin? Und seine stets ernste Frau Fionnuala, die es nicht bis in die USA geschafft hatte.

Er fragte sich, warum Clara das Haus wohl vervollständigt hatte, als sie die Skizze angefertigt hatte. Denn eines war sicher: Ein Dach hatte dieses Haus schon mehrere Jahrzehnte nicht mehr gehabt und das nur schwach skizzierte Holzschild hatte der Besitzer noch lange davor abgeschraubt.

Neugierig blätterte er weiter. Einige Kaninchen im Sand von Feenish. Ein alter Hooker in der weiten Bucht von Galway, vielleicht sogar die *Lord*. Eine versonnen auf das Meer blickende Frau am Strand. Der Strand von Feenish? Sean runzelte die Stirn und sah genauer hin. Erst der Laden, jetzt diese junge Frau – fast sah es so aus, als ob Clara Szenen aus dem Feenish der Vergangenheit gezeichnet hätte. Ob sie sich das alles nur eingebildet hatte? Sean erinnerte sich an Claras Gesicht, als sie auf der Steinmauer bei Dun Aenghus die Kinder gesehen hatte. Das war ganz sicher keine Einbildung gewesen. Clara konnte Bilder aus der Vergangenheit so klar sehen wie einen Film oder ein Foto. Offensichtlich merkte sie selber es nicht, wenn sie zwischen den Zeiten wanderte. Hatte sie womöglich für ein paar Augenblicke in die Vergangenheit der Insel gesehen?

Mit dem Skizzenbuch in der Hand trat Sean an das Fenster und starrte in die dunkle Nacht hinüber nach Feenish. Welches Geheimnis lag in den alten, verfallenen Häusern von Feenish begraben – und was hatte Clara mit all dem zu tun?

Über den Himmel flogen dunkle Wolken, man konnte nur hin und wieder etwas erkennen, wenn der Mond für Augenblicke in einer Wolkenlücke aufleuchtete und dann schnell wieder verschwand. Wo war Clara in diesem Augenblick? Er konnte den Brief nicht finden. Wahrscheinlich hatte Clara ihn längst weggeworfen. Nur wie sollte er sie jetzt finden?

Er erinnerte sich wieder an ihre vor Panik geweiteten Augen, als Peter an ihm vorbeigerast war.

Sean sah in die Nacht. Wo mochte Clara in diesem Moment nur sein? Da meinte er plötzlich, ein Licht in der Dunkelheit zu sehen. Dann war es verschwunden. Und tauchte nur wenige Augenblicke später wieder auf. Ein Blinken. Er zog die Augenbrauen zusammen. Kam das etwa aus Feenish?

# 17.

Sie krallte sich mit ihren Händen im Polster von Peters Mietwagen fest und starrte wütend auf die Steinmauern, die im Scheinwerferlicht vorbeiflogen. Was hatte Peter sich dabei nur gedacht? Dass das hier so eine Art Aufführung von »Der Widerspenstigen Zähmung« war? Peter hatte das Radio angestellt, in dem jetzt ein Mann die nächtliche, beruhigende Musik ankündigte, die inzwischen in ganz Europa gebräuchlich war. Aber Clara wollte sich nicht beruhigen, egal wie entspannt die Musik dudelte. Sie wollte aus diesem Auto heraus. Und zwar jetzt.

Sie drehte sich zur Seite. »Fahr sofort zurück!«

Keine Reaktion. Er griff nur etwas fester um das Lenkrad und sah weiter auf die enge gewundene Straße, auf der er viel zu schnell dahinraste.

»Hast du mich nicht gehört?« Ihre Stimme wurde lauter. »Ich möchte, dass du sofort zurückfährst! Sofort!!!«

Es war deutlich, dass Peter nicht vorhatte, mit ihr zu reden. Sein Jähzorn war schon immer eine seiner hässlichsten Eigenschaften gewesen. Aber jetzt, zusammen mit dem Alkohol, den er getrunken hatte, war er unerträglich. Er hielt sie gefangen in einem dahinrasenden Auto, das sie viel zu schnell von dem ersten Ort in ihrem Leben davontrug, an dem sie sich wirklich wohlgefühlt hatte.

Wütend sah Clara auf die Straße. Da bewegte sich etwas Dunkles hinter einem Stein und sprang dann unvermittelt mitten auf die Straße. Ein Mann in einer altmodischen Tweedjacke sah mit weit aufgerissenen Augen dem Auto entgegen und winkte hektisch, um es zum Stehen zu bringen.

Peter ging nicht vom Gas.

»Vorsicht!«, schrie Clara und griff ihm in letzter Sekunde ins Lenkrad.

Der Wagen schleuderte gegen die Mauer und drehte sich einmal um die eigene Achse. Es gab ein hässlich knirschendes Geräusch, dann kam das Auto mit einem Ächzen zum Stehen. Im Licht der Scheinwerfer waren jetzt nur die moorige Landschaft und ein vereinzelter blühender Ginsterstrauch zu sehen.

»Bist du jetzt vollkommen übergeschnappt?«, brüllte Peter, riss die Tür auf und wollte den Schaden an seinem Auto betrachten.

»Wir müssen sehen, ob du ihn verletzt hast, du blinder Volltrottel!«, rief sie und stieg ebenfalls aus.

Sie rannte zu der Stelle, an der eben noch der Mann gestanden hatte. Plötzlich war sie sich nicht mehr sicher. War es ihr Fremdenführer von der Insel gewesen, den sie gesehen hatte. Liam? Der Geist?

»Was hast du denn jetzt wieder gesehen? Da war nichts!«, rief Peter.

Und Clara war mit einem Mal klar, dass es wirklich so war. Liam war vielleicht ein Geist oder auch nur eine Halluzination, aber er hatte sie gerettet. Sie stand im Freien, im immer stürmischer werdenden Wind. Und wusste auf einmal, dass sie die Chance nutzen würde, die sie so unverhofft geschenkt bekommen hatte. Sie drehte sich um und rannte die Straße, die sie gekommen waren, in entgegengesetzter Richtung wieder zurück. Hinter sich hörte sie Peter fluchen. Sie hörte, wie er den Motor wieder anließ und versuchte, das Auto auf der schmalen Straße zu wenden. Ein schepperndes Geräusch zeigte, dass ein Stück der Karosserie des Autos jetzt über den Boden schleifte.

Panisch sah Clara sich um. War Peter jetzt vollkommen verrückt? Was hatte er vor? Er würde sie doch wohl nicht jagen, oder? Was war nur in ihn gefahren? Aber sie wollte lieber nicht herausbekommen, wozu Peter in diesem Augenblick noch fähig war.

Zu ihrer Erleichterung sah sie in diesem Moment ein Tor in der Mauer neben ihr. Sie schlüpfte hindurch, hängte den Verschluss wieder ein und rannte so schnell sie konnte über die Wiese. Zum Glück gewöhnten sich ihre Augen schnell an die Dunkelheit, sodass sie die meisten Unebenheiten rechtzeitig erkennen konnte. Trotzdem stolperte sie mehr, als sie lief. Die Moorlandschaft war beständig durchbrochen von Grasbüscheln, kleinen Rinnsalen, niedrigen Büschen und Steinen. Wieder ein Tor, wieder eine Wiese, über den Hof eines verlassen liegenden Cottages, dann eine Steinmauer und wieder eine Wiese. Endlich eine geschotterte Straße nach dem nächsten Tor.

Schwer atmend blieb Clara stehen und lauschte in die Dunkelheit. Sie hörte noch einmal kurz einen Motor aufheulen, konnte aber nicht ausmachen, in welche Richtung das Auto fuhr. Wenn es denn überhaupt Peter war – es war ja nicht sicher, dass der Wagen nach diesem Unfall mit dem schleifenden Blechteil überhaupt noch zu fahren war.

Sie versuchte sich zu orientieren. Wo war sie? In welche Richtung lag Carna? Sie musste zu Sean. Gemeinsam mit ihm einen Plan entwickeln, wie sie ihr Leben gestalten und Peter von sich fernhalten konnten. Wenn Sean denn immer noch daran interessiert war, mit einer offensichtlich irren Deutschen zusammen zu sein, die von ihrem nicht weniger verrückten Exverlobten verfolgt wurde.

Der zunehmende Sturm pfiff über die Mauern und zischte durch die langen Gräser. Weit entfernt hörte Clara das Schlagen der Wellen am Strand. Wenn sie nur das Meer erreichte, dann würde sie ganz sicher auch Carna wiederfinden. Und es war unwahrscheinlich, dass Peter schon wieder vor dem Hotel auf sie wartete und sie zum zweiten Mal zwingen würde, in sein Auto zu steigen. Zumindest hoffte sie das.

Entschlossen lief sie in Richtung der fernen Brandung los. Anfangs folgte sie dem geschotterten Weg, der dann aber an einem einsamen Hof endete. Ein bellender Hund überzeugte sie davon, dass sie lieber den Umweg über die

Felder nahm, und das Adrenalin in ihren Adern sorgte dafür, dass sie nicht müde wurde – obwohl ihr der letzte Tag endlos vorkam. Sie stolperte voran und ihre Hände versanken immer wieder im morastigen Grund, aber sie ließ sich nicht von ihrer Richtung abbringen. Das Meer, das mit dem Geräusch seiner Wellen wie ein Kompass für sie war, das war ihr Ziel.

Irgendwann stieg sie über einen letzten kleinen Hügel und mit einem Mal spürte sie den weichen Sand unter ihren Füßen. In der Dunkelheit konnte sie das Meer erkennen. Es roch nach Algen und Salz. Erleichtert ließ sie sich einfach fallen und vergrub ihr Gesicht in den Händen. Sie konnte nicht mehr. Sie wollte plötzlich einfach nur sitzen und warten, bis alles vorbei war. Eine lähmende Müdigkeit machte sich mit einem Schlag in ihr breit.

Clara atmete tief durch. Jetzt war der falsche Moment, um sich eine Pause zu erlauben. Sie musste einen Plan fassen, einen Weg finden. Etwas, das sie tun konnte, um ihr Leben in den Griff zu bekommen. Und es Peters Griff zu entwinden.

Langsam hob sie den Blick und sah hinaus auf das Meer. Die Wolken rissen auf und gewährten einen Blick auf die Umgebung im Sternenlicht. Zu ihrer Überraschung erkannte Clara die vertraute Kulisse von Feenish. Die Dünen und die verfallenden Häuser – das hatte sie in den letzten Tagen bestimmt ein Dutzend Mal in ihren Skizzenblock gezeichnet. Der Strand lag breit und einladend vor ihr. Es musste jetzt Ebbe sein.

Irgendwo hier musste der Weg enden, der zu diesem

Strand führte. Wahrscheinlich war sie nur wenige Meter daneben durch die Wildnis gestapft. Die Mühe hätte sie sich nun wirklich sparen können.

Ein Knirschen auf dem Weg ließ sie aufschrecken. Clara fuhr herum. Hatte Peter sie doch verfolgt und gefunden? Wie war ihm das schon wieder gelungen? Langsam stand sie auf und ging rückwärts, bis sie einen großen Stein erreichte, hinter dem sie sich verstecken konnte. Leider wollte sich jetzt keine helfende Wolke mehr vor die Sterne schieben – und sogar der Mond war jetzt zu sehen und sorgte für eine schwache Beleuchtung.

Clara warf einen kurzen Blick in Richtung Feenish. Der Mond glitzerte auf dem Wasser und zauberte eine einladende Mondstraße auf die Wellen. Wieder ein Geräusch. Jemand hatte gehustet. Ein Mann. Peter! Sie hörte, wie sich schwere Schritte in der Nacht näherten, konnte aber niemanden sehen – und sie kauerte sich hinter den Stein.

Hier konnte sie nicht bleiben. Also schlüpfte sie aus ihren Schuhen, Socken und dann der Hose und blieb einen winzigen Augenblick fröstelnd im Nachtwind stehen. Eine irische Nacht im April lud wirklich nicht zu einem romantischen Bad im Atlantik ein, aber sie spürte noch immer die Abdrücke an ihrem Oberarm, wo Peter sie vorher so grob angefasst und ins Auto gezerrt hatte. Er hatte keine Hemmungen mehr, ihr auch körperlich wehzutun. Und ihr Vater würde beim Anblick der blauen Flecken wahrscheinlich nur mit den Schultern zucken und bemerken, dass das ja alles zu ihrem Wohl geschehen sei. Es gab niemanden, der auf ihrer Seite stand. Außer Sean.

Ihr Entschluss stand fest. Wenn sie jetzt möglichst schnell durch die Furt nach Feenish ging, dann würden das Meer und die einsetzende Flut sie mindestens bis zur nächsten Ebbe vor Peter schützen. Schnell wickelte sie sich die Jeans um den Hals, stopfte die Socken in die Schuhe und hielt sie an ihre Brust gepresst, während sie zwischen zwei Steinen schnell ins Wasser ging. Hoffentlich erreichte Peter nicht ausgerechnet jetzt den Strand.

Das Wasser war schneidend kalt. Clara biss sich auf die Lippen, während sie sich zwang weiterzugehen. Immerhin zeigte ihr der Mond jetzt den Weg, sie kam schnell voran. Aber der Wind sorgte dafür, dass ihr die Wellen in dem kniehohen Wasser immer wieder bis an die Hüfte schwappten. Sie raffte Jacke, Pullover und das Shirt darunter bis unter die Achseln und ging stur weiter. Ein wenig kaltes Wasser würde sie nicht umbringen. Direkt neben ihr brach eine Welle, sie konnte das Salz auf ihren Lippen spüren. Der Wind flaute nicht ab und sorgte dafür, dass immer wieder Gischtfahnen zu ihr herüberwehten.

Und trotzdem: Sie zwang sich, weiter einen Schritt vor den nächsten Schritt zu setzen, bis sie endlich spürte, dass der Boden wieder anstieg und sie endlich den Strand von Feenish erreichte. Als sie aus dem Wasser lief, fühlte sich der Wind auf ihrer nassen Haut wie eisige Nadeln an. Dieser Ausflug nach Feenish hatte nun wirklich gar nichts mehr mit dem gemütlichen Frühlingstag gemein, den sie hier noch vor nicht allzu langer Zeit erlebt und genossen hatte. Sie flüchtete sich in den Schutz einer Düne und zog schnell ihren Slip aus. Das nasse Ding konnte ihr jetzt nicht mehr helfen. Die Jeans war zum größten Teil trocken geblieben, ebenso die Schuhe und Socken. Sie zog alles über ihre feuchte Haut. Selbst eine klamme Hose und ein Wollpulli mit ein paar feuchten Flecken wärmten besser als nichts. Zumindest hoffte sie das.

Sie blickte zurück zum Festland. Man konnte nichts erkennen, nur in der Ferne blinkte ein Licht, womöglich in Carna, vielleicht sogar in ihrem Hotel. Das Licht wirkte auf sie wie ein fernes Signal, dessen Botschaft sie nicht entschlüsseln konnte. Sie hatte ja nicht einmal eine Ahnung, wo Sean gerade steckte. Saß er im Hotel gemütlich am Kamin, oder raste er gerade wutentbrannt nach Dublin? Sie erinnerte sich an sein Gesicht, als Peter an ihm vorbeigerast war. Es war voller Entsetzen über dessen Grobheit gewesen. Und voller Wut. Aber was sollte er jetzt unternehmen? Und von allen Orten Irlands würde er sie am wenigsten hier auf Feenish vermuten. Wahrscheinlicher war da schon irgendeine hässliche Raststätte zwischen Galway und Dublin.

Sie drehte sich um. In einem der Häuser würde sie schon einen halbwegs windgeschützten Ort finden, an dem sie die Nacht verbringen konnte. Und morgen Vormittag, bei Tageslicht, würde sicher alles viel besser aussehen. Mit einem nüchternen Peter konnte sie vielleicht sogar reden, ihm klarmachen, dass er sie nicht gegen ihren Willen nach Deutschland verschleppen konnte. Und sie würde Sean darum bitten, sie dabei an der Hand zu halten.

# 18.

Wolken flogen über den Nachthimmel, der Weg war nicht mehr gut zu erkennen, während sie immer weiter in Richtung der Häuser stolperte. Offensichtlich war sie irgendwie vom Weg abgekommen, denn als sie in einer kleinen Senke stolperte, fand sie sich vor einem Stein, der ihr bisher noch nicht aufgefallen war. Es sah aus wie ein Grabstein, dabei hatte Feenish keinen eigenen Friedhof. Das hatte ihr Liam damals erzählt. Ihre Toten hatten die Menschen hier immer auf dem Festland begraben. Diese Insel war zu steinig und zu klein, als dass man wertvollen Grund an die Erinnerung vergeudet hätte. Warum also ein Grabstein, in den nur Jahreszahlen eingemeißelt waren? Im Mondlicht gut zu erkennen. 1864 bis 1917. Nicht alt geworden, wer auch immer hier lag. Aber ihre Sorge konnte in dieser Nacht wirklich nicht den Toten gelten, auch wenn ein Geist aus einer anderen Zeit schon mehr als hilfreich gewesen war. Sie erhob sich und suchte weiter nach dem richtigen Weg.

Und endlich sah sie die ersten Häuser. Sie erinnerte sich an ein besser erhaltenes Haus im Zentrum des kleinen Orts, das noch stabile Mauern gehabt hatte. Vielleicht gelang es ihr dort, ein paar Stunden Schlaf zu finden. Oder zumindest, nicht zu erfrieren.

Als sie sich dem Haus näherte, erstarb mit einem Mal der Wind. So plötzlich, als hätte jemand einen riesigen Ventilator ausgeschaltet. Auch die Wolken waren wie von Zauberhand vom Himmel gewischt, von einer Sekunde auf die andere war die Nacht sternklar und ruhig.

Clara blickte auf das Haus vor ihr und blieb abrupt stehen. So gut erhalten hatte sie es nicht in Erinnerung gehabt. Sogar ein Dach war noch zu erkennen, die Türpfosten aus Holz waren nur ein wenig verwittert, aber alles andere als baufällig. Waren da wirklich noch Fenster, wo doch bei allen anderen Häusern nur dunkle Löcher zu sehen waren? Sie hatte es so gezeichnet, aber das war nur eine Spielerei gewesen. Ein Versuch, wie das hier wohl einst ausgesehen hatte.

Schnell ging sie die letzten Schritte, öffnete die Tür, die nur angelehnt war – und blickte in ein Wohnzimmer, das durch ein flackerndes Feuer im Kamin und ein paar Kerzen erleuchtet war. Clara blinzelte ein paarmal. Was war hier los? Hatte sie diese Lichter immer gesehen? Sie trat ein und konnte nicht glauben, was sie da sah. Ein Mann und eine Frau standen vor dem Feuer, sie stritten offenbar. Clara konnte die Gesichter im matten Licht des Feuers nicht richtig erkennen, aber der Mann wirkte sehr viel älter und war bestimmt einen Kopf größer als die junge Frau. Vom Stiernacken bis zu seinem dicken Bauch und den kräftigen Oberschenkeln: Alles an diesem Mann strahlte Kraft und Wohlstand aus. Die junge Frau, die ihm gegenüberstand, war dagegen zierlich. Da machte sie einen Schritt auf den Mann zu und Clara konnte ihr Gesicht sehen. Und es kam ihr irgendwie bekannt vor. Die Wangen der jungen Frau waren jetzt vor Zorn gerötet, sie schrie den Mann an. Aber Clara konnte nichts hören. Sie fühlte sich, als würde sie einen Stummfilm betrachten oder hinter einer Glasscheibe stehen.

Die junge Frau schüttelte immer wieder den Kopf und gestikulierte wild. Doch ihr Gegenüber wurde mit einem Mal ruhig, gefährlich ruhig. Clara konnte sehen, wie er seine Hand um einen Schürhaken legte und ihn drohend erhob. Wollte er wirklich nur drohen?

Bevor Clara begriff, was er plante, flog der Schürhaken durch die Luft – aber eine dritte Gestalt sprang aus dem Schatten und wehrte den Schlag mit erhobenen Händen ab. Ein junger Mann stellte sich vor die Frau. Liam. Clara begriff mit einem Mal, wer der junge Mann war. Das Gesicht hatte sie schon gezeichnet, das war eindeutig Liam. Und ebenso plötzlich verstand sie, woher sie die beiden Streitenden kannte: Sie hatte sie an diesem Morgen im *County Advertiser* gesehen, in Galway. Das waren der Kaufmann Eamon Devlin und seine unglückliche Frau Fionnuala. Liam stand zwischen den beiden und gestikulierte, redete, schrie, wollte den Mann mit dem Schürhaken von irgendetwas überzeugen. Und je länger sie diese Szene betrachtete, desto klarer wurde ihr, dass Fionnuala nicht ihren dicken Kaufmann liebte, sondern Liam, der sich jetzt vor sie gestellt hatte. Da holte der Kaufmann nur noch einmal aus, schlug zu. Und noch einmal. Es war ihm so offensichtlich egal, ob er den jungen Mann oder die Frau traf. Und Liam liebte Fionnuala! Die er jetzt mit seinem eigenen Leib vor den wütenden Angriffen mit dem Schürhaken beschützte. Immer wieder warf er sich zwischen sie und den heruntersausenden Schürhaken und versuchte mit erhobenen Armen, die Schläge abzufangen und den Schürhaken mit beiden Händen zu ergreifen. Bis ihn ein Schlag am Kopf traf und er zu Boden ging wie ein gefällter Baum. Clara schrie laut auf, konnte sich aber nicht bewegen. Fionnuala warf sich mit schmerzverzerrtem Gesicht über ihn. Aber Eamon hörte nicht auf und schlug weiter wie ein Berserker auf die beiden Körper ein. Wieder und wieder und wieder. Bis sich keiner mehr rührte. Liam und Fionnuala lagen blutüberströmt vor dem flackernden Feuer, die Körper ineinander verschlungen.

Clara hob die zitternden Hände an die Lippen, trat einen Schritt zurück – und stieß gegen einen Körper, der direkt hinter ihr war.

»Du hast geglaubt, ich finde dich nicht noch mal, oder?«, flüsterte Peter schwer atmend. »Getäuscht. Wenn du dich durch das kalte Wasser hierhertraust, dann kann ich das auch. Ich lasse dich nicht so einfach gehen. Hast du das immer noch nicht begriffen?«

Langsam drehte sich Clara um und begann am ganzen Körper zu zittern. Peter. Schwer atmend, mit einer nassen Hose, von der noch das Meerwasser tropfte. Nicht einmal die Schuhe hatte er sich bei seiner Verfolgungsjagd durch das Meer ausgezogen. Die fein gegerbten Schuhe aus

Pferdeleder waren sicher für immer ruiniert. Clara wunderte sich selber, warum sie plötzlich solche Kleinigkeiten bemerkte. Dann blickte sie ihm in die Augen und erschrak. Peter sah genauso irrsinnig aus wie Eamon Devlin, der gerade eben seine Frau und Liam getötet hatte. Auch in seinen Augen hatte diese eisige Wut gelodert.

In Panik sah Clara zurück in das Wohnzimmer, in dem sie gerade eben noch den Doppelmord beobachtet hatte, aber wie durch Zauberhand waren Kerzen, Feuer, Teppich und Vorhänge – und vor allem die Menschen – verschwunden. Nur noch sandiger Boden, kahles Mauerwerk und leere Fenster. Dunkelheit, die sie umgab. Sie fragte sich, ob Peter etwas von der Szene mitbekommen hatte. Wohl nicht.

Was auch immer Peter vorhatte, sie würde nicht noch einmal zu einem Opfer werden, schon gar nicht zu so einem leichten Opfer wie dieses Mädchen. Sie nicht. Clara war bereit zu kämpfen. Mit der Hand griff sie an die Mauer hinter sich und tastete nach einem losen Stein, den sie im Notfall als Waffe gegen ihren irrsinnigen Exverlobten einsetzen könnte. Aber die Mauern dieses Hauses saßen fest. Sie trotzten seit über einem Jahrhundert den Stürmen, die über den Atlantik fegten. Alles, was hier lose war, hatte der Wind längst weggeweht.

Peter funkelte sie immer noch eisig an. »Und jetzt beende deine lächerliche Flucht. Wenn ich deinem Arzt – und vor allem deinem Vater – erzähle, dass du erst wegen einer deiner Halluzinationen einen Unfall verursacht hast und dann mitten in der Nacht durch eisiges Wasser auf eine verlassene Insel gerannt bist, dann ist es ganz sicher kein Problem, dich wegen manischer Wahnvorstellungen in eine Anstalt einweisen zu lassen. Die bringen dich schon zur Vernunft.«

Clara spürte den Sand unter ihren Füßen und kniete sich mit klopfendem Herz hin, spielte die gebrochene, reumütige Braut. »Peter, in Zukunft …«

»So ist es gut.« Sie hörte den Triumph in seiner Stimme. »Du wirst schon noch erkennen, dass ein Leben mit mir das Beste ist, was dir in deinem armseligen Dasein passieren kann.«

»… wirst du nur noch in meinen Albträumen eine Rolle spielen!«, schrie Clara plötzlich und schleuderte eine Handvoll Sand in Peters Gesicht. Dann sprang sie auf und rannte in die stürmische Nacht davon.

Sie gab sich keinen Hoffnungen hin, dass es ihr auf dieser kleinen Insel gelingen würde, sich zu verstecken. Aber sie war schneller und sehr viel trainierter als Peter, der einfach bei zu vielen Geschäftsessen zu gerne zugeschlagen hatte. Doch er gab nicht auf. Sie hörte ihn hinter sich, immer wieder rief er ihren Namen, während er ihr den schmalen Pfad hinunter zum alten Landungssteg folgte. Das Meer brandete jetzt mit aller Macht gegen die alten Steine, die Flut hatte eingesetzt und das Meer drängte tosend gegen das Land.

Entweder sie würde die Strecke bis zum Strand durch die eisige, tobende See schwimmen oder sie war für die nächsten sechs Stunden mit diesem Wahnsinnigen auf dieser Insel gefangen – und das klang für Clara wie ein weiteres Kapitel aus einem Horrorbuch dieser Nacht. Sie konnte sich dem auch einfach gleich stellen.

Sie blieb stehen und sah sich mit Panik im Blick nach etwas um, das ihr im Notfall als Waffe dienen konnte. Im spärlichen Licht entdeckte sie einen Stein, der sich perfekt in ihre Hand schmiegte.

Sie drehte sich um. »Lass mich in Ruhe!«, schrie sie gegen den Wind, der jetzt noch stärker wurde und ihr die Worte von den Lippen riss. »Meine Flucht ist kein Wahnsinn, sondern der beste Beweis für meine Gesundheit: Ich will nicht an deiner Seite leben. Und wenn mein Vater dich jetzt hier so sehen würde, dann würde er die Entscheidung, dich in die Firma aufzunehmen, sicherlich noch einmal überdenken.« Ihr Griff um den Stein wurde fester. »Du bist der Wahnsinnige von uns beiden! Besessen davon, in die Firma meines Vaters einzusteigen – sogar wenn es ein so großes Opfer wie die Heirat mit mir erfordert!«

Er blieb schwer atmend vor ihr stehen. »Schwachsinn! Ich mache mir Sorgen. Um dich. Und genau deswegen kommst du jetzt mit!« Er machte einen Schritt auf sie zu.

Drohend hob Clara den Stein. »Wage es nicht, mich anzurühren!«

Unbeirrt ging Peter weiter. Clara überlegte kurz, ob sie wieder fliehen sollte, aber in fünf Minuten stünden sie einander sicherlich wieder genauso gegenüber. Er würde nicht aufgeben. Das konnte sie in seinem Blick lesen. Also hielt sie den Stein so fest in die Hand, wie sie konnte, und holte aus.

»Verschwinde aus meinem Leben!«, schrie sie ihm entgegen. Sie schloss die Augen, als sie zuschlug. Er stand jetzt direkt vor ihr, sie konnte ihn also gar nicht verfehlen.

Aber ihr Schlag ging ins Leere. Überrascht öffnete sie ihre Augen wieder und sah, dass Peter direkt vor ihr zusammengebrochen war und reglos im Sand lag. Hatte sie ihn doch getroffen? Und es nur nicht gemerkt? Erschrocken ließ sie den Stein in den Sand fallen und kniete sich neben ihn. Der massige Mann rührte sich nicht mehr. Atmete er noch? Der Sturm pfiff in ihren Ohren und sie konnte nichts hören. Und ihre Hände zitterten zu sehr, als dass sie einen Puls hätte fühlen können. Hatte sie ihn umgebracht? Erschrocken sah sie sich Peter genauer an, aber sie konnte keine Wunde erkennen. Weder an ihren Händen noch an dem Stein konnte sie Blut entdecken.

Wie betäubt stand sie wieder auf. Sie konnte ihm ohnehin nicht helfen. Peters hundert Kilogramm konnte sie nicht bewegen. Wenn er also noch am Leben war, dann musste er hier am Landungssteg darauf hoffen, dass er von allein wieder zu sich kam. Mit seinen nassen Kleidern würde er dabei sicher auskühlen – aber Clara wollte jetzt nicht länger über Peters Gesundheit nachdenken. Sie wollte nur noch weg, bevor er wieder aufwachte. Wenn er wieder aufwachte. Verwirrt stolperte sie den Weg zurück zu den Häusern. Jetzt ein windstilles Eckchen finden, einen Ort, an dem sie diese Nacht des Schreckens überdauern und auf den nächsten Tag warten konnte. Wenn es nur endlich wieder hell werden würde, dann wäre alles wieder gut. Da war Clara sich sicher.

Sie erreichte das Haus, in dem sie vorher die blutige Szene beobachtet hatte. Immer noch das am besten erhaltene hier am Platz. Der Boden mit Sand bedeckt, die Wände noch alle aufrecht. Vorsichtig schlich sie hinein, sah immer wieder zu der alten Feuerstelle – aber dieses Mal bewegte sich nichts mehr. Es war einfach nur eine alte Feuerstelle. Der Ruß war längst durch Hunderte von Stürmen und Regen abgewaschen. Nur ein paar Gräser wuchsen noch dort und suchten Schutz vor dem Sturm, der über dem Meer aufzog.

So wie sie selbst. Denn mit einem gewaltigen Krachen begann plötzlich ein Gewitter, und ein Wolkenguss prasselte herunter. Der Wind sorgte dafür, dass die Tropfen fast waagrecht fielen. Clara kauerte sich an die Wand, die den größten Schutz vor Wind und Regen bot, und zog die Beine so fest sie konnte an. Sie verbot sich selbst, auch nur einen Gedanken an Peter zu verschwenden, der draußen immer noch im Regen und im Sturm lag. Sie konnte ihm nicht helfen, selbst wenn sie wollte. Hier auf dieser Insel konnte sie nicht einfach einen Krankenwagen rufen. Oder eine Decke über ihn ausbreiten.

Morgen, morgen würde alles besser werden. Dann würde sie an das Festland zurückkehren und Hilfe holen. Jemand, der sich um Peter kümmern konnte, der ihn über das Wasser brachte und dafür sorgte, dass er versorgt wurde.

Wenn das denn noch nötig war.

Hatte sie ihn wirklich mit dem Stein getroffen? Hatte sie ihn umgebracht? Hatten vielleicht doch alle recht, die sagten, dass sie dem Wahnsinn nahe war?

Clara legte ihre Stirn auf die Knie.

Sie betete. Darum, dass die Nacht und der Sturm endlich zu Ende sein sollten. Dass die Sonne dafür sorgte, dass dieser Albtraum endlich ein Ende nahm.

# 19.

Sie musste kurz eingeschlafen sein, denn als sie auffuhr, herrschte Windstille. Oder? Es dauerte einen Augenblick, bevor Clara begriff, dass sie in einem Raum mit Türen, Fenstern und Teppichen saß. Es war noch nicht vorbei. Vor ihren Augen spielte sich die Fortsetzung des Albtraums ab, in dem sie gefangen war.

Die beiden leblosen Körper lagen blutig neben dem Kamin. Eamon stand direkt davor, hatte den Teppich zur Seite geschlagen und bearbeitete den sandigen Boden mit einer großen Schaufel. Er stand bereits knietief darin und grub weiter, als würde sein Leben davon abhängen. Der Schweiß rann ihm über die Stirn und lief in Bächen seinen Nacken herunter. Immer wieder sah er hektisch zur Tür und zum Fenster. Er fürchtete die Entdeckung oder das Anbrechen des Tages. Wahrscheinlich beides.

Mit weit geöffneten Augen sah Clara zu, wie er ein Loch unter seinem Haus aushob, bis es bestimmt über einen Meter tief war – und etwa zwei Meter lang. Längst war Clara klar geworden, was sie da sah: ein Grab.

Endlich war Eamon zufrieden. Er zerrte zuerst Liam an einem Fuß hinein und schmiss dann seine eigene Frau hinterher. Dabei bewegten sich seine Lippen unablässig, aber Clara konnte nicht verstehen, was er da vor sich hinredete. Der Schweiß tropfte ihm von der Stirn, während er jetzt den Sand wieder in die Grube schaufelte.

Wenn einer der beiden noch gelebt hatte, dann war er jetzt sicher bald tot. Erstickt von dem feinen Sand, der herunterfiel und sich wie eine feste Decke über Mund, Augen und Nase legte. Clara beobachtete wie versteinert das schreckliche Schauspiel.

Als Eamon sein Werk endlich vollendet hatte, stampfte er den Boden wieder fest, holte den Teppich und legte ihn sorgfältig wieder darüber. Dann entdeckte er die Blutflecken auf dem Teppich und warf ihn mit einem wütenden Kopfschütteln in das lodernde Feuer. Es flammte hell auf, beleuchtete für einen Augenblick die unheimliche Szene, ließ Eamon wie einen Teufel aussehen. Dann wurde es wieder dunkel.

Eamon hielt kurz inne und zog dann einen anderen Teppich aus der Ecke des Zimmers über das frische Grab. Er holte sich einen Koffer aus dem Nachbarzimmer, in dem Clara das Schlafzimmer vermutete, und stopfte hastig seine Habseligkeiten hinein.

Sie erinnerte sich an die Schiffsmeldung. Eamon wanderte aus, in die Vereinigten Staaten, hatte seinen Laden verkauft und ließ seine Bluttat hinter sich. War ihm das wirklich gelungen? Hatte ein ahnungsloser Mensch hier in diesem verfluchten Haus gelebt? Konnte man hier überhaupt glücklich werden?

Clara konnte ihre Augen nicht von Eamon wenden. Er sah nicht so aus, als ob ihn Schuldgefühle quälen würden. Im Gegenteil: Während er packte, wirkte er sehr zufrieden mit sich selbst. Offensichtlich war er der Meinung, dass er seine Sache gut gemacht hatte. Was ihm nach seiner Ankunft in den Staaten passiert war? War dieser Mörder dort womöglich ein angesehener Mann geworden? Hatte wieder geheiratet? Alles war möglich – denn Clara war sich sicher: Dieses Grab an der Feuerstelle war bis zum heutigen Tage nicht entdeckt worden. Fionnuala und Liam waren einfach verschwunden, vermisst von ihren Familien. Bei Fionnuala hatten sie womöglich angenommen, dass sie mit ihrem Mann nach Amerika gesegelt war. Aber Liam? Wie lange hatten seine Freunde und Verwandten noch gehofft, dass er eines Tages zurückkehren würde? Sie musste Caitlin von dem erzählen, was sie heute Nacht erlebt hatte.

Und die beiden Toten sollten in gesegnete Erde.

Clara ließ ihren Kopf wieder auf ihre Knie sinken. Sie wollte nur noch nach Hause, auch wenn sie keine Ahnung hatte, wo dieses Zuhause sein sollte. In dem Haus in Deutschland, das sie gemeinsam mit Peter beziehen sollte, ganz sicher nicht. Und ein Hotelzimmer in einem kleinen Ort in Connemara ging wohl schwerlich als Zuhause durch. Aber sie wünschte sich nichts mehr, als endlich zur Ruhe zu kommen. Und diesem Albtraum, der vor hundert Jahren begonnen hatte, zu entfliehen.

Die Sekunden vergingen zäh und langsam, während

sie sah, wie Eamon weiter in dem Raum hin und herging, Dinge in seinen Koffer steckte, andere wieder hervorholte und doch nicht mitnehmen wollte.

Und mit einem Mal hörte sie Stimmen. Stimmen von draußen. Sie riefen immer wieder. Nicht nach Eamon und nicht nach Liam oder Fionnuala. Sondern nach ihr.

»Clara!«

Mit einem Ruck sah sie zur Türe hin. Aber es gab keine Türe mehr. Nur eine Öffnung in der Mauer, an der leere Scharniere zeigten, dass hier einst der Eingang zu dem Haus gewesen war. Und in dieser Öffnung sah sie in einiger Entfernung ein schwankendes Licht, wie von einer Laterne oder einer Taschenlampe.

»Clara!« Wieder der Ruf. Sie erkannte die Stimme. Sean! Daran gab es keinen Zweifel.

Mühsam stand Clara auf. »Hallo, ich bin hier!« Ihre Stimme klang heiser und viel zu leise.

Mit einem Blick durch den Raum vergewisserte sie sich, dass die Gestalten des vergangenen Jahrhunderts wieder verschwunden waren, mitsamt den Teppichen, Vorhängen und Stühlen. Das Haus war wieder so leer und verlassen wie zuvor.

Sie lief zu der Türe und sah zwei Gestalten, die sich mit ihren Taschenlampen rufend durch das Dorf arbeiteten.

Da nahm sie all ihre Kraft zusammen und rief, so laut sie konnte. »Hier! Hier bin ich!«

Sean fuhr herum, ließ seine Lampe fallen und rannte die wenigen Meter, die zwischen ihnen lagen, zu ihr hin. Er umschlang Clara mit beiden Armen.

»Ich hatte recht!«, rief er. »Ich habe gewusst, dass du hier sein musst!«

Die zweite Person kam mit den beiden Taschenlampen in der Hand näher und Clara erkannte Caitlin, die sich mit schwerem Ölzeug und hohen Gummistiefeln gegen das Wetter gewappnet hatte.

Sie nickte Clara zu. »Dann sollten wir jetzt schnell verschwinden. Der Sturm wird heftiger, ich möchte nicht, dass wir mit unserer Jolle zwischen Feenish und dem Festland kentern.« Sie sah Clara an. »Komm jetzt schnell! Du kannst uns zu Hause erzählen, was passiert ist.«

In dieser Sekunde erinnerte sich Clara wieder an den bewusstlosen Peter, der am Landungssteg lag und sicher schon komplett ausgekühlt war. Sie konnte ihn nicht einfach hier zurücklassen.

»Peter …«, fing sie an.

»Das kannst du uns alles am Kamin erzählen!«, erklärte Caitlin resolut, drehte sich um und machte sich auf den Weg hinunter zum Strand.

»Nein, er ist hier!«, rief Clara. »Er liegt unten am alten Anleger.«

Sean sah sie fragend an. »Er liegt dort? Was heißt das? Er ist hier?«

»Ja«, nickte sie. »Er hat mich verfolgt. Ich habe mich gewehrt, mit einem Stein nach ihm geschlagen. Er ist zusammengebrochen und jetzt liegt er dort unten im Regen. Wir müssen ihn mitnehmen. Sehen, wie es ihm geht.«

»Verdient hat er es nicht«, knurrte Sean. Aber Caitlin legte ihm die Hand auf den Arm. »Clara hat recht.

Wenn er hier erfriert, haben wir nur die Polizei am Hals. Außerdem … es geht nicht, dass wir einen wehrlosen Menschen hier einfach liegen lassen. Egal, was für ein Kotzbrocken er auch ist.«

Widerstrebend machten sie sich auf den Weg zu der Anlegestelle. Und tatsächlich: Hier lag Peter noch genau so, wie Clara ihn vor Stunden oder Minuten hatte liegen lassen. Ihr fehlte jeder Zeitbegriff. Seit sie aus Clifden nach Carna zurückgekehrt war, war in ihrem Leben mehr als eine Ewigkeit vergangen.

Peters Haar klebte im Regen an seinem Kopf. Er sah wachsbleich aus. Caitlin bückte sich zu ihm hinunter und fühlte am Hals nach seinem Puls.

Stirnrunzelnd sah sie auf. »Ich kann nichts spüren.«

»Ist er … tot?« Clara spürte, wie Panik in ihr aufstieg. Sie hatte ihren Verlobten erschlagen. Mit einem Stein. Jetzt würde jeder Arzt der Welt sie in eine Anstalt stecken. Sie war gemeingefährlich.

Mit einem Schulterzucken richtete sich Caitlin wieder auf. »Ich weiß es nicht. Ich bin kein Arzt. Aber er ist eiskalt. Wir brauchen hier dringend einen Helikopter. In Galway gibt es eine Rettung.« Sie sah ihren Sohn an. »Hast du dein Handy dabei?«

Sean nickt nur, holte es aus seiner Jackentasche und wählte die kurze Nummer. Clara hörte wie durch einen Schleier, was er sagte. »Wir haben hier einen Mann ohne Lebenszeichen … Ja, auf einer der Inseln … Feenish.«

Schließlich legte er auf. »Sie schicken einen Helikopter. Wir sollen mit den Taschenlampen leuchten, wenn wir ihn hören. Dann weiß er, wo er landen soll.«

Kopfschüttelnd sah Sean auf den reglosen Peter hinunter. »Was hat ihn nur getrieben hierherzukommen? Woher wusste er, dass er dich hier findet?«

»Er hat gesehen, dass ich auf die Insel geflüchtet bin«, erklärte Clara. »Wie er darauf kam, mich drüben am Strand zu suchen? Ich habe keine Ahnung. Es könnte natürlich sein, dass er einfach nur die paar Straßen hier abgefahren ist und mich nicht gefunden hat. Dann hat er den geschotterten Weg gesehen und hatte Glück.«

Sie zog ihre Jacke enger um die Schultern und fröstelte. Der Wind peitschte hier über das offene Meer, die Brandung sorgte dafür, dass man kaum sein eigenes Wort verstehen konnte.

Der Regen prasselte unablässig auf sie herunter. »Er muss völlig ausgekühlt sein. Er liegt bestimmt schon eine Stunde hier im Regen. Ich habe es einfach nicht geschafft, ihn zu bewegen …« Sie biss sich auf die Lippen. »Meinst du, er ist wirklich … tot?«

»Keine Ahnung.« Sean sah in den Himmel. »Er braucht auf jeden Fall einen Arzt, aber bis der Helikopter kommt, wird noch einige Zeit vergehen. Das Wetter macht es schwer, uns hier zu finden. Oder überhaupt etwas zu sehen.«

»Sollten wir ihn nicht in eines der Häuser tragen?«, mischte Caitlin sich ein. »Es wirkt so falsch, ihn hier einfach liegen zu lassen – egal, was für ein kompletter Idiot er in den letzten Tagen gewesen ist. Wenn wir wenigstens eine Decke hätten.« Sie wandte sich an Sean. »Haben wir keine in unserem Boot?«

»Ich muss nachsehen«, meinte er. »Bin gleich wieder da.«

Damit verschwand er in der Dunkelheit.

»Ihr seid mit einem Boot hier?«, fragte Clara. »Und überhaupt ... Warum seid ihr hier? Sean muss doch der festen Überzeugung gewesen sein, dass ich im Auto nach Dublin sitze. Dass ich hier auf Feenish festsitze, damit konntet ihr nicht rechnen, oder?«

Caitlin lächelte. »Er war bei dir im Zimmer. Und dann hat er Lichter hier auf Feenish gesehen. Ich konnte mir beim besten Willen nicht vorstellen, dass hier jemand mitten in der Nacht sein könnte, aber Sean hat darauf bestanden, dass du hier sein müsstest. Er war sich sicher, dass du aus dem Auto entkommen warst ...«

Clara sah sie mit großen Augen an. »Liam ist vor das Auto gesprungen. Ich habe das Gefühl, er wollte mich nicht gehen lassen, bevor ich nicht sein Geheimnis gelüftet habe.« Clara schüttelte leicht den Kopf. »Ich weiß, das klingt ... verrückt, aber besser kann ich es nicht erklären.«

»Liam?« Caitlin zog fragend eine Augenbraue nach oben.

Clara kam um eine Antwort herum, als Sean mit einer dreckigen Wolldecke im Arm auftauchte und sie über Peter ausbreitete. »So, das sollte ihn etwas wärmer halten«, murmelte er.

Augenblicke später zerriss das Knattern der Rotoren eines Hubschraubers das Geräusch des Regens. Sie winkten mit ihren Taschenlampen und er senkte sich wie ein großes Insekt auf die flache Stelle neben dem Steg. Zwei Männer in roten Anzügen sprangen heraus und rannten zu dem leblosen Körper hin.

»Was ist passiert?«, wollte einer der beiden wissen, während er den Puls überprüfte.

»Er ist auf mich losgegangen, da habe ich mich mit einem Stein gewehrt. Dann ist er zusammengebrochen!«, erklärte Clara. »Ich bin schuld!«

Der Sanitäter untersuchte Peter mit zusammengezogenen Augenbrauen. »Ich kann keine Wunde erkennen. Aber sein Puls ist sehr schwach und unregelmäßig. Wir bringen ihn besser sofort ins Krankenhaus nach Galway. Da wird er versorgt, dann können wir mehr sagen. Wollen Sie mitfliegen?«

»Ich …« Clara schüttelte den Kopf. »Nein. Wenn es Ihnen nichts ausmacht, dann würde ich ihn morgen besuchen. Oder anrufen und nach seinem Befinden fragen. Geht das?«

»Dann müssen Sie mir seine Daten geben«, erklärte er, während er gemeinsam mit seinem Kollegen Peter auf eine Trage wuchtete. »Und mir verraten, wie wir Sie erreichen können.«

»Ja, natürlich.« Clara kritzelte alles, was er wissen wollte, auf einen Zettel, den er ihr reichte. Dann trat sie zurück, während er die Trage in den Hubschrauber schob.

»Sie ist im Grand Hotel Carna«, sagte Sean und warf Clara einen fragenden Blick zu, die nur kurz dankbar nickte.

Dann flog die Tür des Helikopters mit einem metallischen Klicken zu, die Rotoren heulten wieder auf und wirbelten noch einmal nassen Sand durch die Luft. Schließlich standen sie allein im Regen. Einen Moment lang herrschte Schweigen.

»Okay«, meinte Caitlin schließlich. »Und jetzt gehen wir zu unserem Boot und wärmen uns dann am Kaminfeuer mit einem ordentlichen Frühstück auf. Es wird bestimmt bald hell.«

# 20.

Clara zog die Decke um ihre Schultern, legte ihre Hände um die heiße Tasse und starrte in das Feuer. Sie war todmüde, aber durch ihre Adern pumpte noch viel zu viel Adrenalin, als dass sie jetzt einschlafen könnte. Ihren beiden Begleitern ging es wohl genauso.

Aus der Küche hörte sie, wie Caitlin mit den Pfannen klapperte und für sie alle ein üppiges Frühstück zubereitete. Eins, das nach einer Nacht ohne Schlaf helfen würde, die Geister zu vertreiben, wie sie sagte. Clara hatte keine Zweifel daran, dass Caitlin das gelingen würde.

Sie spürte, wie Sean sie von der Seite her ansah. »Woher hast du gewusst, dass ich auf Feenish bin?«, fragte sie schließlich. »Wegen des blinkenden Lichts?«

»Es war der letzte Hinweis, den ich gebraucht habe.« Sie hörte ein Lächeln in seiner Stimme. »Ich habe deine Bilder in dem Skizzenblock gesehen und mir wurde klar, dass du eine ganz besondere Verbindung zu der Insel hast. Ich meine, mein toter Großonkel hat dich darauf herumgeführt. Er wollte dir etwas zeigen. Und ich konnte mir beim besten Willen nicht vorstellen, dass er dich einfach so gehen lässt.« Er lachte leise auf. »Und ich wollte nicht glauben, dass du wehrlos in dem Auto von diesem Wahnsinnigen sitzen bleibst. Dafür bist du zu stark und du hattest dich entschieden, dass ein Leben an seiner Seite nicht mehr das ist, was du möchtest.« Sie warf ihm einen kurzen Blick zu und sah wieder diesen warmen, leuchtenden Schein um ihn herum. Er lächelte sie an. »Und dann kamen von Feenish unmissverständliche Lichtsignale. Ich war mir sicher, dass du das sein musstest. Dass du mir ein Zeichen gibst. Deswegen habe ich meine Mutter geweckt und wir sind losgefahren.« Er lachte leise auf. »Bis wir dich gefunden haben, hat sie mich wohl für komplett verrückt gehalten. Aber sie ist selbst schuld: Zeit meines Lebens hat sie mir eingetrichtert, man müsse immer auf seine innere Stimme hören. Und das habe ich dieses Mal wirklich gemacht.«

»Ich hatte kein Licht dabei«, erklärte Clara zögerlich. »Und auch Peter nicht. Also … was immer du gesehen hast: Ich war das nicht.«

Sie schwieg eine Weile und sah in die Glut des Feuers. Bis Caitlin mit einem voll beladenen Tablett auftauchte und alles auf den Tisch stellte. »Jetzt essen wir erst einmal. Dann sieht alles besser aus. Und draußen wird es wirklich schon ein bisschen heller – soweit das bei diesen dicken Wolken überhaupt geht. Die Nacht ist vorbei.«

»Er hat sie umgebracht«, erklärte Clara unvermittelt.

Mutter und Sohn starrten sie an. »Wer hat wen umgebracht?«

»Eamon, der Kaufmann. Er hat seine Frau und Liam umgebracht. Er muss erfahren haben, dass sich die beiden liebten. Deswegen ist er auf Fionnuala losgegangen. Als Liam dazukam und sich vor sie gestellt hat, hat er ihn erschlagen. Mit dem Schürhaken vom Kamin. Und dann sie.« Clara schüttelte den Kopf. »Ich habe alles genau gesehen.«

»Gesehen?«, fragte Sean vorsichtig nach. »So, wie du die Kinder auf Inishmore gesehen hast?«

Clara nickte. »Es ist hundert Jahre her, da werde ich wohl kaum eine Videoaufzeichnung gesehen haben. Aber ich habe es so deutlich beobachten können, wie ich jetzt euch sehe. Es war direkt vor meinen Augen. Danach hat er seine Tasche gepackt und ...«

»... und ist nach Amerika ausgewandert.« Sean sah sie überrascht an. »Allein. So wie es auf der Liste der Einwanderer stand. Das erklärt auch, warum Fionnuala nicht darauf aufgetaucht ist. Sie war nie auf dem Schiff.« Sean kratzte sich am Kopf. »Aber jetzt hilft uns dieses Wissen auch nicht mehr weiter. Diejenigen, die Fionnuala und Liam vermisst haben, sind schon lange tot.«

»Aber wir können dafür sorgen, dass sie ein ordentliches Begräbnis bekommen«, erklärte Clara. »Eamon hat sie einfach vor dem Kamin verscharrt. Der Boden bestand nur aus fest getretenem Sand und Lehm. Da hat er gegraben und sie hineingeschoben.«

»Dann müssten die Skelette dort immer noch liegen.« Sean sah ernst aus.

Clara sah ihn alarmiert an. »Wir müssen aber unbedingt noch einmal auf die Insel und nach ihnen suchen, bevor wir jemandem davon erzählen. Nur weil eine verrückte deutsche Touristin eine Vision hatte …«

»Aber es ergibt mit einem Mal alles Sinn«, murmelte Caitlin. »Das Haus, das Liam da gebaut hat. Es war für ihn und Fionnuala. Die Familie hat immer Witze gemacht, dass es viel zu groß für eine einzige Person ist. Aber er hat es nie für sich alleine geplant. Er wollte immer, dass Fionnuala mit einzieht. Und als Eamon nach Amerika auswandern wollte, da wurde den beiden klar, dass sie jetzt handeln müssen – oder sie für immer getrennt würden. Sie haben wohl nicht mit Eamons Reaktion auf diese Neuigkeiten gerechnet. Wer glaubt schon, dass ein Mensch zum Mörder werden kann?«

»Wo sie sich wohl immer heimlich getroffen haben?«, sann Sean jetzt nach. »Auf Feenish gibt es keine einzige verborgene Stelle.«

»Vielleicht haben sie sich hier in Carna getroffen«, erklärte Caitlin. »Liam wohnte damals hier im Hotel, unter dem Dach.« Mit einem Mal weiteten sich ihre Augen. »Clara hat in den letzten Tagen in seinem Zimmer gewohnt. Früher wurde es nie vermietet, damit die Gäste nicht so viele Treppen gehen mussten. Erst sehr viel später haben die Gäste so viel Wert auf den Blick auf das Meer gelegt.«

»Das blinkende Licht und das Fenster!«, stieß Clara hervor. Mit einem Mal wurde ihr alles klar. »Das Licht, das ich immer wieder gesehen habe. Ich denke, das war der Weg, mit dem Liam und Fionnuala sich verabredet haben. Jetzt ahne ich, warum bei mir immer wieder das Fenster offen stand«, erklärte Clara aufgeregt. »Auch der nasse Fleck. Sie kam immer bei Ebbe durch die Furt auf das Festland – und konnte auch nicht lange bleiben. Sie kletterte also über das Dach durch das offen stehende Fenster, aus ihren feuchten Kleidern tropfte noch das Meerwasser. So muss es gewesen sein.«

»Dein Fenster stand offen?«, fragte Caitlin. »Und welcher nasse Fleck?«

Sean sah Clara überrascht an. »Das klingt wahrscheinlich.«

»Ja. Ich weiß.« Zum ersten Mal griff Clara nach Messer und Gabel und fing an zu essen. Mit den ersten Bissen merkte sie, wie hungrig sie eigentlich gewesen war. Der knusprige Schinken und das warme Brot sorgten dafür, dass sie sich mit einem Mal wieder ganz in der richtigen Welt zu Hause fühlte – und nicht mehr in der Welt der Geister, in der sie den größten Teil der Nacht gefangen war.

Schweigend fingen auch Caitlin und Sean an zu essen. Alle drei hingen ihren eigenen Gedanken nach.

Es dauerte eine Weile, bis Sean die Stille unterbrach. »Was mir nur immer noch nicht klar ist: Warum hat sich Liam in den letzten hundert Jahren nicht irgendjemand anderem gezeigt. Clara ist doch nicht die Einzige, die einen Sinn für eine andere Wirklichkeit hat.«

Caitlin sah eine Weile vor sich hin, bevor sie antwortete. »Vielleicht ging es ihm nicht um sein eigenes Seelenheil. Es könnte sein, dass Liam das Gefühl hatte, dass sich seine tragische Geschichte wiederholt. Clara, die an einen Mann gebunden ist, den sie nicht liebt. Peter, der sie mit aller Gewalt bei sich behalten will – selbst wenn er sie dafür in die Anstalt einweisen lassen muss. Und du, der du am liebsten schon eine Zukunft mit dieser Frau planen willst.« Als Sean widersprechen wollte, hob sie lächelnd die Hand. »Ich kenne dich, mein Sohn. Und so wie jetzt habe ich dich noch nie gesehen. Clara ist die Frau, die du in ganz Europa gesucht hast. Und ausgerechnet hier in Carna hast du sie dann gefunden.«

»Ich habe sie selber hierher gebracht!«, lachte Sean. »Sie hätte den Weg nie von alleine gefunden.«

Jetzt fiel auch Clara in sein Lachen ein. »Stimmt. Ich wäre ganz sicher nicht nach Connemara gefahren, wenn er mich nicht gerettet hätte.«

Caitlin sah von einem zum anderen. »Und? Was machen wir jetzt? Clara hat recht. Wir können die Polizei kaum einfach so bitten, mit uns gemeinsam nach Skeletten zu graben. Nach Skeletten, von deren Existenz wir nur durch die Visionen einer deutschen Touristin etwas wissen.« Sie lächelte Clara stolz an. »Und zwar ausgerechnet von der Touristin, die in der letzten Nacht mit einem Stein auf ihren Verlobten losgegangen ist.«

Clara seufzte. »Ich muss nachher unbedingt anrufen und fragen, was mit ihm ist. Zum Glück hat er noch gelebt, als der Helikopter weggeflogen ist.«

»Ja, das machen wir«, nickte Sean. »Und danach fahren wir mit dem Boot und ein paar Schaufeln und Hacken noch einmal rüber nach Feenish. Dann sehen wir ja, was an deinen Visionen nun wirklich dran ist.« Er nahm sich noch einen weiteren Speckstreifen von dem großen Teller. »Aber jetzt sollten wir wirklich erst einmal in aller Ruhe fertig frühstücken!«

# 21.

Der Himmel war immer noch grau verhangen, aber wenigstens regnete es nicht mehr, als sie am späten Vormittag wieder in das kleine Ruderboot stiegen.

»Wirklich? Ein Herzinfarkt?«, fragte Caitlin noch einmal nach, während Sean sich mit den Rudern abmühte.

Clara nickte. »Ja. Die Ärztin meinte, dass es nicht einmal ein sonderlich schwerer Infarkt war. Das Hauptproblem war wohl die Auskühlung. Er liegt jetzt auf der Intensivstation, aber er ist ansprechbar.« Sie schüttelte den Kopf. »Ich war mir sicher, dass ich ihn umgebracht habe. Dabei hat ihn mein Schlag wahrscheinlich nicht einmal getroffen. Zumindest haben sie in der Klinik kein Wort davon gesagt.«

Sean ruderte weiter durch die Wellen. Es mochte nicht sehr weit nach Feenish sein – aber die Wellen und die Strömung machten ihm während der einsetzenden Flut tüchtig zu schaffen. Sie hatten sich entschieden, lieber das Boot zu nehmen, damit sie später nicht auf der Insel gefangen waren. »Und? Was machst du jetzt? Mit ihm?«

»Nach dem, was er getan hat?« Clara schüttelte den Kopf. »Ich bin froh, dass es ihm wieder besser geht, aber er ist nicht mehr mein Problem. Ich nehme an, er wird meinen Vater anrufen und der hilft ihm dann. Wahrscheinlich adoptiert er ihn dann auch gleich, nachdem er mich enterbt hat. Aber ehrlich: Es ist mir egal.«

»Da hast du recht!«, erklärte Caitlin mit resoluter Stimme.

In diesem Augenblick fuhr das Boot mit einem knirschenden Geräusch auf den Sandstrand. Sie sprangen aus dem Bug heraus, zogen es noch höher an den Strand, nahmen die Schaufeln, Hacken und den Picknickkorb mit den belegten Broten heraus und machten sich auf den Weg zu dem ehemaligen Laden im Dorf.

Der Regen der letzten Nacht hatte alle Spuren im nassen Sand verschwinden lassen und das Haus, in dem sich gestern so schreckliche Szenen abgespielt hatten, sah wieder so einsam und verlassen aus wie alle anderen. Clara sah sich um und versuchte sich daran zu erinnern, was genau sie gesehen hatte. Dann deutete sie auf die Stelle vor der alten Feuerstelle.

»Er hat die beiden direkt vor dem Kamin verscharrt. Hier müssen wir graben.«

Mit den Schaufeln entfernten sie den Sand, unter dem der festgetretene Erdboden zutage trat.

Sean griff zur Hacke. »Dann wollen wir doch mal sehen, ob du Recht hast«, murmelte er und holte weit aus.

Der Boden brach auf und sie kamen schnell voran. Schon bald war das Loch so tief, wie Clara es in Erinnerung hatte.

»Wir sollten besser nicht mehr mit der Hacke weitermachen«, versuchte sie Sean zu bremsen. »Wir könnten … Wenn wir wirklich auf Knochen stoßen, dann zerstören wir sie nur.«

Sean nickte. Er grub vorsichtiger mit der Schaufel weiter und es dauerte nicht lange, bis er auf einen festen Gegenstand traf. Er bückte sich und wischte mit der Hand den Schmutz weg, bis er etwas Helles freigelegt hatte. Einen Knochen. Ein Schulterblatt. Das war sogar für Laien leicht zu erkennen. Sean setzte sich auf seine Fersen und nahm seinen Fund mit ernstem Gesicht in Augenschein.

»Ich glaube, wir sollten jetzt die Polizei rufen«, erklärte er schließlich. »Mord ist Mord, auch wenn er ein Jahrhundert her ist. Und das hier war ein Doppelmord. Wir müssen nur eine glaubhafte Erklärung dafür finden, warum wir genau hier gegraben haben.«

»Clara hat geträumt, dass hier jemand vergraben wurde«, erklärte Caitlin. »Das muss reichen, finde ich. Wir sollten bei unseren Aussagen so nah wie möglich bei der Wahrheit bleiben.« Sie versuchte ein schiefes Grinsen. »Nicht dass wir uns noch verdächtig machen.«

»Und dass wir Hobbyarchäologen sind, glaubt uns sowieso keiner.« Sean griff zu seinem Handy.

Zwei Stunden später war der Ort nicht mehr wiederzuerkennen. Ein Schnellboot der Küstenwache war an dem alten Anlegesteg vertäut, Absperrbänder trennten den alten Laden von den anderen Häusern ab und Menschen in Schutzanzügen legten sorgfältig die Knochen in dem Grab vor der Feuerstelle frei. Wie Sean schon angenommen hatte: Bis es zweifelsfrei erwiesen war, dass diese Morde schon ein Jahrhundert her waren, wurden sie als Verbrechen behandelt, deren Täter es nach wie vor zu finden galt.

Sean, Clara und Caitlin waren bald voneinander getrennt worden und wurden jetzt einzeln befragt. Clara war dankbar, dass sie sich darauf geeinigt hatten, möglichst nah bei der Wahrheit zu bleiben. Also erzählte sie von den dramatischen Ereignissen der letzten Nacht. Von der Entführung, von der Flucht und wie sie dann Schutz in diesem Haus gesucht hatte. Von dem Stein erwähnte sie lieber nichts, da Peter offiziell einen Herzinfarkt erlitten hatte. Dann erzählte Clara von dem schrecklichen Traum, der sie daraufhin heimgesucht hatte. Weil aber Träume bekanntlich nichts galten, hatten sie sich an diesem Morgen selber auf die Suche nach den Leichnamen gemacht. Und waren fündig geworden.

Die Polizistin machte Notizen und nickte nur zu Claras Geschichte. Sollte sie daran etwas merkwürdig finden, dann war ihr das wenigstens nicht anzusehen. Als Clara geendet hatte, nickte sie nur und klappte ihren Notizblock zu.

»Wir werden das überprüfen«, erklärte sie. »Aber es wäre gut, wenn Sie Irland nicht verlassen, bis wir alle Untersuchungen abgeschlossen haben.«

»Und wissen Sie schon, wie lange der Mord her ist?«, fragte Clara.

Ein Kopfschütteln war die Antwort. »Unsere Rechtsmediziner müssen das erst genauer untersuchen, aber die Kleiderreste, die wir bei den Leichen gefunden haben, deuten darauf hin, dass es sich tatsächlich um ältere Funde handelt. Aber man kann sich nie sicher sein. Es kann ja immer sein, dass diese Insel sehr viel später der Schauplatz eines Dramas wurde und die Opfer einfach nur alte Sachen anhatten.«

»Was passiert jetzt mit den beiden?« Clara machte eine vage Handbewegung in Richtung der flatternden Bänder, die den Tatort kennzeichneten.

»Wir bringen sie in das Leichenschauhaus, um festzustellen, um wen es sich handelt und was die genaue Todesursache ist. Und wie lange das her ist. Dann sehen wir weiter.« Sie sah sie aufmerksam an. »Sie haben nicht zufällig auch geträumt, um wen es sich hier handeln könnte?«

Clara zuckte mit den Achseln. Wenn sie jetzt die korrekten Namen nennen würde, dann wäre die Geschichte mit dem Traum doch etwas merkwürdig. »Wie ich gehört habe, war dieses Haus einst der Laden. Ich habe von einem kräftigen älteren Mann geträumt, der eine jüngere Frau und einen Mann erschlagen hat. Es kann doch nicht so schwer sein herauszufinden, wer hier früher gelebt hat. Und ob da jemand verschwunden ist. Oder doch?«

Die Polizistin seufzte und mit einem Mal sah ihr Gesicht sehr müde aus. »Es verschwinden so viele Menschen in Irland, damals wie heute. Sie gehen über den Atlantik und wir hören nie mehr wieder von ihnen. Aber mit ein bisschen Glück haben wir Unterlagen über diese Menschen. Obwohl die Bewohner der Inseln mit ihren Geburts- und Taufbüchern ziemlich nachlässig waren. Sie wollten nichts schriftlich hinterlassen, sie sahen in den

Leuten vom Festland immer eine andere Spezies.« Mit einem Kopfschütteln erhob sie sich. »Irland besteht aus mehr als einem Volk, und jedes hat seine eigenen Macken, das können Sie mir glauben.«

Clara nickte nur. Dieser Satz traf wahrscheinlich auf jedes Land in Europa zu. Aber hier, auf dieser grünen Insel im Atlantik, war es den Leuten vielleicht einfach stärker bewusst.

Sie sah den Polizisten bei der Arbeit zu und spürte, wie die letzte Nacht allmählich ihren Tribut einforderte. Sie war auf einmal müde, sehr müde. Fröstelnd zog Clara ihre Schultern nach oben. Ob Liam nun endlich zur Ruhe kommen würde – und sie mit seinen Besuchen verschonte? Sie erinnerte sich wieder an sein Auftauchen auf Feenish, als er ihr wortreich jedes einzelne Haus mitsamt den Einwohnern beschrieben hatte. Merkwürdig, da er doch gar nicht auf der Insel gelebt hatte, sondern in dem Hotel. Aber wahrscheinlich hatte Fionnuala ihm alles haarklein berichtet.

Wenig später wurden auch Caitlin und Sean von den Polizisten entlassen und gesellten sich zu Clara. Schweigend beobachteten sie, wie der erste Sarg mit den sterblichen Überresten von Fionnuala oder Liam aus dem Haus in das Schnellboot der Polizei getragen wurde.

»Wir werden schon noch hören, was wir ohnehin schon wissen«, erklärte Caitlin schließlich. »Die beiden sind Liam und Fionnuala – und sie wurden erschlagen. Nachdem es hundert Jahre her ist, wird sich niemand mehr die Mühe machen nachzusehen, was aus Eamon Devlin geworden ist. Dabei bin ich mehr als neugierig, ob er wirklich sein Glück in Amerika gefunden hat.« Sie lächelte Clara an. »Sean hat mir erklärt, was ihr in Galway entdeckt habt. Aber jetzt möchte ich erst einmal nach Hause. Unsere Aufgabe hier ist beendet, meint ihr nicht?«

Sean nickte und fasste Claras Hand mit einer selbstverständlichen Geste. »Ja. Wir brauchen alle eine Mütze Schlaf. Dann sehen wir weiter.«

Während sie mit dem kleinen Boot übersetzten, schoben sich die dunklen Wolken beiseite und die Sonne schickte ihre warmen Strahlen über das Wasser.

# 22.

»Bist du dir wirklich sicher?« Sean sah sie zweifelnd an. »Ich kann auch mitfahren, wenn du willst. Die Strecke ist ganz schön lang und vielleicht hilft es dir auch, wenn du nicht ganz alleine bist.«

»Das muss ich alleine machen«, schüttelte Clara den Kopf. »Sonst versucht er immer wieder, in mein Leben hineinzupfuschen. Und ich muss ihm klarmachen, dass er das nicht mehr darf. Auch wenn er mein Vater ist. Und das geht nur, wenn ich ihm in die Augen sehe.« Sie stieg in ihr kleines Auto und lächelte Sean von unten her an. »Mach dir keine Sorgen um mich. Ich kriege das hin – und spätestens morgen bin ich wieder bei dir.«

»Und Peter?«

Ein Schulterzucken war ihre Antwort. »Wenn mein Vater hört, dass ich nichts mehr mit ihm zu tun haben will, dann wird er sich schon eine neue Lösung für Peter einfallen lassen. Vielleicht adoptiert er ihn ja wirklich, keine Ahnung. Dann hat er endlich den perfekten Sohn.«

Damit drehte sie endgültig den Zündschlüssel um und steuerte ihr Auto vom Parkplatz auf die Straße. Im Rückspiegel konnte sie Sean sehen, der ihr zum Abschied winkte.

Sie hatten beide den letzten Tag und die letzte Nacht Arm in Arm verbracht. Und zum ersten Mal seit Claras Ankunft war das Fenster geschlossen geblieben. Clara hatte bei Sean ruhig geschlafen, die Geister der vergangenen Nacht hatten jetzt ihren Schrecken verloren. Als sie heute Morgen aufgewacht war, hatte ihr Entschluss festgestanden: Sie konnte sich nicht länger feige vor ihrem Vater verstecken. Er war höchste Zeit, dass er hörte, was sie vorhatte, und dass er sie dabei lieber ernst nehmen sollte.

Und so war sie jetzt allein unterwegs. Vorbei an Galway und dann über die Autobahn, die quer über die Insel direkt nach Dublin führte. Sie hatte morgens im Hotel ihres Vaters angerufen und erfahren, dass er noch die ganze Woche ein Zimmer reserviert hatte.

Einen winzigen Augenblick zögerte sie, als sie die Ausfahrt zum berühmten Kloster Clonmacnoise sah, drückte dann aber mit einem Lächeln weiter auf das Gaspedal. Sie konnte in den nächsten Jahren alles hier in Irland besichtigen, worauf sie Lust hatte. Das war nicht ihre letzte Chance auf eine Besichtigungstour. Es war erst der Anfang. In den nächsten Jahren konnte sie jede Mauer und jeden Steinkreis auf dieser Insel besichtigen.

Mit einem leisen Lächeln im Gesicht spielte sie mit ihrem Radio, bis sie endlich den irischen Sender fand, den Sean so liebte. So war es fast, als ob er doch auf dem Beifahrersitz Platz genommen hätte.

Clara war keine übermäßig schnelle Fahrerin und legte auch immer mal wieder eine Pause an einer der Raststätten ein, trotzdem erreichte sie bereits am frühen Nachmittag Dublin. Das imposante Conrad Hotel lag mitten im Zentrum. Sie parkte ihr kleines grünes Auto ein paar Querstraßen entfernt und lief die letzten hundert Meter zu Fuß. Vorsichtig schob sie die Türe auf und ging über den glänzenden Marmorboden zur Rezeption.

»Ich bin auf der Suche nach Herrn Wolf«, erklärte sie mit dieser Mischung aus Freundlichkeit und Arroganz, die ihr Vater ihr in den letzten zwanzig Jahren für die Behandlung von Hotelpersonal beigebracht hatte. »Ich bin seine Tochter.« Wie oft war sie mit ihm auf dringende Dienstreisen mitgefahren? Immer dann, wenn weder die Großmutter noch die Kindermädchen Zeit für das kleine Mädchen mit den langen schwarzen Haaren hatte. Dann hatte sie den ganzen Tag in irgendwelchen Zimmern verbracht, als einzige Gesellschaft der Fernseher, der meistens ein Kinderprogramm in irgendeiner fremden Sprache dudelte.

Der Concierge griff nach seinem Telefon, wählte eine Nummer und sah sie dann entschuldigend an. »Er ist im Moment wohl außer Haus unterwegs. Wollen Sie ihm eine Nachricht hinterlassen?«

Clara winkte ab. »Nein, das ist nicht nötig. Es soll eine Überraschung sein. Ich werde auf ihn warten.« Und damit setzte sie sich in einen der tiefen Sessel, die in der Hotellobby standen.

Sie bestellte sich einen Tee, und während sie genüsslich aus dem feinen Porzellan trank, beobachtete sie die Menschen, die durch die Halle liefen. Touristen mit ausreichend Geld für so eine luxuriöse Unterkunft, die mit Rucksack und bequemen Schuhen loszogen, um die irische Hauptstadt zu besichtigen. Geschäftsmänner mit eiligem Schritt, um noch mehr Geld zu verdienen. Gelangweilte Frauen mit zu viel Geld, die in den Boutiquen Dublins nach noch mehr schönen Dingen suchten, die sie dann nicht brauchten.

Clara sah all diesen Menschen zu und war sich immer sicherer, dass sie diese Art von Leben nicht brauchte. Gemeinsam mit Sean wollte sie künftig ihr Leben führen – und sie hatte keine Ahnung, wie das mit seinen Baustellenjobs in ganz Europa funktionieren sollte. Sie hatten noch nicht einmal darüber geredet. Aber sie war sich sicher: Wenn sie nur zusammenhielten, dann würde es einen Weg geben. Doch zuerst musste sie die Geister der Vergangenheit besiegen. Nichts anderes war dieses Gespräch mit ihrem Vater.

Er betrat das Hotel erst mit der einsetzenden Dämmerung. Sie sah, wie er durch die Glastür kam, mit dem Auftreten eines Mannes, der es gewöhnt war, dass sich alles nach seinen Wünschen richtet. Er ging mit schnellen Schritten zur Rezeption – wahrscheinlich wartete er auf Neuigkeiten von Peter. Oder von ihr.

Der Concierge deutete unsicher in ihre Richtung. Ihr Vater fuhr herum, erkannte sie und durchquerte mit wenigen Schritten die Hotellobby. Vor ihr blieb er stehen.

»Was hast du dir nur dabei gedacht, Clara!«, sagte er schließlich. »Und wo hast du Peter gelassen?«

Sie sah, dass er sich um Fassung bemühte. Niemals

würde Helmut Wolf in der Lobby eines großen Hotels einen Streit anfangen. Und doch sah sie, wie er seine Zähne fest aufeinanderpresste, um sich zu beherrschen.

Sie deutete auf den Stuhl ihr gegenüber. »Das ist eine längere Geschichte«, erklärte sie. »Setz dich doch, Papa.«

Widerstrebend ließ er sich nieder. »Wie meinst du das? Eine längere Geschichte?« Er sah sich um. »Ist Peter hier irgendwo in der Nähe.«

»Nein«, schüttelte sie den Kopf. »Er ist in Galway im Krankenhaus.«

»Im Krankenhaus!« Für einen Augenblick verlor er seine Beherrschung. »Ist ihm etwas passiert? Ist er mit dem Auto verunglückt? Ich habe ihm gesagt, dass er nicht mehr durch die Nacht in den Westen fahren soll! Die Straßen hier sind einfach nicht sicher, zu viele Kurven, zu viele Mauern.«

»Er liegt nicht wegen eines Autounfalls im Krankenhaus«, erklärte Clara nüchtern. »Er hatte einen Herzinfarkt.«

Ihr Vater hob seinen Blick und sah ihr zum ersten Mal in die Augen. »Ein Herzinfarkt? Ein gebrochenes Herz! Das hatte er! Und das ist allein dein Verdienst, meine Tochter. Dein Verdienst. Du hättest ihn sehen sollen, als er begriffen hat, dass du ihn so kurz vor der Hochzeit hast sitzen lassen.«

»Ich denke nicht, dass ein gebrochenes Herz das Problem war.« Clara bemühte sich darum, möglichst ruhig und beherrscht zu bleiben. »Es war sein Versuch, mich gegen meinen ausdrücklichen Willen hierherzubringen. Er hat mir aufgelauert, mich in das Auto gezerrt, um mich erst zu dir und dann zu einem Nervenarzt zu bringen. Als ich mich dagegen gewehrt habe und geflohen bin, ist er mir nachgelaufen und zusammengebrochen.« Clara hatte schon auf dem Weg nach Dublin beschlossen, dass sie die Details ihrer Auseinandersetzung mit Peter für sich behalten wollte. Geschichten von Geistern und einer verlassenen Insel wirkten nicht so nüchtern und sachlich, wie sie sich gerne ihrem Vater zeigen würde.

Helmut Wolf schüttelte seinen Kopf. »Das hast du sicher falsch verstanden. Mag sein, dass du mal wieder Probleme mit deiner überbordenden Phantasie hast, aber warum sollte er dich bitte sehr gegen deinen Willen verschleppen?«

»Weil er unbedingt dein Schwiegersohn sein will, Vater. Und ich möchte, dass du begreifst, dass ich diesen Mann nicht heiraten werde.« Sie sah ihn bittend an. »Und ich möchte auch, dass du es ihm noch einmal in aller Klarheit sagst. Er soll es endlich einsehen!«

»Aber er ist perfekt für dich, mein Kind. Ihr seid ein wunderbares Paar, die Firma wird bei ihm zu neuen Höhenflügen ansetzen und du hast die Stabilität in deinem Leben, die du so dringend brauchst. Das ist doch einfach großartig!« Er sah sie ernst an.

»Das sehe ich anders.« Sie atmete tief durch. »Ich werde ihn nicht heiraten. Wenn Peter deine Firma erben soll, dann wirst du dir etwas anderes einfallen lassen müssen. Mach ihn zu deinem alleinigen Geschäftsführer, nimm ihn als Sohn an – es ist mir egal. Aber schlag dir ein für alle Mal aus dem Kopf, dass ich ihn heirate. Er passt nicht zu mir.« Sie bemühte sich, ruhig zu bleiben, und merkte doch, dass ihr Stimme unsicher klang. Sie schaffte es einfach nicht, vor ihrem Vater wie eine erwachsene Frau aufzutreten. Und sie sah, dass die kleine Ader an seinem Hals anfing zu pochen. Seit ihrer Kindheit ein sicheres Zeichen dafür, dass er sich aufregte. Auch wenn man es ihm sonst nicht ansah.

»Aber du bist doch gar nicht in der Lage zu beurteilen, wer zu dir passt und wer nicht. Bei dir müssen wir froh sein, wenn du halbwegs mit den alltäglichen Dingen des Lebens zurechtkommst. Du bist doch kaum lebenstauglich, du bist zu sehr wie …« Er brach im Satz ab und zögerte einen Moment, bevor er weiterredete. »Ich bin mir sicher, dass Peter gut für dich ist.«

»So gut, wie du für meine Mutter warst?« Clara spürte, wie das dünne Eis der Höflichkeit, um das sie beide sich bemüht hatten, allmählich bröckelte.

Dieses Gespräch würde nicht friedlich verlaufen. Weil ihr Vater von seiner Meinung nicht abweichen würde und weil sie voller Wut und Enttäuschung war. Sie atmete erneut tief durch, um sich ein wenig zu beruhigen.

»Was soll das heißen?«, fragte er sichtlich erstaunt.

»Die hast du gehalten wie einen Vogel im goldenen Käfig und du hast genau gewusst, dass sie das nicht erträgt. Nicht auf Dauer. Du wusstest, dass es sie zugrunde richten würde.«

»Deine Mutter hatte einen Autounfall. Sie …«

»Sogar Peter weiß, dass ihr Tod kein Unfall war!«, unterbrach sie ihren Vater. »Warum also immer dieses Gerede von der defekten Bremsleitung? Sie hat sich umgebracht. Punkt. Und das würde ich auch, wenn ich Peter wirklich heiraten würde. Genau das ist mir kurz vor der Hochzeit klar geworden. Deswegen bin ich weggerannt. Ich will leben!«

»Du bist theatralisch«, winkte ihr Vater ab. »Es ist keine Sache um Leben und Tod, sondern ein Fest der Liebe. Das mich sehr viel Geld gekostet hat, nebenbei gesagt. Wir reden hier über dich, nicht über deine Mutter, deren Probleme ich immer von dir ferngehalten habe und über die ich auch heute nicht reden möchte. Es ist tragisch genug, dass du so viel von ihr geerbt hast.«

»Nicht tragisch, sondern gut«, stellte Clara entschieden fest. »Denn wenn ich mehr von dir geerbt hätte, dann würde auch ich nichts anderes kennen als diese Firma und ihren Profit. Das wäre tragisch. Aber zum Glück interessiert mich das nicht. Ich ...«

»Was interessiert dich denn?«, unterbrach ihr Vater sie mit leicht erhobener Stimme. Das war neu. »Du hast nichts zu Ende gebracht, hast dich immer nur um deine Hirngespinste gekümmert und hältst Zeichnen für eine Lebensgrundlage. Das ist Blödsinn, mein Kind! Bis jetzt konntest du nur deswegen so sein, weil ich diese Firma und ihren Profit habe!«

»Keine Sorge.« Clara spürte, wie sie mit einem Mal ganz ruhig wurde. »Ab sofort wird sich das ändern. Ich möchte kein Geld mehr von dir – und auch keine Ratschläge, wenn du meinen Lebensplan für undurchführbar hältst. Ich brauche kein großes Haus und Wohlstand. Ich habe einen Mann gefunden, mit dem ich zusammenleben will, und ich denke, wir schaffen das gemeinsam. Ich wünsche mir nur noch eines von dir: Bitte, lass mich in Frieden. Mische dich nicht mehr in mein Leben ein.« Sie sah ihn fragend an. »Kriegst du das hin?«

»Aber …« Ihr Vater wollte einen Augenblick lang zu einer seiner berühmten Schimpftiraden ansetzen, das war leicht zu sehen. Dann sackten seine Schultern aber nach unten und er schüttelte den Kopf. »Nichts von dem, was ich dir Gutes getan habe, diente dazu, dich zu unterdrücken. Ich wollte dich immer nur beschützen. Vor dir selbst. Bei deiner Mutter ist es mir nicht gelungen. Sie hatte schwere Depressionen und keiner weiß, was wirklich in ihrem Kopf vorging. Sie ist irgendwann lieber stundenlang mit dem Auto umhergefahren, als mit mir zu sprechen. Der Unfall war nur die logische Folge. Vor diesem Schicksal wollte ich dich ein Leben lang bewahren. Aber ich habe das Gefühl, du möchtest nicht bewahrt werden.« Langsam schüttelte er den Kopf.

In Clara kam Mitleid mit diesem Mann auf. Sein ganzes Leben hatte er versucht, alle zu beschützen – leider auf die einzige und zugleich falscheste Weise, die er kannte: mit Geld. Und Sicherheit, die an Gefangenschaft grenzte. Nur leider hatte er nie auch nur im Geringsten geahnt, dass auch ein anderes Leben möglich war. Eines, bei dem man nicht auf sicherem Boden lief, sondern hin und wieder auch ein bisschen springen musste. Selbst jetzt sah er nicht ein, dass sie etwas Eigenes machen wollte – er sah nur den Verlust seiner Tochter. Sie beugte sich vor und legte ihre Hand auf die seine.

»Ich schaffe das«, erklärte sie. »Keine Sorge. Hör einfach auf, mein Leben bestimmen zu wollen.«

Er sah sie mit einem leichten Lächeln an. »Das werde

ich immer versuchen, mein Kind. Aber das wirst du erst verstehen können, wenn du eigene Kinder hast und erkennst, dass man sich immer Sorgen macht. Ich fürchte, das wird am Tag der Geburt eingepflanzt. So wie auch die Missverständnisse und der Streit. Besonders schlimm ist das, wenn die Kinder so ganz anders sind als man selber. Ich verstehe nicht einmal annähernd, was in deinem Kopf vorgeht. Das wusste ich schon bei deiner Mutter nicht. Bei Peter ist das anders. Mit ihm fühlte ich mich von der ersten Sekunde an seelenverwandt.«

»Da wäre ich mir nicht so sicher«, murmelte Clara.

»Wie meinst du das?« Hatte er sie eben wirklich nach ihrer Meinung gefragt?

»Er ist besessen.« Sie ignorierte seinen skeptischen Blick. »Besessen von dem Gedanken, dass er in deine Firma nur durch eine Heirat mit mir hineinkommt. Besessen von dem Gedanken, dass ich ein psychisches Problem habe, das mich davon abhält, ihn zu lieben, und das mit ein paar Pillen zu lösen ist. Oder zur Not mit Gewalt.« Sie schüttelte den Kopf. »Vater, glaub mir, Peter ist kein guter Mensch. Lass ihn nicht zu nahe an dich heran. Peter verträgt es nämlich nicht, wenn er nicht bekommt, was er will. Und er will deine Firma. Egal wie.« Sie rollte den Ärmel ihres Pullovers nach oben und zeigte ihrem Vater den Oberarm, auf dem vier leuchtend blaue Punkte zu sehen waren. »Er hat mich mit Gewalt in sein Auto gezerrt. Da ist es nicht mehr weit, und er schlägt zu. So einen Mann kannst du dir nicht ernsthaft in deiner Firma wünschen!« Sie schob den Ärmel schnell wieder nach unten. »Oder für deine eigene Tochter.«

Die eben noch versöhnliche Stimmung ihres Vaters schlug um, schneller als das Wetter auf dem Meer. »Clara, mein Kind«, zischte er wütend. »Es ist eine Sache, wenn ich akzeptieren muss, dass du ein völlig sinnloses und nutzloses Leben führen willst, obwohl ich dir wirklich alle Möglichkeiten biete, von denen ein junger Mensch nur träumen kann. Aber dass du auch noch den einzigen Mann in den Dreck ziehst, dem ich voll und ganz vertraue, kann ich einfach nicht dulden. Du musst lernen, dass Peter für mich längst ein Teil der Familie ist, egal ob ihr beide jetzt heiratet oder nicht.«

Clara wich in ihrem tiefen Sessel so weit wie möglich zurück. Ihr Vater hatte schon immer zu Jähzorn und Temperamentsausbrüchen geneigt. Aber bis zum heutigen Tag hatte sie nicht gelernt, damit umzugehen.

»Es war nur ein Ratschlag«, erklärte sie mit leiser Stimme und schnell schlagendem Herzen. »Es bleibt letztlich dir überlassen, wie du damit umgehst.«

»Und ich ziehe es vor, so zu tun, als hätte ich diesen Schwachsinn nie gehört.« Er war immer noch wütend, das konnte sie sehen. »Du musst mir unbedingt den Namen des Krankenhauses geben, in dem er liegt. Dann kann ich mich darum kümmern, dass er nach Deutschland gebracht wird, wo man sich ordentlich um ihn kümmert! Seit wann ist er denn schon dort?«

»Seit gestern. Er ist im Krankenhaus in Galway.« Sie bemühte sich um eine ruhige Stimme. »Ich denke, es geht ihm nicht sehr gut, aber vielleicht kann er schon telefonieren.«

Für einige flüchtige Sekunden hatte sie wirklich geglaubt, dass sie sich mit ihrem Vater doch noch versöhnen könnte. Doch die Sekunden waren vorbei und sie musste erkennen, dass sie mit ihrem Vater wahrscheinlich niemals eine freundschaftliche Basis finden würde. Niemals.

Mit einem kleinen Seufzen erhob sie sich aus dem Sessel. »Ich breche dann auf, der Weg an die Westküste ist weit und ich möchte nicht irgendwann vom Schlaf überrascht werden.« Sie sah ihm in die Augen und erkannte, dass er im Gedanken schon ganz bei Peter war, seinen Transport nach Deutschland organisierte und womöglich schon eine Möglichkeit suchte, diesen Mann komplett an sich und seine Firma zu binden. Die Aufmerksamkeit für seine Tochter war für diesen Tag – und wahrscheinlich die nächsten Wochen – verbraucht.

Sie wandte sich zum Gehen. »Ich lasse dich wissen, wie du mich erreichen kannst, wenn ich erst einmal einen Plan habe, wie es weitergehen soll. In der Zwischenzeit wäre ich dir dankbar, wenn du dich nicht um mich kümmerst. Vor allem wäre ich dir aber dankbar, wenn du mir keinen wild gewordenen Exverlobten mehr hinterherhetzen würdest. Ich werde Peter nicht heiraten.«

Ein Nicken war die Antwort. »Fahr vorsichtig.« Und dann überraschte ihr Vater sie doch noch einmal. Er legte ihr die Hand auf den Arm und seine Stimme klang mit einem Mal erstaunlich fürsorglich. »Ich kann dich wahrscheinlich nicht dazu überreden, eine Nacht hier im Hotel zu verbringen? Es ist doch schon finster draußen und der Weg ist weit. Ich würde mich wohler fühlen, wenn du nicht durch die Dunkelheit fahren würdest.

Noch dazu mit diesem ungewohnten Linksverkehr. Ein Unfall wäre doch wirklich überflüssig, meinst du nicht? Die Betten sind sehr bequem hier!«

Keinen Augenblick lang dachte Clara über dieses Angebot nach. Jede Zelle ihres Körpers sehnte sich zurück an die Küste, in die Arme von Sean. Sie wollte wieder frei atmen. Der Luxus und der Reichtum dieses Hotels wirkten mit einem Mal abstoßend auf sie.

Sie lächelte ihren Vater an. »Es ist sehr freundlich von dir, dass du dir Sorgen machst, aber ich fahre jetzt nach Carna und werde mit meinem neuen Laben anfangen. Mach dir keine Sorgen, ich fahre langsam, und wenn ich wirklich zu müde werde, dann fahre ich auch mal rechts ran – ich meine, links ran! – und ruhe mich aus. Ich passe auf mich auf.« Sie beugte sich vor und drückte ihm einen Kuss auf die Wange. »Ich bin zäher, als du denkst. Immerhin bin ich deine Tochter, nicht vergessen. Mach's gut, Papa.«

Und damit verließ sie die Hotelhalle.

Einen Augenblick lang blieb sie allein in der Dunkelheit stehen und atmete die Luft tief ein. Das hier war eine Großstadt, aber doch schmeckte die Luft ein winziges bisschen nach Salz. Und für Clara auch ein bisschen nach dem Versprechen auf eine wunderbare Zukunft.

## 23.

Es herrschte tiefe Dunkelheit, als sie mit ihrem kleinen Auto über die Autobahn wieder in den Westen fuhr. Außer Claras kleinem grünen Auto waren nur wenige Laster in diese Richtung unterwegs, ansonsten war es ruhig. Sie fühlte sich nicht müde, sondern spürte, wie sich ein großer Frieden in ihr breitmachte. Ihr Vater würde sie nicht mehr stören, er hatte sie aufgegeben – oder wenigsten einen winzigen Rest Verständnis für sie in irgendeiner Ecke seiner Seele gefunden. Er hatte akzeptiert, dass sie ihr eigenes Leben führen wollte. Oder zumindest hatte er vorgespielt, dass er Verständnis für sie hatte. Und das reichte ihr für den Augenblick komplett.

Wolkenfetzen zogen über den Himmel, immer wieder war der Mond für winzige Augenblicke zu sehen. Aus dem Radio erklang irische Musik voller Sehnsucht und Lebensfreude und der Sprecher unterbrach das Nachtprogramm nur selten. Sie konnte die irischen Laute ohnehin nicht verstehen.

Während sie zuhörte, fasste Clara einige Vorsätze für die nächsten Tage. Sie musste ernsthafter an ihren Skizzen arbeiten und sie dann an Verlage schicken, die Kinderbücher herausbrachten. Vielleicht war es ja wirklich möglich, aus diesem Talent wenigstens eine bescheidene Existenz aufzubauen. Und sie konnte sich nichts Schöneres vorstellen, als mit dem Blick über Galway Bay für Kinder neue Welten zu entwerfen.

Schneller als erwartet tauchten die Schilder von Galway wieder vor ihr auf. Sogar das Krankenhaus war ausgeschildert, aber sie vertraute Peters Zukunft lieber dem Eifer ihres Vaters an. Und wie sie den kannte, wurde Peter noch heute nach Deutschland ausgeflogen, um eine »ordentliche« Behandlung zu bekommen. Auch wenn sie keine Ahnung hatte, wie sich die von der »unordentlichen« Behandlung hier in dieser Stadt unterscheiden sollte.

Nein, sie folgte lieber den Schildern in Richtung Clifden und fand sich nach einer Unzahl von Kreisverkehren auf der Küstenstraße nach Carna wieder. Wie bei ihrer ersten Fahrt sah sie zu ihrer Linken das Meer glitzern, diesmal reflektierte sich allerdings das Mondlicht darin, vorgelagerte Inseln und große Steine lagen wie dunkle Kreaturen aus der Vorzeit im Wasser. Einen Augenblick lang erinnerte sie sich an die Kinder von Dun Aenghus und ihre ängstlichen Gesichter. Wer wusste schon, was damals wirklich aus dem Meer aufgetaucht war? Vielleicht waren es große Urzeitkreaturen, die die dunkelsten Ängste der Menschen weckten.

Es war weit nach Mitternacht, als sie endlich auf den Parkplatz des Hotels einbog. Der Pub war längst dunkel.

Clara drehte den Zündschlüssel um und blieb noch einen Augenblick lang im Auto sitzen. Es war vorbei. Zum ersten Mal in ihrem Leben war sie wirklich frei.

Langsam stieg sie aus dem Auto und drückte die Türe möglichst leise zu, um niemanden zu wecken. Aus der Ferne hörte man das leise Rauschen des Meeres, der Wind strich mit einem leisen Pfeifen durch das hohe Gras und die Ginsterbüsche. Sie sah erst zu dem dunklen Hotel hin, dann zu dem unfertigen Haus, das seit einem Jahrhundert als Ruine an der Straße stand.

Etwas daran zog sie heute magisch an und sie bewegte sich langsam auf das Haus zu, ging durch die Türöffnung und sah sich im Mondlicht um. Diese Wände hatte ein Mann in der Hoffnung gebaut, hier eines Tages mit seiner großen Liebe zu leben. Hier sollte eigentlich das Lachen zu Hause sein, stattdessen hatte das Haus nicht einmal ein Dach bekommen, und heute schliefen hier höchstens noch Vögel, Mäuse und Ratten.

Clara schloss für einen kurzen Moment die Augen, die nach der langen Autofahrt brannten. Als sie sie wieder öffnete, stand mit einem Mal eine schlanke, schwarzhaarige Frau vor ihr, die sie aus den gleichen hellen blauen Augen liebevoll anlächelte, die sie selber hatte.

»Komm, ich zeige dir etwas«, hörte Clara sie sprechen. Sie ließ sich willig führen – und sah mit einem Mal verputzte Mauern mit Fenstern, helle Möbel und Drucke von alten Schwarz-Weiß-Fotos an den Wänden um sich herum. Auf dem Boden sorgten bunte Teppiche für eine fröhliche Stimmung. Ein kleines Mädchen krabbelte leise vor sich hinbrabbelnd durch den Raum. Am Fenster sah

Clara … sich selbst. Vor einer Leinwand stehend, einen Zeichenstift in der Hand und mit einem glücklichen Ausdruck im Gesicht.

Ihre Führerin deutete auf die idyllische Szene. »Das alles kann deines sein, wenn du nur willst. Hab keine Angst, eine hellere Zukunft zu fordern. Ich bin mir sicher, dass du nicht meine Fehler wiederholen wirst. Deine Zukunft kannst du jetzt endlich in die eigenen Hände nehmen.«

Clara begriff, dass diese Frau ihre eigene Mutter war, und sie sah sich noch einmal in dem wunderschönen, sonnendurchfluteten Raum um. Sie wusste, dass die Bilder nur ihrer Phantasie entsprangen, aber sie ahnte auch, dass sie eines Tages Wirklichkeit werden konnten. Das war es, was ihre Mutter ihr hier zeigen wollte. Eine mögliche Zukunft, ein guter Plan.

Sie sah diese zierliche, freundliche Frau, die ihr so sehr glich, neugierig an. War diese Vision die erste oder die jüngste, die ihre Mutter ihr schenkte? War ihre Mutter der Grund, warum sie schon immer mehr sah, als andere Menschen erkennen konnten? Hatte ihre Mutter zuletzt mit den Bildern von Eamon und Fionnuala dafür gesorgt, dass sie sich in der Sache mit Peter so sicher wurde? Warum dieser Umweg? War sie der Ursprung ihrer Gabe? Und warum hatte ihre Mutter für das eigene Leben keine Visionen finden können?

Fragend drehte Clara sich um. »Warum hast du nichts unternommen? Warum war der Unfall der einzige Ausweg? Ein Ausweg, mit dem du mich so schrecklich allein gelassen hast?«

Aber die Frau war weg und Clara sah plötzlich wieder nur die nackten Steine der Mauern im Mondlicht.

Sie schüttelte den Kopf. Es mochte sein, dass Sean ihre Gabe für etwas ganz Besonderes hielt, sie für ihren Teil konnte allerdings gut darauf verzichten, dass sie immer wieder andere Wahrheiten sah als alle anderen Menschen.

Aber ... was hatte sie gerade erkannt? Sie sollte dieses Haus, das in Liebe errichtet worden war, wieder herrichten und hier gemeinsam mit Sean leben. Mit gerunzelter Stirn sah sie sich genauer um. Liam war offensichtlich der Blick in Richtung Meer wichtig gewesen – alle Fenster waren daraufhin ausgerichtet und ungewöhnlich groß angelegt für ein Haus aus dem vergangenen Jahrhundert. Wahrscheinlich hatte er davon geträumt, von hier aus mit seiner geliebten Fionnuala nach Feenish hinüberzusehen und ihren Enkeln davon zu erzählen, wie Fionnuala in der Nacht durch das Meer zu ihrem Geliebten gefunden hatte.

Sie stellte sich vor, wie sie gemeinsam mit Sean hier frühstücken würde, den weiten Blick über die Wiesen und die Mauern hin zum Meer genießen konnte – und das Haus endlich seiner eigentlichen Bestimmung nachkommen würde: ein Haus der Liebe zu sein.

Sie lächelte. Der Gedanke fühlte sich gut an.

Aber jetzt wurde es langsam wirklich Zeit, dass sie endlich ins Bett kam und ihrem übermüdeten Körper und den brennenden Augen ein bisschen Pause gönnte.

Vorsichtig schob sie wenige Augenblicke später die Tür zum Pub auf und ging möglichst leise an der schwach beleuchteten Rezeption vorbei.

»Schön, dass du da bist!«, erklang Seans warme Stimme vom Kamin her. »Ich habe mich schon gefragt, was du so lange da draußen machst.«

Clara fuhr herum. Sein Gesicht war von der schwachen Glut kaum noch beleuchtet, das Feuer war schon lange heruntergebrannt.

»Du hast auf mich gewartet!«, sagte sie überrascht.

»Aber sicher!«, erklärte Sean. »Solange ich auch nur den Hauch einer Chance habe, dass du noch kommst, werde ich auch auf dich warten. Darauf kannst du dich verlassen.« Er musterte sie genauer. »Du siehst wunderschön aber müde aus«, stellte er schließlich fest.

Clara ließ sich in den Sessel neben ihm fallen. »Bin ich auch. Solche Tage brauche ich in meinem Leben nicht allzu häufig.«

»Wie war es denn?«, fragte Sean nach. »Möchtest du darüber reden?«

Statt einer Antwort nahm Clara seine Hand. »Mein Vater war erstaunlich friedlich«, erklärte sie endlich. »Nur von seiner Affenliebe zu Peter möchte er nicht lassen. Da kann ich ihm aber auch nicht helfen – vielleicht passen die beiden ja auch wirklich perfekt zusammen. Uns wird mein Vater auf jeden Fall in Ruhe lassen. Er versteht mich nicht, aber er will mich jetzt auch nicht mehr ändern. Das muss ich wohl als eine Art Erfolg ansehen.«

Sean drückte ihre Hand. »Das ist es. Und was hast du gerade da draußen gemacht? Ich habe dein Auto doch schon vor einer halben Stunde gehört. Ich hatte kurz Angst, du fährst doch lieber weiter und suchst dir noch einmal ein anderes Leben.«

»Keine Sorge«, lachte Clara. »Mich wirst du nicht mehr los. Nein, ich habe mir das alte Haus auf der anderen Straßenseite angesehen.«

»Mitten in der Nacht?« Seans Stimme war seine Verwunderung anzuhören. »Das ist gefährlich, da drüben gibt es jede Menge loser Steine. Meine Mutter hat uns Kindern immer verboten, da drüben zu spielen. Und um diese Uhrzeit konntest du doch ohnehin nichts sehen, oder?«

»Wie man es nimmt«, erklärte Clara. »Ich habe gesehen, wie wir da drüben leben. In einem hellen, freundlichen Haus mit bunten Farben, Blick aufs Meer und ganz viel Glück. Ich glaube, das sollten wir machen.«

»Das Haus?« Seans Stimme waren seine Zweifel anzuhören. Dann sah er sie an und begann zu lächeln. »Ich müsste mir erst einmal ansehen, wie es da mit der Bausubstanz bestellt ist. Wenn mich nicht alles täuscht, dann gehört diese Ruine sogar meiner Mutter.« Erst in diesem Moment wurde ihm klar, was Clara da eigentlich gesagt hatte. »Heißt das, du willst hierbleiben? Bei mir? Für länger?«

Clara nickte und sah ihn ernst an. »Wenn du mich haben willst, dann würde ich gerne hierbleiben. Für immer. Ich glaube, wir könnten sehr glücklich werden.«

Sean beugte sich zu ihr und gab ihr einen langen, zarten Kuss. »Das glaube ich auch«, flüsterte er.

»Und deine Arbeit? Glaubst du, es gibt eine Möglichkeit, dass du nicht immer gleich für ganze Monate irgendwo in Europa arbeiten musst?« Sie sah ihn fragend an. »Verstehe mich nicht falsch, ich warte hier gerne auf dich. Ich möchte nur wissen, worauf ich mich wohl einstellen muss. Ich denke, die Wochen können hier im Winter ziemlich lang und dunkel werden.«

Er nickte. »Das werden sie, das kannst du mir glauben. Wer hier zum Trübsinn neigt, der kann sich im Winter eigentlich nur begraben oder ständig betrinken.« Er dachte nach. »Ich werde einen Weg finden, nicht mehr so viel weg zu sein. Vielleicht gibt es in Galway oder Clifden etwas zu tun. Es zieht mich nicht mehr fort.« Er sah sie lange an. »Vielleicht spezialisiere ich mich auch auf das Renovieren dieser alten Cottages und fange gleich mit unserem eigenen an. Klingt das wie ein guter Plan?«

»Wie der beste, den ich je gehört habe.« Clara legte ihre Hand an sein Gesicht. »Was gab es hier Neues? Hat sich die Polizei noch einmal gemeldet?«

»Ja«, nickte Sean. »Sie haben den Tatort noch einmal genauer untersucht. Das Haus und die Umgebung. Hat wohl nichts Großes ergeben. Sie haben dabei nur ein altes Grab gefunden, das nirgendwo verzeichnet war. Feenish hat keinen Friedhof, deswegen waren sie ziemlich überrascht. Wer lässt sich schon freiwillig im Sand von Feenish verscharren?« Sean sah sie verständnislos an.

»Standen da nur die Jahreszahlen drauf? 18… irgendwann bis 1917? Dann habe ich das auch gesehen und mich gefragt, wer da liegt.« Lebhaft erinnerte Clara sich daran, wie sie diesen Grabstein entdeckt hatte. Oder besser: darüber gestolpert war.

»Ja, das muss er sein. Sie machen gerade Untersuchungen, ob da wirklich jemand drin liegt und ob man sich darum kümmern muss, damit er in geweihte Erde kommt.«

Er lächelte. »Ich habe ihnen gesagt, dass manche Menschen einfach nie die Insel verlassen wollten und dafür gesorgt haben, dass sie dort auch begraben wurden. Wenn sie den letzten Wunsch dieses Menschen respektieren wollen, dann sollten sie ihn einfach genau dort liegen lassen, wo er gerade ist.«

»Wahrscheinlich irgend so ein armer Teufel«, nickte Clara. »Und von den beiden anderen haben sie nichts erzählt?«

»Nichts, was wir nicht schon wissen. Der Mord ist etwa hundert Jahre her, kein Grund mehr, ein Strafverfahren einzuleiten. Die beiden werden irgendwann nächste Woche auf dem Friedhof hier in Carna beerdigt. Ich habe der Polizei gesagt, dass wir inzwischen ziemlich sicher wissen, um wen es sich bei den beiden Toten handelt. Es spricht wohl nichts dagegen, dass wir sie unter diesen Namen beerdigen.«

»Wir legen sie wieder zusammen in ein Grab«, bemerkte Clara leise. »Dann sind sie wenigstens im Tod vereint. So wie seit hundert Jahren.«

Er küsste sie sanft auf die Schläfe. »Und jetzt sollten wir endlich ins Bett gehen. Morgen ist ein neuer Tag – und da fangen wir dann den Rest unseres gemeinsamen Lebens an.« Hand in Hand gingen sie die Treppe nach oben in das Zimmer, in dem Clara schon die letzten Tage verbracht hatte.

Als sie die Türe öffneten, waren die bodentiefen Fenster geschlossen. »Ich denke, sie haben jetzt ihren Frieden«, murmelte Clara und sah hinüber nach Carna.

Kein Licht blinkte mehr durch die Dunkelheit. Die

Insel lag verlassen und dunkel da. Das Mondlicht kletterte langsam über den alten verwitterten Grabstein, der dort einsam lag, und der unablässige Wind trieb etwas Sand über die Insel.

Entschlossen zog Clara die Vorhänge zu. Es war an der Zeit, dass die Geister der Vergangenheit endlich zur Ruhe kamen.

# New York, 1917

Der Mann ging mit langsamen, zögerlichen Schritten am Hudson entlang. Seine Anzugjacke, die er mit einer Hand zuhielt, um sich gegen den frischen Frühlingswind zu schützen, hing ihm viel zu weit um die Schultern und nur ein grober Gürtel hinderte seine Hose daran, einfach herunterzurutschen. Die Kappe auf seinem Kopf glänzte speckig.

Die Schultern hatte er leicht hochgezogen, während er sich gegen einen Poller an einem der Landungsstege lehnte und auf den breiten Fluss sah, auf dem sich an diesem Tag wieder die Schiffe aneinanderdrängten. Immer wieder ertönte ein Nebelhorn, ohne dass dafür ein Grund zu erkennen war.

Reglos sah er eine Zeit lang dem Treiben zu und genoss dabei die Sonne auf seinem Gesicht. Sie wärmte zwar noch nicht, aber sie fühlte sich gut an, auf seiner viel zu blassen Haut.

Als er endlich weiterging, bewegte er sich so langsam, wie nur Menschen es tun, die kein Ziel haben. Er sah die hohen Häuser mit den engen Feuerleitern an, als wäre er das erste Mal in Manhattan. Endlich erreicht er belebtere Straßen und schließlich einen kleinen Platz. Hier drängten sich die Menschen, einige hielten sogar Banner in die Höhe, die der einsame Wanderer neugierig las. »Wir sind bereit, wenn man uns braucht!«, stand auf dem einen. Und auf dem nächsten: »Erinnert euch an die Lusitania!«

Neugierig wandte er sich an einen Mann, der neben ihm stand. »Was geht denn hier vor?«

Ein verwunderter Blick war die Antwort. »Das weißt du nicht? Auf welchem Planet hast du denn in den letzten Wochen gelebt?«

»Ich hatte einige Probleme und habe mich nicht wirklich um etwas gekümmert«, erklärte er. »Aber jetzt kann ich meine Augen wohl nicht mehr verschließen. Was ist los?«

»Krieg«, war die knappe Antwort. »Wilson hat den Deutschen endlich den Krieg erklärt. Jahrelang haben sie ihm auf der Nase herumgetanzt und er hat nicht reagiert. Aber jetzt ist das vorbei, jetzt sind die Krauts endgültig zu weit gegangen!«

»Was haben sie denn getan?«

»Sie haben den Mexikanern doch tatsächlich Texas und Neumexiko angeboten, wenn sie uns den Krieg erklären. Das kann man doch nicht einfach so hinnehmen, oder? Obwohl ich für einen Moment geglaubt habe, dass dieser Schlappschwanz sich doch wieder nur mit einer lahmen Entschuldigung zufriedengibt.« Der Mann schnaubte durch die Nase, um sein Missfallen gegenüber dem Präsidenten deutlich zu machen.

»Ich dachte, er wurde extra gewählt, weil er uns aus

dem Krieg herausgehalten hat? Die Slogans, die ich gelesen habe, sagten doch immer, dass ich ihn wieder wählen müsste, gerade weil er dafür gesorgt hat, dass Amerika keinen Krieg führt.« Er sah sein Gegenüber fragend an.

Der zuckte mit den Achseln. »War nie meine Meinung. Wenn du mich fragst, dann hätte man da schon lange mal zuschlagen sollen. Als ob man jemals ein anderes Land mit schönen Reden besiegt hätte. Obwohl … wahrscheinlich kann einen dieser Wilson auch totquatschen.«

»Und was machen die hier?« Der blasse Mann deutete auf die Männer, die in einer Ecke des Platzes eine Schlange bildeten.

»Man kann sich da für die Armee registrieren. Da können alle, die den Deutschen mal richtig einheizen wollen, das Richtige tun.«

»Und du?«

Der Mann hob abwehrend die Hände. »Ich habe eine Frau, die mir solche Abenteuer verbietet. Wenn ich in Uniform heimkomme, dann bekomme ich eine Pfanne über den Schädel, dass ich im Krankenhaus und nicht an der Front lande … Und du?«

»Ich?« Einige Sekunden zögerte der dünne Mann noch. Dann fasste er einen Entschluss. »Stimmt. Ich sollte in die Armee eintreten. Ich hoffe, die nehmen mich!« Mit diesen Worten machte er sich auf den Weg zur anderen Seite des Platzes und stellte sich geduldig in eine Reihe mit anderen Männern, die alle aufgeregt durcheinanderredeten. Von der Pflicht für das Vaterland, dem Bösen und der Überlegenheit der Amerikaner. Er redete nicht mit, sondern wartete schweigend, bis er an der Reihe war.

Der Offizier, der die Liste führte, sah ihn freundlich an. »Dein Name?«

»Eamon Devlin. Kaufmann. Wann geht es los?«

Der Uniformierte lachte. »Langsam. Militärische Erfahrung?«

»Nein. Aber ich kann gut mit der Waffe umgehen.«

»Das ist gut. Was hast du zuletzt getan?«

Eamon zögerte einen Augenblick. Dann zuckte er mit den Schultern. »Ich war im Gefängnis. Wegen einem Missverständnis, ich habe nichts Unrechtes getan. Aber seit heute Morgen bin ich ein freier Mann. Und es kann doch kein Zufall sein, dass ich ausgerechnet an dem Tag, an dem wir in den Großen Krieg ziehen, wieder auf freien Fuß komme. Ich habe niemanden, auf den ich Rücksicht nehmen muss ...«

»Ein Missverständnis, hm?« Der Offizier sah ihn einige Sekunden lang prüfend an. »In unserem Land bekommt jeder eine zweite Chance. Du kannst beweisen, dass du ein echter Amerikaner bist. Melde dich morgen bei deiner Einheit.« Damit drückte er ihm einen Zettel in die Hand und wandte sich dem Nächsten in der Reihe zu.

Eamon machte ein paar Schritte und sah auf den Zettel. Er war zwar nur ein einfacher Gefreiter, aber er war ein Soldat. Er war kein Niemand mehr. Nicht wie die letzten Jahre, die vergangen waren, seit er mit dieser verfluchten Bürste erwischt worden war. Sein Glück hatte ihn damals verlassen. Das hatte er an jedem einzelnen Tag gewusst. Tagein, tagaus, wenn er zum Arbeitsdienst angetreten war oder dünne Suppe für die Gefangenen gelöffelt oder das Schnarchen seiner Leidensgenossen in der Nacht gehört hatte. Wenn er die Stunden gezählt hatte, bis er endlich wieder ein freier Mann sein würde. Wenn seine Sehnsucht nach ein wenig Zuwendung und nach seiner wunderschönen Frau Fionnuala ihn übermannt hatten. Und auch der Hass auf sie.

Mit ihrer Untreue hatte es angefangen. Sie hatte sich von diesem Liam verführen lassen und ihn, Eamon, damit ins Unglück gestürzt. Und jetzt war er einsam und so fern der Heimat. Hatte keinen Plan für die Zukunft und auch keine Hoffnung mehr.

Da konnte er ebenso gut Soldat werden. Mit ein bisschen Glück bewährte er sich an der Front und konnte in einem Jahr, mit Orden behängt, zurück nach Amerika kommen. Veteranen wurden doch sicher angestellt. Womöglich wurde er dann doch noch Verkäufer bei Macy's oder Wanamaker's. Die Uniform konnte sein Ticket in eine bessere Welt sein, in ein neues Leben. Er drückte seinen Rücken durch und richtete sich auf.

Vielleicht konnte er das Glück doch noch dazu bringen, endlich wieder auf seiner Seite zu sein. Es konnte doch nicht sein, dass es ihn einfach von einem Tag auf den nächsten verlassen hatte – so wie die Treue seiner geliebten Frau ihn damals verlassen hatte.

Mit einem entschlossenen Zug um den Mund machte er sich auf den Weg in Richtung seiner alten Unterkunft. Vielleicht fand sich in dieser Absteige ja noch ein Bett für die Nacht. Die Hoffnung, dass noch einer von seinen Freunden von damals dort lebte, war gering. Außerdem ging es ihm wirklich nur um ein Bett. Morgen fing sein neues Leben an. Wenn er nur erst einmal eine Uniform tragen würde, dann würde es keiner mehr wagen, in ihm nur einen diebischen Paddy zu sehen …

Der Weg war weit und die Dämmerung senkte sich schon über die Stadt, als er endlich an die Tür klopfte. Die Vermieterin öffnete die Türe nur einen Spalt breit und sah ihn misstrauisch an. »Was willst du?«

»Ich habe hier gewohnt. Vor sechs Jahren. Wollte nachfragen, was aus meinen Sachen geworden ist.«

Sie sah ihn mit einem Blick des Erkennens an, dann flog die Tür wieder zu. »Ich hebe nichts auf und ganz besonders nicht für einen Dieb, so wie du einer bist. Habe alles verkauft, um die ausstehenden Mieten noch zu bekommen«, keifte sie durch die Türe. »Verschwinde, sonst hole ich die Polizei!«

Eamon drehte sich um und ging ohne Widerspruch die Treppe wieder hinunter auf die Straße, in der das Leben jetzt zur Feierabendzeit nur so tobte. Was half es, dieser Frau zu erklären, dass sie nicht das Recht gehabt hatte, seine Sachen zu verkaufen? Dass er die Miete damals schon im Voraus gezahlt und ihr deswegen ganz bestimmt nichts geschuldet hatte? Einem Mann, der eben erst aus dem Gefängnis gekommen war, glaubte niemand.

Auf der Straße waren immer noch Menschen mit den bunten Bannern und Kokarden in den Farben der Flaggen unterwegs, sogar Frauen kamen vorbei – sie wollten offensichtlich als Krankenschwestern für das Vaterland arbeiten.

Eamon fasste in seine Hosentasche und fingerte an dem wenigen Geld, das er hatte. Konnte er sich ein Bier leisten und dabei vielleicht wenigstens die erste Hälfte der Nacht verbringen? Das erschien ihm wie eine gute Idee. Er verschwand in dem ersten Ausschank, der mit seiner irischen Flagge über der Tür zeigte, dass hier niemand Bedenken gegen Iren hegte.

Es dauerte nicht lange und vor ihm stand sein Glas mit feinem Ale. Er nahm einen langen Zug und genoss den Geschmack. Jetzt kam die Wendung zum Guten, da war er sich sicher.

Ein Mann ließ sich neben ihm auf einen Barhocker fallen und schlug ihm freundlich auf die Schulter.

»Fast hätte ich dich nicht erkannt, aber du bist es doch, oder? Eamon?«

Er sah auf und sah direkt in das ewig freundliche Gesicht von Roddy, seinem alten Zimmergenossen. Zwei oder drei Falten mehr, die Haare mit ein paar weißen Strähnen durchzogen – aber immer noch unverkennbar sein Freund aus längst vergangenen Zeiten. Eamon spürte, dass ihm fast die Tränen in die Augen stiegen. Seit sechs Jahren das erste Mal, dass ihn ein Mensch freundlich ansprach und nichts von ihm wollte.

Er strahlte sein Gegenüber an. »Klar bin ich das! Trinken wir ein Bier zusammen? Das heißt, ich kann dich leider nicht einladen, ich habe …«

Roddy legte seine schwielige Hand auf Eamons Hand. »Kein Problem, Kumpel. Ich weiß, wo du in den letzten Jahren gewesen bist. Muss eine harte Zeit gewesen sein. Das kann ich mir vorstellen. Nein, ich lade dich ein.« Er lächelte sein typisches Grinsen. »Ich habe seit ein paar Jahren eine gute Stelle. Ich kann mir das leisten.«

»Du wohnst also nicht mehr bei der Schreckschraube?«

»Nein, auf keinen Fall. Ich habe eine Wohnung zwei Straßen weiter. Ich komme nur immer noch gerne hierher. In den Kneipen, die von Iren geführt werden, fühle ich mich einfach am wohlsten und ich muss meinen Akzent nicht verstecken.« Roddy zuckte mit den Schultern. »Paddys sind in dieser Stadt in den letzten Jahren nicht beliebter geworden, das kannst du mir glauben.«

»Was machst du jetzt? Wo arbeitest du?« Eamon sah seinen Freund aus längst vergangenen Tagen neugierig an.

»Erinnerst du dich an die Fabrik weiter oben auf der Insel, in der Nähe vom Times Square? Da hat sich in den letzten Jahren das Viertel der Schneider und Textilfabriken gebildet. Auf jeden Fall: In dieser Fabrik bin ich jetzt Vorarbeiter. Ich muss nicht mehr selber schuften, sondern sage den anderen, was sie schuften sollen. Viel besser, das kann ich dir sagen.« Er lachte Eamon an. »Und du? Was sind denn deine Pläne? Wo wohnst du?«

Eamon zögerte. »Ich bin heute erst rausgekommen. Die Schreckschraube will mich nicht einmal für eine Nacht bei sich schlafen lassen. Also bin ich hierher, damit ich wenigstens einen Teil der Nacht ein Dach über dem Kopf habe. Und ab morgen bin ich bei der Armee. Die haben mich sofort genommen. Ich habe mir gedacht, eine Uniform macht mich wieder zu einem ehrbaren Menschen … Dabei habe ich nie etwas Unrechtes getan, das musst du mir glauben.« Er sah Roddy mit großen Augen an.

»Tu ich ja« beschwichtigte Roddy ihn, um dann nachdenklich weiterzureden. »Zur Armee? Stimmt, die haben heute ja überall dazu aufgerufen, dass man sich freiwillig melden soll. Die Einberufungsbefehle an die jungen Männer sind heute auch rausgegangen. Wilson hat wohl beschlossen, dass er diesen Krieg möglichst schnell beenden will, wenn er schon mitmachen muss. Ist eine schmutzige Sache da drüben – wenn auch nur die Hälfte von dem stimmt, was man so hört. Die Deutschen haben Giftgas, das die Lunge auffrisst, und es soll Granaten geben, die 30 Menschen gleichzeitig töten können. Es ist wie eine Fabrik zum Menschentöten.«

»So schlimm wird es schon nicht sein«, beschwichtigte Eamon. »Oder kennst du jemanden, der wirklich dort war? Ich denke, es kann in meinem Leben nicht mehr schlimmer werden. Und nach dem Krieg behandelt man mich endlich wieder mit mehr Respekt.«

Roddy schüttelte langsam den Kopf. »Da bin ich mir nicht so sicher. Die Schwarzen dürfen auch in den Krieg ziehen – aber ob sie dafür mehr geachtet werden, das glaube ich nicht. Genauso geht es uns Iren. Solange wir Katholiken zur heiligen Mutter Gottes beten, werden sie uns verachten.«

»Seit wann bist du denn ein Negerfreund?« Eamon sah seinen Freund misstrauisch an. Der winkte ab. »Bin ich ja gar nicht. War nur ein Beispiel, wie wenig es bringen kann, wenn man sein Leben für das neue Vaterland opfert.« Er deutete auf das leere Bierglas, das vor Eamon auf dem Tresen stand. »Möchtest du noch eines? Und du kannst natürlich bei mir schlafen. Ist zwar nur eine Decke auf dem Boden, aber ist vielleicht besser als ein Platz im Park, oder?«

»Du bist ein echter Freund«, nickte Eamon. »Ein Bier und ein Dach über dem Kopf. Das ist alles, was ich jetzt brauche. Und du wirst schon sehen – wenn ich aus dem Krieg wiederkomme, dann werde ich hier endlich mein Glück machen.«

Roddy sah ihn an. »Das wünsche ich dir, mein Freund. Wirklich. Das wünsche ich dir.« Nachdenklich nahm er einen tiefen Schluck. »Und du glaubst wirklich, dass dein Plan aufgeht?«

## Bathelémont, sieben Monate später

»Scheißkalt! Das ist hier ja fast so schlimm wie New York!«, schimpfte Roddy, als er sich neben Eamon fallen ließ. »Und ich dachte immer, in Frankreich gebe es nur Sonnenschein, feinen Wein und leckeres Essen. Alles Betrug.«

Eamon rutschte ein wenig, um seinem Freund Platz zu machen. »Im Sommer wird sicher alles besser.«

»Im Sommer will ich wieder in New York sein und als Held gefeiert werden«, knurrte Roddy. »Du erinnerst dich? Deswegen bin ich mit auf dieses Abenteuer gegangen. Weil du mich überzeugt hast, dass wir mit einer Uniform in Amerika groß rauskommen. Tolle Idee, wirklich! Wenn ich diesen Krieg nicht überlebe, dann bringe ich dich um.«

Statt einer Antwort pfiff wieder eine Granate der Deutschen über ihre Köpfe hinweg und zerschellte in einem Krater, keine hundert Meter entfernt. Erdfontänen spritzten auf und sie konnten die Druckwelle bis zu ihrem Graben spüren, in dem sie jetzt seit einer Woche auf Befehl ihres Offiziers lagen. Sie hatten schnell gelernt, ihre Köpfe einzuziehen und sich tief zu ducken, wenn diese Dinger kamen.

»Bis jetzt ist noch kein einziger Amerikaner gestorben«, beruhigte Eamon seinen Freund. »Die schicken uns schon nicht dahin, wo es wirklich gefährlich wird.«

»Du bist und bleibst ein blauäugiger Paddy«, knurrte Roddy. »In jedem Krieg sterben Menschen und in diesem sterben besonders viele. Irgendwann werden es auch Amerikaner sein. Die haben nicht Millionen Männer in Uniform gesteckt, bloß weil es hübsch aussieht und die Mädels auf so etwas stehen.«

Wieder krachte eine Granate unweit von ihnen in den Boden. Ein Offizier bellte einen Befehl durch den Schützengraben und alle Männer sprangen gehorsam auf. Angriff.

Roddy sah seinen Freund an. »Habe ich dir doch gesagt. Heute geht es los.«

Wie Ameisen kletterten die Männer aus ihrem Schutz, brachten ihre Waffen in den Anschlag und rannten auf den kleinen Weiler zu. In den wenigen Häusern – es waren höchstens sieben oder acht – hatten sich die Deutschen verschanzt und schossen aus allen Rohren.

Eamon rannte über den weichen, nassen Boden und sah mit einem Mal einen jungen, rothaarigen Schotten neben sich zu Boden gehen. Kurz darauf den ständig gut gelaunten Kerl, mit dem sie während der Ausbildung so viel Spaß gehabt hatten. Dann noch einen. Eamon konnte aber nicht erkennen, wer es war. Dann traf eine Granate eine ganze Gruppe.

Er rannte schneller, schoss, rannte weiter und hoffte

auf ein Wunder. Das Wunder, dass ihn alle Kugeln verfehlen würden, dass er einen unsichtbaren Schutz um sich herum hatte, dass er einfach Glück hatte.

Sie erreichten die Häuser und unter schwerem Beschuss kämpften sie sich in eine kleine Kate am Rand hinein. Dort überraschten sie ein paar Soldaten, die immer noch aus dem Fenster schossen und nicht bemerkt hatten, dass ihre Feinde längst durch die Hintertür kamen. Entsetzte Blicke, Schüsse, der Geruch nach Blut und abgeschossener Munition. Nach Eisen und Rost.

Es wurde ein Tag, an dem sie nicht einmal eine Pause hatten, um zu pinkeln. Soldaten starben auf beiden Seiten, doch Roddy und Eamon blieben Seite an Seite, bis es dunkel wurde und die Kämpfe endlich schwächer wurden. Sie drängten sich in dem Haus zusammen, das sie zuletzt erobert hatten.

»Was passiert mit all den Toten?«, fragte einer der Männer leise.

»Nichts. Wir lassen sie liegen, bis sie verrotten«, erklärte ein anderer. »Es wäre zu gefährlich, wenn wir sie jetzt einsammeln und begraben würden.«

Eamon schloss für einen kurzen Moment die brennenden Augen. Dieser Tag war ein einziger Albtraum gewesen. Bis dahin hatte er in seinem Leben nur ein einziges Mal Tote gesehen. Bei dem Gedanken an die beiden leblosen, ineinander verschlungenen Körper spürte er Wut in sich aufsteigen. Damals war er im Recht gewesen. Wie hatte Fionnuala es nur wagen können, nicht mit ihm nach Amerika zu kommen? Ihm, dem angesehenen Kaufmann, hatte sie diese Ratte vorgezogen. Liam. Wenn er nicht seine wunderschöne, junge Frau haben konnte, dann sollte sie niemand haben. Er erinnerte sich an das wallende Blut und an den Hass in seinen Adern. Und an seine Enttäuschung über die Untreue seiner Frau, an das Gefühl, dass sie ihm etwas geraubt hatte, was ihm zustand. Und er erinnerte sich auch an das Gefühl, als die Schürhaken auf ihre Körper getroffen waren. Es hatte sich gut angefühlt. Das war seine Rache für das erlittene Unrecht gewesen. Mit jedem Schlag hatte er sich damals ein bisschen für das erlittene Unrecht gerächt. Rache war eine gute Sache, Rache war gerecht.

Aber dieses Schlachten heute? Diese vielen Männer, die jetzt, von Kugeln und Granaten zerfetzt, da draußen lagen, während sich die Dunkelheit der Nacht über sie legte? Das konnte doch nicht der Plan eines höheren Herrn sein! Oder der Wille von irgendeinem vernunftbegabten Menschen, den eine Laune des Schicksals zum General gemacht hatte!

»Willst du auch ein Stück?« Roddy riss ihn aus seinen Überlegungen und hielt ihm einen Kanten Brot hin. »Du hast doch bestimmt auch den ganzen Tag nichts gegessen und ich glaube, hier bekommen wir nichts anderes.«

Einer der anderen Jungs kramte in seinem Tornister und brachte eine Hartwurst hervor. »Das hätte ich fürs Abendessen!« Der Reihe nach fand jeder irgendetwas bei sich – auch Eamon hatte immerhin eine Handvoll getrockneter Apfelringe in seinem Gepäck. Er konnte sich nicht einmal erinnern, wann er die eingesteckt hatte.

Sie kauten auf dem Essen und tranken etwas Wasser aus ihren Trinkflaschen, das abgestanden und schal nach Blech schmeckte. Anfangs sprach keiner, doch dann begann der Erste, ein paar Witze zu reißen, in denen Frauen und ihre mangelnde Hygiene und Fische eine Rolle spielten. Ein anderer versuchte ihn zu übertrumpfen, dabei ging es um Schafe und Männer. Gelächter stieg aus dem Haus auf. Irgendwann zückten sie Karten und versuchten den Tag zu vergessen.

Später, als alle schon schliefen, dachte Eamon wieder an die Toten und Sterbenden draußen auf den Feldern. Wie hatte er sich nur so sicher sein können, dass er aus diesem Krieg heimkehren würde?

»Roddy? Bist du noch wach?«, flüsterte er in die Dunkelheit.

»Nein. Ich schlafe«, kam die Antwort seines Kameraden, der nur deswegen hier lag, weil Eamon ihn dazu überredet hatte. Ihn vielmehr überzeugt hatte, weil er lieber nicht allein in die Armee wollte. Nur Eamons wegen lag Roddy jetzt hier auf dem Boden einer Küche irgendwo in Frankreich.

»Kannst du mir etwas versprechen?« Eamons Stimme klang drängend.

»Schon wieder eine von deinen Ideen?« Roddy klang müde. »Für heute bin ich daran nicht mehr interessiert.«

»Nein. Wenn mir etwas passiert – kannst du dich darum kümmern, dass ich nicht hier in Frankreich beerdigt werde? Ich will nach Hause, ich will nach Irland. Ich will zurück auf meine Insel. Ich will dahin, wo meine Frau liegt. Kannst du das für mich machen? Bitte?«

»Rede keinen Schwachsinn. Uns passiert nichts. Das hast du mir versprochen, erinnerst du dich? Uns kann gar nichts passieren.« Roddys Stimme klang fest, so als würde er selber daran glauben. »Und außerdem: Schau dich doch mal um. Hier wird keiner in Frankreich begraben. Hier liegen alle nur rum und verrotten. Da kann keiner etwas machen.«

»Aber wenn man etwas machen könnte! Versprichst du mir, dass du mich zurück auf meine Insel bringst?« Eamon hörte selber, dass seine Stimme etwas Flehendes hatte. »Roddy, das musst du mir versprechen!«

»Wenn es dich beruhigt. Ja, wenn es möglich ist, dann bringe ich dich heim. Aber dir passiert nichts. Das sind nur diese Kinder hier um uns herum. Die erzählen Witze über Mädchen, obwohl sie noch nie eines hatten. Die rennen geradewegs in die Kugeln hinein. Wir sind alt und weise, und wir werden noch viel älter und weiser. Das kannst du mir glauben. Wir wollen doch erleben, dass alle auf der 5th Avenue den Hut vor uns ziehen. Obwohl wir Iren sind.« Roddys Stimme hatte etwas Schwärmerisches. Er glaubte immer noch an Eamon und seine Ideen von einem Leben, in denen Iren geachtete Menschen waren. Und Eamon wurde in diesem Moment klar, dass dieser einfältige Mann der einzige Freund in seinem Leben war. Der aber keine Ahnung von seiner Vergangenheit hatte.

Am frühen Morgen wurden sie vom Geräusch einer heranfliegenden Granate geweckt, die genau auf dem Haus landete, in dem sie sich die Nacht über so sicher gefühlt hatten.

Eamon verlor beide Beine und verblutete noch an dieser Stelle. Bevor er starb, war er sich sicher, dass ein junger Mann mit einer Tweedkappe an der Wand lehnte und ihn beobachtete. Ihm zusah, wie er starb und litt. Eamon kannte den Mann. Er hatte ihn eigenhändig erschlagen. Und als er seinen letzten Atemzug tat, nickte dieser Mann und verschwand nach draußen in den Kugelhagel. So, als gäbe es auf dieser Welt nichts mehr, was er fürchten könnte.

Sein Freund strich Eamon über die Augen und schloss sie für immer. Dabei murmelte er leise: »Ich kann nichts für dich tun, mein Freund. Vor allem kann ich dich nicht auf deine geliebte Insel bringen. Verzeih mir.«

Roddy überlebte den Krieg und kehrte, mit vielen Orden behängt, nach Amerika heim. Sein Traum wurde wahr: Jeder grüßte den ehrbaren Veteran, als er die Straßen von New York herunterlief.

Aber er konnte sein Versprechen an seinen Freund Eamon nie vergessen, und so reiste er wenige Jahre später nach Irland. Er besuchte seine alte Verwandtschaft und fuhr auch in den Westen, nach Feenish. Hier bezahlte er einen Steinmetz dafür, dass er einen Grabstein auf der Insel aufstellen sollte. So hatte er sein Versprechen wenigstens teilweise eingehalten. Auf den Grabstein ließ er den Namen und Jahreszahlen einmeißeln.

Eamon Devlin
1864 – 1917

Als der Stein aufgestellt wurde, war nur noch ein weiterer Mann anwesend. Ein junger Typ mit einer abgeschabten Tweedkappe, der alles beobachtete.

Noch in der ersten Nacht verschwand Eamon Devlins Name vom Grabstein.

# Nachwort

Weder Carna noch Feenish sind fiktive Orte. Ich habe sie vielmehr irgendwann gegen Ende der 80er-Jahre entdeckt, als meine Kusine Sabine mich dorthin gebracht und mir erklärt hat: »Everything in the world happens in Carna.«

Das »Grand Hotel« dieses Buches steht auch genau an dem Ort wie beschrieben – und sieht (mitsamt dem Pub) auch genau so aus. Es war allerdings in den 80er-Jahren ein fast verfallener Schuppen, in dessen endlosen Gängen eine Jugendherberge untergebracht war. An den Wänden wuchsen gewaltige Pilze, die Duschen hatten durchgebrochene Plastikwannen und es gab Dutzende von Stockbetten, die allesamt leer standen – in den Jahren, in denen ich immer wiederkehrte, hatte ich zum Teil das gesamte Hostel nur für mich. Unheimlich ist kein Ausdruck. Und man sollte damals auch nicht unbedingt kurz vorher »Shining« gesehen haben, sonst würde man nie Schlaf finden. Heute ist dieses Hostel ein »Bed&Breakfast«, irgendjemand hat es renoviert.

Der Pub im Hostel war damals natürlich der Ort, an

dem ich jeden Abend einkehrte. Ganz besonders erinnere ich mich an einen halb blinden, sehr alten Mann, der mir die Hand gab und dabei gleich überprüfte, ob ich einen Ehering trug. Wohl eine alte Angewohnheit. Er erzählte von seinen Tagen auf Feenish – und wie einst eine Kuh in seiner Küche gestorben sei. Weil es ihm zu mühselig erschienen war, sie aus der Küche zu schaffen, hatte er sie vor Ort vergraben. Bis heute habe ich keine Ahnung, was an dieser Geschichte wohl wahr war. Aber ich fand sie von Anfang an bestechend und ich habe mir seitdem vorgestellt, was man wohl noch alles auf Feenish einfach so begraben hat. Ein Besuch auf dieser Insel ist wirklich ein Besuch in einer anderen Welt. Zwischen Sand, Wind und Meer ist hier wohl alles möglich.

Und so kam es auch zu den »Nebeln von Connemara«: Es ist eine Geschichte, die ich jetzt seit 25 Jahren mit mir herumtrage und die ich immer irgendwann einmal erzählen wollte. Jetzt war es endlich soweit.

Eine andere Geschichte, die ich immer einmal erzählen wollte, ist mein Sommer mit dem Delfin in Dingle. Heute ist er eine Touristenattraktion, die Fischer verdienen mehr Geld an ihm als beim Fangen von Fischen. 1987, als ich das erste Mal mit dem Rucksack in Dingle vorbeikam, haben sie noch geschimpft, weil der »blöde, große Fisch« ihnen angeblich den Fang wegfraß. Gemeinsam mit meiner Kusine und einer Engländerin sind wir jeden Tag mit dem Delfin geschwommen (der damals übrigens noch nicht Fungi, sondern Dorad genannt wurde!). Ein Erlebnis, von dem so mancher heute träumt, wenn er mit einer ganzen Meute Touristen zu dem immer verspielten Delfin fährt. Auf jeden Fall bin ich jedes Jahr überrascht, dass er immer noch da ist. Delfine werden offensichtlich älter, als ich jemals dachte.

Mein Dank bei diesem Buch gilt deswegen natürlich besonders meiner Kusine Sabine, die mir in Irland viele wahrhaft magische Plätze gezeigt hat – und meiner Freundin Martina Kuscheck, mit der ich damals mindestens ebenso oft in Irland (und vor allem in Carna) war. Dass sie heute in der Agentur Gerd Rumler arbeitet, die meine Bücher betreut, halte ich für einen besonderen Glücksfall!

Lough Mask
MAYO
Clifden
Lough Corrib
GALWAY
CONNEMARA
Carna
Feenish
Rossaveal
Galway
Atlantik
Inishmore
Galway Bay
N
Inishmaan
Aran Islands
BURREN
Inisheer
Lisdoonvarna
0
20 km
CLARE
Irland
Groß-britannien
Atlantischer Ozean
NORDIRLAND
Belfast
Clifden
Carna
Aran Islands
Galway
Athlone
Burren
Tullamore
Dublin
Portlaoise
Limerick
Dingle
Carlow
Irische See
IRLAND
Rosslare
N
0
100 km